지금 사랑을 시작하는
그대에게

지금 사랑을 시작하는 그대에게

다시 오지 않을
이 순간을 위해

장재숙 지음

RHK
알에이치코리아

처음 장재숙 교수님의 강의가 '대학판 우리 결혼했어요' 수업이란 얘기를 들었을 때 학생들에게 재미만 제공하는 가벼운 강의라 생각하며 반신반의했다. 하지만 몇 시간의 취재 후 나는 어느새 기획 PD가 아닌 연애 상담자가 되어 있었다. 내가 대학 시절 이 강의를 들었더라면 내 지난 사랑에 대해 더 적극적이고 더 예의를 갖췄을지도 모른다는 생각이 들었다. 또한 내 모습도 지금과는 달랐을 것이라는 생각도.

요즘 취업 준비에 시달리는 고달픈 청춘들에게 사랑은 사치고 나중 일처럼 여겨지는 듯하다. 하지만 사랑이야말로 평생 공부해야만 하는 학문이다. 그런 의미에서 이 강의는 어려운 연애의 시작을 도와주고 그 과정을 이끌어주는 연애의 정석과도 같다. 사랑과 연애에 대한 배움은 대학생뿐만 아닌 지금의 나에게도, 드라마 속 38살 노라에게도 필요하다. 사랑하려는 모든 이들이 이 책을 꼭 한 번 읽어봤으면 좋겠다.

신상예(드라마 〈두 번째 스무 살〉 기획 PD)

누군가와 나누고 싶었던 사랑에 대한 이야기들이 담겨 있는 책이다. 내가 이 책을 통해 사랑에 더 가까이 다가간 것처럼 언젠가 만날 내 사람도 이 책을 읽으며 다가올 사랑을 기대한다면 얼마나 좋을까. 상상만으로도 벅차고 빛나는 일이다.

달샤벳 수빈

몇 번의 경험과 몇 권의 연애 관련 서적을 독파하며 사랑에 대해 꽤 잘 알고 있다는 생각을 했는데, 장재숙 교수님의 수업과 이를 바탕으로 한 《지금 사랑을 시작하는 그대에게》를 읽으며, 내 안에서 나 홀로 사랑을 아름답게만 포장해왔구나, 하는 생각이 들었다. 이십 대 초반에 장재숙 교수님을 만난 건 큰 행운이었다. 그로 인해 그때의 내 사랑도 앞으로의 내 사랑도 기대되기 때문이다.

한이주(배우, 수강생)

교수님께서 강의 내용을 바탕으로 책을 내신다고 했을 때 수강생으로서 그때 그 강의를 다시 접할 수 있게 되어 기뻤다. 이제 막 사랑을 시작한 젊은 친구들은 물론이고, 이미 몇 번의 사랑을 경험한 모든 사람들에게도 이 책은 사랑에 대한 좋은 강의가 될 것이다. 이 책은 '사랑은 이런 것이다'라고 정의해주지 않는다. 대신 교수님의 강의 방식처럼 우리의 이야기를 들어주고, 사랑에 대한 서로 다른 시각과 경험을 공유하며, 평소 생각해보지 못한 사랑에 대한 질문들을 던진다. 이를 통해 마치 머릿속으로 리포트를 쓰듯 사랑에 대한 그대만의 답을 찾아갈 수 있을 것이다.

정재형(개그맨, 수강생)

사랑에 열정을 가진 이들은 모두 푸른 봄, 靑春이다. 하지만 사랑의 열정을 뜯들이기만 할 뿐 정작 뚜껑은 개봉할 엄두도 내지 못하고 망설인다. 여기 그런 그들에게 보내는 러브레터가 있다. 포근히 품어주는 말씨에 우리는 어느새 무장해제 되어 울고, 웃을 것이다. 사랑의 주체가 되자. 사랑은 상대와의 능동적인 교감을 하는 것이다. 일찍이 그 사실을 통감한 저자가 만났던 실제 사례들과 진심 어린 마음으로 토닥이는 조언들이 공감을 불러일으킬 것이다. 사랑에서 완급 조절은 중요하다. 경계를 잘 지키는 것 또한 중요하다. 저자는 작은 육면체의 벽에 둘러싸였던 물리적 경계를 확장시켜주는 것과 더불어 건강한 사고를 통해 그 경계를 탄탄히 할 수 있도록 돕는다.

결국 이 책은 나의 사랑에 정답은 없지만 정답이 없다는 것을 비로소 마음으로 깨닫게 해주는 연애 지침서다. 이윽고 저자는 말한다. 그럼에도 사랑은 아름다우니 지금 사랑하라고. 지금 사랑하는, 사랑하고 싶어 하는 아름다운 그대에게.

동국대학교 행정학과 김민영

한 강의실에 수십 명, 많게는 수백 명의 학생들을 모아놓고 교수님께서 혼자 말씀하시는 여타의 강의와 달리 이 수업의 가장 큰 장점은 교수님과 학생, 학생과 학생들이 서로 소통하는 수업이라는 사실이다. 대학 생활의 마지막 학기 때 이 수업을 들었는데 당시 취업 준비와 연애를 동시에 했던 터라 발생하는 문제들에 대한 실질적인 조언들을 얻을 수 있어서 유익했다. 덕분에 그때의 여자친구와 지금도 잘 연애하며 13년째 만남을 이어가고 있다. 강의 내용이 고스란히 담겨 있는 이 책을 지금 사랑을 시작하는 모든 이들에게 강력히 추천한다. 　　　동국대학교 법학과 최종권

복학하자마자 가장 먼저 신청한 수업이다. '동국대판 우결'로 워낙 알려진 강의라 이전에는 단순한 커플 만들기인 줄만 알았는데, 행복한 사람으로 살아가기 위한 필수요소인 사랑에 대해 다양하면서도 구체적이고 재미있으면서도 진지한 고찰이 있는 수업이었다. 서로의 사랑학과 연애사를 주고받으며 웃고 소통하는 동안 나를 되돌아보고, 만남에 대한 시각을 확장할 수 있었다. 매번 반복되는 이별 이유에 대해 명쾌한 해결책이 없었는데, 이 수업을 통해 앞으로 나아갈 연애 방향도 찾고 남자친구도 찾을 수 있었다. 대학생이라면 꼭 한 번 이 책을 읽어보길 바란다.

　　　동국대학교 영어영문학과 김수현

동국대학교에서 가장 인기 있는 강의이자 강의 평가 1위인 이 강의는 연애와 결혼에 있어 이론적인 부분뿐 아니라 현실적인 부분까지 적나라하게 다룬다. 그렇기에 실제 연애에 있어 많은 도움이 되었다. 한 권의 책으로 만나는 이 강의 역시 우리를 좋은 사람, 좋은 인연으로 안내해줄 것이라 믿는다. 　　　동국대학교 수학교육학과 황유진

차례

추천의 글 —— 4

수업을 시작하며

사랑을 한다면 반드시 지금이어야 한다고 믿었던 스무 살 —— 12

제1강

사랑보다 큰 학문이 있을까

사랑을 배우다 —— 18

대학판 우리 결혼했어요 —— 25

사랑은 결코 특별하지 않다 —— 33

그대의 사랑을 믿어라 —— 39

사랑과 연애에 정답은 없지만 —— 44

제2강

지금 사랑을 시작하는 그대에게

한 번도 연애를 못해본 그대를 위해 —— 48

내가 연애를 해야만 하는 이유 —— 53

나도 모르는 나를 알아가다 보면 —— 56

그 사람이 있기 전에 먼저 내가 있다 —— 63

이제 그 사람을 만나는 일만 남았다 —— 67

제3강
드디어 누군가를 만났다

드디어 누군가를 만났다 —— 74

그런데 다시 자신이 없다 —— 83

지금 이 사람, 꿈꾸던 이상형이 아니다 —— 91

착하지만 착하지 않은 남자 —— 96

내숭 떠는 그녀의 속마음 —— 104

우리는 모두 호감형이 되고 싶다 —— 110

내가 좋아하는 사람, 나를 좋아해주는 사람 —— 116

연애로 가는 길목에서 썸을 마주하다 —— 122

썸이 빛나는 순간 —— 129

제4강
우리는 진짜 사랑하고 있는 걸까

또 다른 사랑을 꿈꾸는 사랑 —— 140

내 애인의 이성사람친구 —— 148

사랑해서는 안 될 사람을 사랑하다 —— 159

취업도 하지 못한 내게 연애는 사치? —— 171

그럼에도 우리는 지금 이 순간, 사랑 ing 중이다 —— 181

제5강
사랑의 소통

누구든지 좋아요 —— 186

그들의 소통은 틀렸다 —— 191

말하지 않아도 내 마음을 아는 단 한 사람 —— 198

그 남자와 그 여자의 소통법 —— 205

몸으로 하는 대화 —— 210

내 여자, 내 남자의 스킨십 —— 219

데이트 비용도 정확한 소통이 필요하다 —— 232

제6강
아름다운 이별은 없다

사랑해서 하는 이별 앞에서 —— 244

지금도 이별하기 위해 사랑하지만 —— 251

이별에 대처하는 우리의 자세 —— 258

헤어지길 백 번 잘한 그 놈의 연애 —— 264

마지막 사랑은 잘 헤어져주는 것 —— 275

제7강
새로운 사랑을 준비하며

지나간 사랑에 대한 예의를 갖추다 —— 280

사랑의 결말이 꼭 결혼이어야 할까 —— 286

운명도 우연도 결국은 노력의 결과다 —— 292

새로운 사랑을 준비하는 그대에게 —— 296

수업을 마치며

평생의 과제, 사랑 그리고 연애 —— 301

사랑을 한다면
반드시 지금이어야 한다고 믿었던
스무 살

얼마 전 인기리에 종영한 〈두 번째 스무 살〉이란 드라마를 보고 문득
이런 생각이 들었다.
'진짜 두 번째 스무 살이 있다면, 얼마나 좋을까?'
처음이어서 서툴 수밖에 없었던 나의 스무 살을 좀 더 준비된 모습으
로, 그래서 더 당당하게 맞이했더라면 어땠을까 하는 아쉬움이 크다.
내 나이 스무 살. 20여 년이 지난 지금도 선명히 떠오르는 기억의 한
조각이 있다. 풋! 하고 웃음이 나다가도 웃음의 꼬리가 씁쓸해지는 건
최고의 스무 살을 꿈꿨던 내게 최소한의 준비도 하지 않은 내가 주었
던 당혹감 때문일 것이다.
요즘 친구들이 그러하듯 나 역시 스무 살만 되면 무엇이든 할 수 있

고, 무엇이든 이루어질 것이란 생각이 지배적이었다. 물론 그 무엇의 대부분은 '사랑'이었다. 그러나 놀랍게도 스무 살이 되었지만 변한 건 하나도 없었다. 그저 나이 한 살 더 먹었다는 사실밖에. 생각해보면 열아홉의 마지막 날에서 스무 살의 첫날까지 단 하루의 차이밖에 없으니, 달라질 시간조차 없었겠구나 하는 생각이 든다.

스무 살이 된 나는 여전히 외적으로 매력적이지 못했고, 내적으로도 수줍음이 많아 대인관계에 적극적이지 못했다. 지나가는 사람들이 그저 우연히 쳐다보는 행동 하나에도 나 자신을 탓하며 고개를 들지 못했던 모습 또한 달라진 게 하나도 없었다. 그도 그럴 것이 가뜩이나 움츠러들었던 내게 던져진 주변의 시선은 지나치리만큼 날카로웠고, 한심해 하는 표정이 가득했기 때문이다.

아직 채 어둠이 가시지 않은 어느 새벽녘, 살을 빼야겠다는 결심을 하고 집을 나와 열심히 길을 걷던 내게 지나가던 트럭 한 대가 급하게 멈춰선 적이 있다. 무슨 일인가 싶어 운전석을 바라보니, 운전하시는 분이 내게 손가락질을 하며 한마디 하셨다. (참고로, 그 시절 나는 167cm 키에 90kg에 육박하는 체중을 고이 간직하고 있었다.)

"쯧쯧, 그냥 굴러가는 게 더 빠르겠다."

무슨 죄를 지은 것도 아닌데, 어린 마음에 꼭 죄인이 된 것처럼 아무 말도 못하고, 어디론가 숨고만 싶었던 그 순간을 생각하면 지금도 가슴이 크게 요동친다. 그런 기억들 때문일까. 나의 스무 살은 사랑, 연애와는 거리가 멀어도 한참 먼 가까이할 수 없는 무엇이었다.

이런 나의 과거 때문일 것이다. 지금도 자신감 없는 친구들, 나와 같은 이유로 이성에게 다가서지 못하는 친구들을 볼 때면 그때의 나를 보는 듯해 마음 한구석 뭉클해지는 이유가.

"자신감을 가져."

"네가 너 자신을 아껴주고, 자랑스럽게 생각하는 만큼 다른 사람도 너를 보는 법이야."

그 당시 누군가로부터 수없이 들었던 말들. 이런 말을 들을 때면 난 항상 생각했다.

'누가 몰라? 안 되니까 문제지!'

정말 우스운 건, 이런 생각을 했던 내가 지금 친구들에게 똑같은 말을 해주고 있다는 사실이다. 내게 큰 도움이 되지 않았던 것처럼 지금 친구들에게도 별 도움이 되지 않을 거란 사실을 알면서도 여전히 내가 해줄 수 있는 이야기는 이것뿐이다. 결국 내가 스스로 변하지 않는 한 그 어떤 것도 변할 수 없다는 사실조차 그들 스스로 깨달아야 하겠지만 말이다.

사랑은 누군가를 향한 것이지만, 그 출발은 나 자신으로부터 시작되어야 한다. 나를 돌보지 않는 사랑은 결국, 그 대상조차도 나를 하찮게 보게 되어 결국에는 내가 없는 사랑으로 변질되기 쉽다. 그런 이유로 우리는 상대를 향한 사랑이 커갈수록 나 자신을 향한 사랑의 크기도 넓혀가야 한다.

스무 살, 우리에게는 스스로 결정해야 할 일이 너무나도 많다. 어떤 사람을 만날 것인지, 어떤 연애를 할 것인지, 어떤 진로를 결정하고, 그 일을 위해 어떤 준비를 할 것인지 등. 지금껏 만나보지 못한 수많은 사람들과 부딪히며 이런 일들을 스스로 해나가야 하는 것이다. 준비된 건 하나도 없는 그 나이에 이 많은 걸 선택하고, 또 책임져야 하니 무엇을 하든 위태로울 수밖에 없다. 그럼에도 우리가 스무 살에 대한 로망을 놓지 않는 건 누구나 한 번쯤 들어봤던 '고등학교만 졸업하면', '성인이 되면', '대학만 가면' 등의 말이 가리키고 있는 그때가 바로 스무 살이기 때문이다.

그래서 나이 스무 살은 마법처럼 내게 없던 힘도 갖게 해주어 모든 걸 이룰 수 있는 때라고 꿈꾸기 때문일 것이다. 행복한 삶을 함께하고 싶은 그 사람을 찾는 것에 스무 살은 이제 시작에 불과하다. 그러니 사랑에 실패하고, 사람과의 관계 맺기에 실패하는 건 어쩜 당연한 일인지도 모른다.

누가 봐도 불안하고 위태롭지만, 나 자신만큼은 해낼 수 있을 것 같은 나이, 그때가 스무 살이기에 사랑을 한다면 반드시 지금이어야 한다고 믿었던 건 아닐까.

제1강

사랑보다
큰 학문이
있을까

사랑을 배우다

처음 사랑과 연애를 다루는 교양수업을 열게 되었다고 하니 주변 사람들의 반응이 심상치 않았다. 호기심 반, 걱정 반, 기대감 아주 조금 섞인 표정으로 그들은 이야기했다.

"대학 수업에서 사랑?"

"그래 뭐, 사랑까지는 그렇다 치고. 대학에서 연애를 왜 가르치고 배운다는 거야?"

대학에서 가르치는 학문으로서 '사랑과 연애'가 적절치 않다는 생각이 전반전으로 깔려 있는 듯했다. 하지만 나는 이렇게 묻고 싶다.

"사랑보다 큰 학문이 과연 있을까?"

사람들과 삶의 목표나 꿈에 대한 이야기를 나눌 때면, 공통적으로 나오는 대답이 있다. 바로 '사랑하는 사람과 행복하게 사는 것'이다. 우리는 사랑하는 사람과 행복한 삶을 살기 위해 좋은 직장에 들어가고, 좋은 집을 사고 싶어 한다. 그리고 이런 이유로 지금 이 순간도 많은 시간과 비용을 들여서 열심히 살고 있다.

그러나 정작 행복한 삶을 위한 필요조건인 사랑하는 사람을 찾는 일에는 얼마나 많은 노력을 기울이고 있는 걸까?

당신은 자신이 좋아하는 사람이 어떤 사람인지 지금 당장 구체적으로 설명할 수 있는가. 취미가 비슷한 사람과 대화가 잘 통하는 사람 중 마음이 더 끌리는 사람은 누구인가. 여행을 좋아하는 사람과 독서를 즐기는 사람 중 당신이 더 행복한 마음으로 함께 할 수 있는 사람은 누구인가. 당신과 삶의 가치관이 비슷한 사람을 찾고 싶다면 어디부터 가봐야 한다고 생각하는가. 무슨 일을 해도 계속해서 떠오르는 한 사람이 있다면 그 마음을 무엇이라고 정의 내리는가. 당신이 원하는 사람을 만나기 위해 적극적으로 행동했던 기억이 몇 번이나 있는가.

지금 사랑을 공부해야 하는 이유

우리는 생각외로 자신이 어떤 사람을 좋아하는지, 그 사람을 어떻게 찾아야 하는지, 그 사람을 만난 후에도 어떻게 맞춰가야 하는지에 대해서 잘 알지 못한다. 그런 이유로 우리는 모든 걸 갖추었다고 생각하는 그 순간에 가서도 늘 사랑으로 삐걱댄다. 우리는 왜 연애에 대한 준비를 이토록 소홀히 하는 것일까? 아니 연애에 공부가 필요하고, 준비가 필요하다는 생각조차 하지 않는 것일까?

요즘 친구들과 이야기를 나누다보면 취업 준비를 얼마나 열심히 하는지 느낄 수 있다. 불과 얼마 전까지 대학에 들어가기 위해 십여 년을 공부만 한 것처럼 그들은 또다시 취업을 위해 올인하고 있다. 취업 문제가 해결되지 않는 한 그 무엇도 안정적으로 해낼 수 없다고 생각하기 때문이다.

하지만 나는 친구들에게 꼭 당부하고 싶다. 진짜 자신이 원하는 행복한 삶을 살기 위해서는 취업 준비만큼이나 사랑에 대한 공부와 준비도 필요하다고 말이다.

이 세상을 살아가면서 준비해야 할 것은 많다. 사랑도 그중 하나다. 사람을 통해 사랑을 알고, 사랑을 통해 이별을 경험하고, 이별을 통해 관계에서 무엇이 중요한지를 깨닫고 배워야 한다. 이런 과정을 통해 우리는 내가 어떤 사람이고, 어떤 사람과 함께 있는 걸 좋아하고, 사랑하는 사람과 무엇을 할 때 행복한지 알아갈 수 있다.

다만 그 준비를 오롯이 경험으로만 채우기에는 위험 부담이 크다. 그런 의미에서 우리가 받아야 하는 의무교육 속에 사랑과 연애 역시 포함되어야 한다고 생각한다. 그런 준비 과정을 거쳐 경험하게 되는 사랑과 연애는 분명, 학문 그 이상의 가치를 발휘하며 우리 삶을 행복하게 할 것이다.

오늘도 우리는 연애를 꿈꾼다

수업 첫 시간 나는 학생들에게 질문 하나를 던졌다.

"지금 연애 중인 친구 있어요?"

반응은 분명 둘 중 하나다. 있어도 안 들거나 없어서 못 들거나! 그런데 정말 손드는 학생이 한 명도 없다. 예상했던 일이지만 그래도 '세상에 이런 일'였다.

"정말 한 명도 없어요?"

질문에 목메는 듯한 내 모습이 안쓰러웠는지 그제야 보일 듯 말듯 서너 명 정도가 손을 든다. 기대했던 것보다 연애하는 친구들이 적었다.

"그럼 연애했던 친구는 있겠죠?"

다행히도 제법 손을 든다.

"그럼, 앞으로 연애해보고 싶은 친구 있나요?"

그러자 강의실이 아주 난리가 났다.

"저요!"

"저요!"

여기저기 손을 드는 모습에서 수업이 나가야 할 방향을 알 수 있었다. 친구들의 현재 상황을 파악하고 필요한 부분들이 눈에 보이자 그때부터 엄청난 양의 관련 서적을 주문하고, 쉼 없이 읽기 시작했다. 중요한 부분은 밑줄도 치고, 공감 가는 문장들에 별표도 다섯 개씩 체크해가며 어떤 부분은 나의 지난 연애사들과 연결 지어 메모해놓기도 했다. 어리석게도 이런 메모를 까맣게 잊어먹고는 훗날 학생들이 책을 빌려

달라고 하면 아무 생각 없이 건넸다. 그러고는 얼마 후 '교수님, 제가 보고 싶어서 본 건 아닌데요' 하는 학생들의 난감해하는 반응에 식은땀이 주르륵 흘렀던 적도 여러 번이다.

나는 이 수업을 통해 사랑이 무엇인지, 연애가 무엇인지, 그리고 연애를 시작하기 위해서는 어떤 준비가 필요한지, 연애는 어떻게 하는 건지 함께 알아가길 원했다. 그리고 무엇보다 학생들이 이 수업을 통해 사랑하는 사람 앞에서 매력적인 한 사람으로 존재하며, 누군가가 사랑하는 사람, 또 누군가를 사랑할 수 있는 사람으로 성장하길 바랐다. 그래야 우리 모두가 꿈꾸는 사랑하는 사람과 행복하게 사는 인생 최대의 목표가 이루어질 테니까.

우리의 이야기가 시작될 때

〈결혼과가족〉 수업은 전반부는 '연애'에 대해, 후반부는 '결혼과 가족'에 대해 다룬다. 연애의 결말이 꼭 결혼이어야 할 필요는 없다. 그러나 여전히 많은 사람들이 선택하고 있는 삶의 방식이 결혼이고, 독신이나 동거가 확산되는 만큼 결혼이라는 기존의 제도 역시 잘 지켜나갈 필요가 있어서다.

수업 준비를 하면서 특히 연애에 대한 부분은 학생들의 반응이 폭발적이지 않을까 하는 기대를 했다. 혼자서 강의안을 만들며 피식 웃기도 했고, 어떤 부분에 가서는 혼자 '빵' 터져서 가족들을 혼란스럽게도 했다. '이렇게까지 열심히 준비했는데 학생들의 반응이야 당연히 좋겠지! 아니 폭발적일 거야'라고 상상하고 또 상상하며 강의를 준비했다. 그러나 이런 나의 달콤한 상상은 수업 시작 한 달을 못 채우고 와르르 무너지고 말았다. 난 열심히 사랑과 이별에 대해 설명하고 있는데 학생들 표정은 시큰둥했다. 심지어 구석구석 졸기까지 한다.

결국 〈결혼과가족〉 수업 첫 한 달은 한마디로 기대 이하였다. 학생들의 주요 관심사인 사랑과 연애에 대해 이야기하고 있는데도 학생들의 반응은 그저 평범하기 짝이 없었다. 열심히 준비한 나의 마음을 몰라주는 것 같아 내심 서운하기까지 했다.

도대체 무엇이 잘못된 걸까? 문제는 사랑과 연애를 나 혼자 가르치려고 했다는 점이다. 그것도 기존의 이론과 자료를 바탕으로 일반적인 사랑과 연애에 대한 이야기만 하고 있으니, 공감도 재미도 있을 리 없었다. 학생들은 자신들의 사랑과 연애에 대해 이야기하고 싶은데 나는 그저 남들의 이야기에만 집중했던 게 문제였다. 그 순간 생각했다. '무엇보다도 우리를 먼저 알아가야겠구나. 그래서 우리의 이야기를 꺼내놓을 수 있는 장을 마련해야겠구나.'

학생들의 이야기부터 시작된다면 그들이 조금씩 귀를 기울이고 관심을 보일 거라 믿었다. 또한 이론 수업만으로는 한계가 있음을 느끼고 이론과 실제 모두를 겸비한 환경을 제공하고 싶다는 욕심이 생겼다. 더 나아가 학생들이 실제 연애를 준비할 수 있도록 조금이나마 도움이 되는 수업을 만들어보자고 생각했다. 그래서 수업은 이론 중심으로 진행하되 과제로 한 학기 세 번의 데이트 미션이 주어지는 가상 연애를 도입했다. 지금껏 경험해보지 못한 신선함 때문이었을까. 가상이긴 하지만 강의실에 앉아 수업으로만 듣는 것과 강의실 밖으로 나가 직접 데이트를 해보는 것에 분명 차이가 있어 보였다.

대학판
우리 결혼했어요

몇 해 전, 한 친구가 짧은 기사를 캡쳐해서 보내준 적이 있다. 누군가 우리 수업에 대해 올려놓은 글이었는데 제목을 보니 '대학판 우리 결혼했어요'였다.

'우리 수업이 대학판 우결이라고?'

처음엔 이게 무슨 소린가 하고 어리둥절했지만 생각해보니 공통점이 있었다. 바로 '가상'이라는 점이다. 모 방송국에서 인기리에 방송 중인 프로그램 〈우리 결혼했어요〉는 결혼을 가상으로 경험하게 해준다. 우리 수업에서도 연애를 가상으로 경험하게 해주니 '대학판 우결'이란 표현도 그럴듯해 보였다.

대부분의 수업이 그렇듯 우리 수업도 첫 시간은 서로를 소개하고, 앞으로 이 수업이 어떻게 진행될지 강의계획서에 대한 설명을 덧붙인다. 단, 이 수업에서의 자기소개는 말 그대로 자기를 소개하는 시간이기도 하지만, 자신의 매력을 어필할 수 있는 순간이기도 하다. 그래서 학생들에게는 한 학기 동안의 수업시간보다 이 1분의 순간이 더 소중한지도 모르겠다.

자기소개가 끝나고 나면 학생들은 파트너 선정용지에 자신이 희망하는 친구의 이름을 적어서 제출한다. 그렇게 첫 파트너와의 자리배정이 시작된다. 첫 만남부터 서로를 지목해 기분 좋게 파트너 수업을 시작하는 이들도 있지만 대부분은 둘 중 누구 한 사람만의 희망대로 파트너가 결정된다. 그만큼 동시에 마음이 통해 서로를 지목하는 경우는 흔치 않다. 안타까운 건 서로 찍지 않은 친구와 파트너가 되는 경우도 있다는 점이다. 물론 훨씬 더 안타까운 경우는 남남(男男)커플이다.

파트너 선정결과를 화면에 켜놓고 학생들 한 명 한 명 호명하면서 자리 배치를 시작한다. 그렇게 자리 배치가 끝나고 나면 파트너와 짧게 대화 시간을 갖는다. 이름하여 5분 톡. 매 수업이 시작되자마자 5분 동안은 파트너와 지난 일주일간의 안부를 주고받는다. 때로는 주어진 데이트 미션을 언제 어디서 할 건지 구체적인 내용에 대해 이야기를 나누는 시간이 되기도 한다.

데이트 미션

　한 학기 동안 학생들은 한 달에 한 번씩 데이트 미션에 참여한다. 데이트 미션은 전체 성적평가 대비 10퍼센트에 해당하는 엄연한 과제다. 데이트 미션 구성은 학기마다 조금씩 차이가 있지만 기본적으로는 다음과 같다.

1차 데이트 미션: 캠퍼스커플 따라잡기

　"대학생이 된 후 가장 하고 싶은 일이 있다면?"
이렇게 질문을 던지면 대부분 1초도 고민하지 않고 '캠퍼스커플'이라고 대답한다. 그래서 1차 데이트 미션은 그들의 로망을 실현시켜주기 위해 도입했다. 친구들은 그동안 학교 곳곳에서 보아왔던 연인들의 모습을 기억해두었다가 그들 이상으로 커플샷을 제법 멋지게 연출해서 사진을 찍어와야 한다. 물론 데이트 중 함께 나누어야 할 대화 주제도 제시된다.
'너의 첫인상은 이랬어. 그런데 오늘 이야기를 나누어 보니 넌 이런 사람이었구나.'
'네가 모르는 너의 매력 두 가지만 이야기해줄까?'

2차 데이트 미션: 계절을 담아오는 데이트

　연인들에게는 제법 알려진 명소 남산에서 데이트하기. 특히 벚꽃이 필 때나 단풍이 드는 시기에 맞추어 미션을 실시한다. 남산에

누군가가 사랑하는 사람,
또 누군가를 사랑할 수 있는 한 사람으로
성장한다는 것

있는 커플 포토존에서 사진 찍기는 물론, 남산의 명물 돈가스도 먹어보고, 함께 산책을 하며 서로 이야기도 주고받는다. 삼순이 계단에서 현빈과 김선아가 된 것처럼 포즈도 취해보고 연인들이 사랑을 다짐하며 채워놓고 간 수백, 수천 개의 자물쇠를 부숴버릴 것 같은 포즈로 사진을 찍어오기도 한다. 2차 데이트 미션에서 나눠야 하는 대화는 다음과 같다.

'벚꽃이 필 때 특별히 생각나는 사람이 있다면?'
'단풍이 들 무렵 너에게 가장 기억에 남는 추억은 어떤 거니?'

3차 데이트 미션: 데이트 비용 0에 도전하기

마지막 미션을 수행할 때쯤 되면 학생들 전원이 친해져서 조금은 더 실험적인 미션을 내주기에 적합하다. 요즘 데이트 비용이 무서워 연애를 못한다는 이야기가 있다. 그래서 데이트 비용을 전혀 들이지 않고 학교를 중심으로 1시간 이내에 다녀올 수 있는 도심 데이트 코스를 발견해오라는 미션을 내준다.

학생들은 데이트 코스를 찾아가는 과정은 물론, 좀 더 효과적으로 그 장소를 이용할 수 있는 방법까지 사진으로 찍어 올리고 상세하게 설명을 덧붙인다. 또한 데이트 비용을 사용할 수 없으니 제각각 정성이 담긴 도시락을 만들어 서로에게 선보이기도 한다.

마지막 미션인 만큼 친구들에게 서로 나누고 싶은 고민을 이야기할 수 있는 기회도 준다.

'요즘 가장 큰 고민이 있다면 어떤 거니?'

'앞으로 어떤 삶을 살고 싶어?'

'한 학기 동안 이 수업을 통해 느낀 게 있다면?'

이렇듯 어디에 가서 어떤 주제로 이야기를 나누고, 어떤 사진들을 찍어오라고 하지만 그저 기본 틀만 제시한 것일 뿐. 친구들이 올려주는 내용을 보면 상상을 초월할 정도로 어마어마하다. 분명 과제의 일부지만, 그들은 그 시간을 마음껏 즐기는 것이다.

데이트 미션을 하는 진짜 이유

첫 데이트 미션과 세 번째 데이트 미션은 분명 차이가 있다. 경험이 많아질수록 좀 더 세련된 모습이 나오기 마련이다. 이런 경험의 차이는 데이트가 시작되기 전 날짜와 장소를 정하는 과정에서부터 드러난다.

남 : 한 달 동안 잘 지내기로 해요.

여 : 네, 저도요.

남 : ㅋㅋㅋ

여 : ······.

한 번도 연애를 해본 적 없다는 남학생이 파트너와 첫 번째 데이트를 하기 위해 먼저 톡으로 보낸 내용이다. 경험이 전무하다는 건 이렇듯 가볍게 나눌 수 있는 대화마저도 어색하게 만들기 쉽다.

하지만 세 번의 데이트를 경험하면서 한 학기 동안 여러 친구들과 이야기를 나누다보면 어느덧 이성에 대한 경계가 많이 허물어지고 대하는 자세도 자연스러워진다.

> 남 : 한 달 동안 잘 지내기로 해요.
>
> 여 : 네, 저도요.
>
> 남 : 데이트 미션이 가능한 날 몇 개를 알려주면 제가 맞출게요.
>
> 여 : 네, 감사해요. 저도 최대한 맞추도록 노력할게요.

데이트 미션을 하는 이유는 단순히 데이트 경험을 제공하거나 데이트 기술을 익히기 위해서만은 아니다. 데이트 미션을 하는 진짜 이유는 서로의 진짜 모습을 알아갈 여유를 갖게 하고 싶어서다. 이 경험을 통해 외적인 모습을 보는 것만으로 그치지 않고 상대의 내면까지 알아갈 수 있는 시간을 주고 싶었다.

우리는 흔히 상대의 외모가 마음에 들지 않으면 그 사람과 더 만나고 싶어 하지 않는다. 외모가 마음에 들지 않는 만큼 그 사람의 내면 또한 마음에 들지 않을 거라고 미리 단정 짓기 때문이다. 그래서 흔히 한 번의 만남으로 끝나는 경우도 많다.

그러나 그 사람의 내면을 알기 시작하면 상대의 외모도 새롭게 보이는 법이다. 파트너와 함께 데이트를 하며 이런저런 이야기를 나누고 나면 친구들은 종종 이런 반응을 보인다.

"수업시간에 카페인 음료를 못 마신다고 이야기한 적이 있었는데 데이트할 때 파트너가 물과 오렌지 주스를 준비해 와서 감동받았어요. 사소하지만 상대를 세심하게 배려하는 이성의 모습에 제 마음이 흔들린다는 걸 알게 된 시간이었지요."

"솔직히 외모가 제 스타일이 아니어서 기대감이 별로 없었는데 실제 만나보니 정말 상식이 풍부한 친구였어요. 사람이 달라 보이더라고요." 흔히 어느 정도의 시간이 흐른 뒤 외적인 모습에 대해 가졌던 편견이 깨졌다는 반응이 가장 많다. 그런 이유로 첫 번째 파트너를 선정할 때에는 외모가 결정적 요인이 되지만 두 번째와 세 번째 파트너를 선정할 때는 더 이상 외모가 최우선순위가 되지 않는다.

그렇게 친구들은 한 학기 동안 그간 외모에만 신경 쓰느라 볼 수 없었던 이성의 내면을 발견해내는 안목을 조금씩 키워나간다. 더 나아가 매력적인 외모가 아니어도 충분히 상대에게 어필할 수 있는 다른 매력 또한 많다는 사실을 깨닫게 된다. 친구들의 이런 모습이 결국, 데이트 미션을 실시하면서 얻게 된 이 수업의 가장 큰 결과물이자 우리들의 보람이 아닐까.

사랑은 결코
특별하지 않다

사랑은 특별하지 않다. 아니 특별하지 않아야 한다. 그러나 아이러니하게도 강의 시간에 친구들과 이야기를 나누다보면, 사랑이 특별하지 않다는 점에는 공감하면서도 정작 내 사랑이 되었을 때는 무언가 특별한 느낌이 드는 듯했다. 아니 좀 더 정확히 표현하자면 내가 하는 사랑이니까 다른 사람의 사랑과는 분명 다를 것이라는 기대를 하는 듯했다.

주변을 둘러보면 우리 스스로 사랑에 부여하는 '특별함'으로 인해 힘들어하는 모습을 종종 본다. 사랑하니까 서로를 더 행복하게 해주고 싶었던 것인데 오히려 그런 행동들이 상대를 불행하게 하는 결과를 낳는 것이다.

몇 해 전, 한 남학생으로부터 '사랑하는 여자가 있었습니다'로 시작되는 메일을 한 통 받았다. 간단히 소개하자면 사랑하는 여자를 만나 연애를 잘해왔는데 어느 날 갑자기 그녀로부터 헤어지자는 통보를 받았다는 것이다. 이유는 그의 행동이 너무 부담스럽다는 것. 도대체 남자의 어떤 행동이 여자를 그토록 부담스럽게 만든 것일까. 그 내용은 내게도 조금은 놀라웠다.

둘은 처음엔 사는 곳이 가까워 보고 싶을 때마다 만나는 게 수월했지만, 연애 중반부터는 장거리 연애가 되면서 만나기도 어려웠고, 함께하는 시간도 짧았다고 한다. 그래서 그는 버스를 타거나 지하철을 타고 이동할 때 빈자리가 하나밖에 없으면 그녀를 무릎에 앉힌 채 이동했다고 한다. 조금이라도 더 가까이 있고 싶었기 때문이다. 또한 이야기를 나눌 때조차 그녀의 얼굴을 양손으로 감싼 채 자신만 쳐다보게 했다고 한다. 단 한 순간일지라도 그녀의 시선이 다른 곳에 머무는 것을 참을 수 없었기 때문이다.

자신도 때로는 조금 지나치다는 생각이 들었지만 그럼에도 사랑하는 사이라면 그럴 수 있다는 생각이 더 지배적이었다고 고백했다.

사랑한다면 정말 그럴 수도 있는 걸까?

그의 행동은 사랑이라고 표현하기엔 분명 부담스럽다. '사랑하니까'가 아닌 '내 사랑만큼은 특별하니까'라는 생각이 보여서다. 하지만 아쉽게도 사랑은 특별하지 않다. 아니 특별하지 않아야 한다. 특별하다는 생각에 빠져 내가 하는 모든 행동을 사랑이라고 이름 붙이는 것만큼 상대에게 부담되고 또 두려운 것도 없기 때문이다. 사랑은 우정과 크게 다르지 않다. 친구와 가깝게 지낼 때도 있고, 그렇지 않을 때도 있고, 또 서로 잘 맞지 않으면 소원해질 때도 있는 것처럼 사랑 역시 그래야 한다.

사랑에 대한 특별함을 조금만 비워보자. 무게감을 줄인 사랑은 비로소 우리를 사랑으로부터 자유롭게 해준다. 또한 그 자유로움이 사랑을 더 소중하게 만들어줄 것이다.

특별함이 불러오는 어긋남

한 여자가 있었다.

그녀는 평소 활달하고 적극적인 성격으로 무엇보다 자신의 감정을 솔직하게 표현하는 데에 주저함이 없다. 그런데 무슨 이유에서인지 좋아하는 사람 앞에만 서면 자신도 모르게 소극적이고 지나치게 조용한 사람으로 바뀌었다. 아마도 자신의 진짜 모습을 알면, 상대가 실망할지도 모른다는 불안감 때문인 듯하다.

그래서일까. 얼마 전 마음이 '쿵' 하고 내려앉을 만큼 호감이 가는 남자를 만나게 되었지만, 그 남자 근처에만 가면 경직되어 그 어떤 행동도 자연스럽게 할 수 없었다.

한 남자가 있었다.

그는 과묵한 성격의 소유자다. 그런 자신의 성격 탓일까. 평소 활발하고 적극적이며 감정표현 또한 솔직한 여자를 만나고 싶었다. 그러던 어느 날 강의실에서 우연히 마주하게 된 그녀, 친구들과 이야기꽃을 피우며 환하게 웃고 있는 그녀를 보는 순간 '이 여자구나' 하는 느낌이 왔다. 다행히도 얼마 후 그녀와 단둘이 이야기를 나눌 기회가 생겼다. 그런데 예상과 달리 그녀는 너무나도 조용했고, 오히려 자신을 지나치게 조심스러워해 대화 내내 당황스러웠다. 여자의 그런 모습을 본 그는 자신에게 관심도 없는 것 같고, 또 자신이 생각했던 친구도 아닌 것 같아 더 이상 다가가지 않았다.

이 남자의 마음을 잠시나마 요동치게 했던 여자는 누구일까. 바로 조금 전 소개된 그녀다.

언젠가 텔레비전에서 김태호 PD가 했던 말이 생각난다.

"면접 볼 때 앞에 방송국 국장님, 이사님, 사장님이 앉아 있지만 사실, 제가 입사를 해야 국장님이고 이사님, 사장님이지 떨어지면 그냥 동네 아저씨보다 못한 분이거든요. '그런데 내가 왜 굳이 여기서 떨고 있어야 하지?'라는 생각을 했어요."

핵심은 누구를 만나든 편하게 생각해야 한다는 것이다. 내가 호감을 느낀 사람이라고 해서 특별히 긴장할 필요가 없다. 긴장으로 인한 부자연스러운 모습은 오히려 나의 매력 발산을 방해할 수 있다. 내가 좋아하는 사람 앞에서도 그저 친구들 앞에서 하는 것처럼 자연스럽고 솔직하게 행동하는 것이 중요하다. 때로는 그 사람과 그 상황에 대해 특별하다는 생각이 나의 자연스러움을 방해하여 서로에게 향했던 마음을 어긋나게 할 수도 있기 때문이다.

왜 그는 그녀에게 부담스러운 존재가 됐을까?

"남중, 남고를 나온 저는 대학 입학 후 처음으로 소개팅이란 걸 했습니다. 처음 만난 날, 저와 그녀 모두 서로에게 호감을 느꼈고, 저는 그녀와 잘됐으면 하는 마음에 많은 노력을 하기 시작했습니다." 여자들이 좋아하는 남자의 모습은 뭘까, 여자한테 카톡은 어떻게 보내는 게 더 좋을까, 여자들의 심리는 어떤 걸까 등 궁금한 것이 너무나도 많았던 그는 서점에 가서 책도 읽어보고, 친구들에게 조언도 구했다. 결과는 어땠을까? 얼마 지나지 않아 여자는 남자에게 굿바이 인사를 보냈다. 많은 시간을 보낸 것도 아니고, 이제 막 시작하려는 단계였는데 그녀는 왜 서둘러 헤어짐을 통보한 걸까?

그녀에게서 돌아온 대답은 한마디였다.

"너의 행동이 뭔지 모르게 부담스러워."

뭔지 모르게 부담스럽다는 건 어떤 의미였을까. 문제는 바로 자연스럽지 못하다는 데에 있었다. 아무리 예쁘고 멋있는 옷도 내 몸에 잘 맞아야 태가 나는 것처럼 그 행동이 아무리 신사 같고 근사하더라도 내게 익숙한 행동이 아니라면, 누가 봐도 부자연스러워 보이기 쉽다.

더 안타까운 건 그런 부자연스러움이 내가 본래 가지고 있던 매력마저도 깎아 먹는다는 사실이다.

따라서 필요한 건 '어떻게 하면 누구처럼 매력적인 사람이 될까'에 대한 고민이 아니다. 우리가 고민해야 할 것은 '내가 가장 매력적일 수 있는 모습이 무엇일까'이다. 나의 새로운 모습을 만들어내는 것도 중요하지만, 이미 내가 갖고 있는 매력을 최대한 살려내는 일이 더 중요하다. 그것이 그만큼 자연스럽기 때문이다.

흔히 지나고 후회해봤자 소용없다고 하지만 그렇지 않다. 지나고 나서 후회를 했기에 새로운 사랑 앞에서 더 이상 같은 실수를 반복하지 않을 수 있는 것이다.

남자는 그 일이 있은 후 깨달은 바가 있다고 했다.

"다시 연애를 하게 된다면 제가 갖고 있는 제 본연의 모습에 더 충실하고 싶습니다."

자신의 본모습을 보여주지 못하고 여자들이 좋아할 거라고 생각한 남자의 모습만 보여주려고 한 점이 아쉬웠다는 그의 깨달음도 결국 후회를 경험해보았기에 얻어진 것이다.

그대의
사랑을 믿어라

사랑은 내 감정만으로는 불충분하다. 내가 누군가를 좋아하는 감정 그대로도 사랑이지만, 그 감정을 상대가 사랑이라고 느낄 때 비로소 사랑이 되기 때문이다. 그러므로 내가 지니고 있는 사랑의 감정을 솔직하게 표현할 수 있어야 한다.

현재 연애 중인 관계에서도 마찬가지다. 서로가 사랑이란 감정을 어떤 방식으로 표현하는지에 대해 알고 있어야 비로소 사랑을 시작할 수 있고, 사랑하고 있다는 걸 제대로 느낄 수 있다. 사랑을 표현하는 방식에 대해서 우리는 끊임없이 이야기를 나누어야 한다.

수업 시간에 나는 친구들에게 이 질문을 꼭 던진다.

"사랑을 무엇이라고 생각하는가?"

서로를 믿어주는 것

함께 하는 것

그냥 행복

설명할 수 없는 그 무엇

무거우면서도 가벼운 것

직접 경험해본 사람이 더 잘할 수밖에 없는 것

설렘 그리고 열정

된장처럼 푹 익어가야 하는 것

바라보고 있는 순간조차 보고 싶은 마음

먹은 것 하나 없어도 배가 부른 것

이 세상 모든 사람이 좋은 사람으로 보이는 눈

이 세상에서 가장 부자가 된 느낌

정말 사랑이란 게 이런 건가 하는 생각이 들 정도로 학생들은 마음
까지 따뜻해지는 정의를 내린다.
그럼 이런 질문에는 어떤 대답을 했을까.
"상대가 어떤 행동을 보일 때 그걸 사랑이라고 느끼는가?"

자주 연락해줄 때

내가 남들에게 비난받을 때도 나를 인정해줄 때

갖고 싶은 물건을 선물해줄 때

내가 하고 싶어 하는 일을 함께 해줄 때

나와 함께 많은 시간을 보내줄 때

고춧가루가 낀 줄도 모르고 활짝 웃는 내게 세상에서 가장 예쁘다고 말해줄 때

나를 화나게 만든 사람에게 나보다 먼저 화내는 모습을 보일 때

핸드크림의 마지막 남은 부분까지 꾹 짜서 쓰는 내 모습을 보고 다음 날 핸드크림을 선물로 주었을 때

목감기로 힘들어하던 내게 말없이 따뜻한 꿀차 음료를 건네줄 때

장거리 볼 일을 함께해줄 때

고소공포증 있는 나를 위해 좋아하는 자이로드롭을 포기하고 함께 회전목마를 탈 때

두 질문에 대한 대답을 비교해보았을 때 사랑에 대한 정의가 추상적이고 비슷했다면, 사랑을 표현하는 방식은 제법 구체적이고 다양했다. 결국 서로 사랑하는 감정이 같아도 사랑을 표현하는 방식에 차이가 있다면, 그 마음이 제대로 전달되지 않아 의도치 않게 서로 상처를 받을 수 있는 것이다.

따라서 우리는 서로의 사랑 표현 방식에 익숙해질 필요가 있다. 당신

사랑과 연애에 정답은 없다
지금 사랑에 대해 갖고 있는
작은 생각 한 토막이
훗날 그 누구도 상상하지 못한
사랑 이론이 될 수도 있다

의 사랑 표현 방식이 무엇인지 잘 모르겠다면 다음의 내용에 스스로 답해보기를 바란다.

당신은 사랑하는 사람에게 인정하는 말, 함께하는 시간, 선물, 봉사, 스킨십 가운데 무엇을 가장 많이 요구하는가? 또한 당신이 사랑하는 사람에게 가장 많이 표현하는 것은 무엇인가?

만약 당신이 가장 많이 선택한 것이 '인정하는 말'이라면 당신이 갖고 있는 사랑의 표현방식은 인정하는 말이기 쉽다. 당신은 사랑을 표현할 때 주로 상대에게 인정하는 말을 많이 해주며 또한 상대로부터 인정해주는 말을 들을 때 스스로 사랑받고 있다고 느끼는 것이다. 이것이 바로 게리 채프먼(Gary Chapman)이 제시한 '5가지 사랑의 언어'이다.

사랑과 연애에 정답은 없다. 그렇기에 사랑에 대한 이론을 달달 외울 필요도 없고, 대단한 러브스토리가 있는 유명인들의 이야기를 조목조목 기억할 필요도 없다. 그저 지금 내가 겪고 있는 작은 사랑이 그 누구도 경험하지 못할 멋진 사례가 될 수 있으며, 사랑에 대해 갖고 있는 작은 생각 한 토막이 훗날 그 누구도 상상하지 못한 사랑 이론이 될 수도 있는 것이다.

그런 의미에서 사랑을 그토록 사랑하는 우리를 위해 필요한 건 지금 내가 하고 있는 사랑을 진심으로 믿어주는 일이 아닐까. 그리고 그 사랑이 상대에게 더 잘 전달될 수 있도록 노력하는 일이 아닐까.

사랑과 연애에
정답은 없지만

수업을 하면서 학생들의 연애 관련 상담을 많이 해주는 편이다. 그때
그때 수업 주제에 따라 학생들은 그동안 묵혀 두었던 이야기나 현재
의 사랑에 대해서 어떻게 해결하면 좋을지를 종종 물어온다.

좋아하는 사람이 생겼는데 어떻게 행동하는 게 자연스러울까요?
아직 정식으로 사귀는 것도 아닌데 부모님은 그 친구 상황만 보
고 벌써부터 반대하세요.
친한 친구의 전 애인을 좋아하게 되었어요. 그래도 되는 걸까요?
상대가 나를 좋아하는 것보다 내가 상대를 더 많이 좋아하는 것

같아 속상해요.

20대 중반인데 지금까지 한 번도 이성을 만나본 적이 없어요.

그래서 나는 수업을 시작하면 학생들에게 쪽지를 받는다. 이름하여 '연애 고민 베스트 10'이다. 연애와 관련된 고민을 1인당 최소 10개씩 적어서 제출하는데 수강생이 60명이니 총 600개의 질문을 받는 셈이다. 물론 익명 제출이다.

연애 고민 베스트 10을 받는 이유는 크게 세 가지다.

첫째는 지금 내가 하는 고민이 다른 친구들도 대부분 경험하는 일반적인 고민이라는 걸 알려주기 위해서다.

둘째는 내게 상처를 주었던 그 상대와 같은 입장이 되어본 친구들의 이야기를 통해 상대의 마음을 조금이나마 이해할 수 있는 시간을 갖기 위함이다.

셋째는 친구들의 다양한 생각을 들어보고 자신이 나아가야 할 방향이 무엇인지 정립하는 데에 조금이나마 도움이 되기를 바라는 마음에서다.

물론 학생들이 제출해준 모든 연애 고민에 대한 답을 제시하는 것 역시 학생들의 몫이다. 연애 고민 베스트 10을 e-클래스에 올려두면 학생들은 제각각 자신이 조언해줄 수 있는 내용을 찾아 답변을 해준다. 한 사람이 올린 고민에 여러 친구들은 제각기 다른 관점에서 다양한 해석을 내놓는다. 때로는 고민에 대한 답변이 내가 그토록 듣고 싶었던 위로의 말이 되기도 하고, 때로는 '쿵' 하고 마음을 더 무겁게 만드는 생각지 못한 답이 될 때도 있다.

이처럼 친구들의 연애 고민에 대한 다양한 생각을 주고받는 과정이 중요한 건 같은 문제를 놓고도 여러 해석이 존재할 수 있음을 알게 되어서다. 또한 나에게는 상처라고 생각했던 그 경험이 상대에게는 어쩔 수 없는 선택이었다는 점을 이해할 수 있어서다. 사랑과 연애에 정답은 없지만 이 시간을 통해 친구들은 비로소 그 상처가 깨끗하게 아물 수 있을 만큼 마음을 정리할 수 있는 것이다.

이제 본격적으로 그들의 이야기를 시작해보려고 한다. 사랑을 하는 우리의 고민과 그 과정은 크게 다르지 않다는 사실을 친구들의 다양한 사례를 통해 스스로 깨달아가기를 바란다.

제2강

지금 사랑을
시작하는
그대에게

한 번도 연애를 못해본
그대를 위해

학기 중반, 한 친구에게 생각지 못한 질문을 받았다.

"교수님, 저는 지금까지 연애를 한 번도 못해봤는데요. 그래서 말인데 … 평생 연애를 못하게 되는 건 아닐까 걱정스러운 마음이 들어요."

"한 번도 연애 경험이 없다고? 무슨 특별한 이유라도 있는 거니?"

"연애를 하고 싶었던 적도 딱히 없었지만, 그런 환경도 주어지지 않았던 것 같아요. 미팅이나 소개팅조차 한 적 없다면 할 말 다 한 거죠. 그저 때가 되면 하겠지 하고 생각했는데 요즘 조금씩 두려워지기 시작했어요. 그냥 이렇게 살다 가는 건 아닐까 싶어서요."

그 친구의 고백은 나를 적잖이 당황시켰다. 그래서 잠시 고민하다 꺼내놓은 한마디.

"누군가 좋아했던 경험은 있고? 짝사랑 같은 거."

그랬더니 부끄러운지 씨익 웃으며 답한다.

"기억이 까마득하긴 하지만 중학교 3학년 때 학원에서 좋아하던 누나가 한 명 있긴 했어요."

그럼 된 거다. 까마득해 그 사랑이 어떤 거였는지 기억나지 않아도 어쨌든 누군가를 좋아하는 감정을 품어본 것 아닌가. 그제야 난 마음이 놓였는지 그 친구와 조금은 여유롭게 대화를 이어나갈 수 있었다.

연애 한 번 못해봤더라도 걱정하지 말아라. 누군가를 좋아한 경험만 있다면, 연애? 할 수 있다!

짝사랑의 재발견

당신은 사랑했던 그 사람을 기억하는가? 당신과 연애했던 그 사람도 기억하는가? 지금 한 번 그 사람을 떠올려보자. 그런데 문득 이런 생각이 들지는 않는가?

'사랑했던 사람? 연애했던 사람? 결국 똑같은 거 아니야?'

흔히 '사랑과 연애가 뭐가 다르지?'라고 생각할 때가 있다. 그럼 이렇게 생각해보자.

'누군가를 사랑하면 모두 연애라고 볼 수 있는 걸까.'

그렇지는 않다. 사랑과 연애는 분명 다르다. 사전적 정의를 보면 '사랑'은 상대를 애틋하게 그리워하고 열렬히 좋아하는 마음인 반면, '연애'는 두 사람이 서로를 애틋하게 사랑하여 사귀는 것이다. 즉, 사랑은 누군가를 향한 나 혼자만의 마음으로도 가능하지만 연애는 애틋한 그 마음을 주고받을 상대가 있을 때만 가능하다.

누군가를 사랑하는 것만으로 연애라고 할 수 없다. 단, 연애의 출발은 서로를 사랑하는 감정이기에 누군가를 사랑할 수 있다면 연애할 수 있다고 봐야 하는 것이다. 누구나 한 번쯤 남몰래 짝사랑했던 경험을 갖고 있을 것이다. 코흘리개 시절 그게 짝사랑인 줄도 모르고 했던 경험, 사춘기 시절 아무 표현도 못한 채 속만 끓였던 기억, 어른이 된 후 해서는 안 될 사랑의 기로에서 가슴 아팠던 경험 등 말이다.

내게도 짝사랑의 역사가 있었다. 봄 햇살 가득했던 3월의 어느 날 오후, 이제 막 초등학교에 입학한 나는 골목친구들과 함께 대문 앞에서 땅따먹기를 하며 한창 놀고 있었다. 그때 누군가 자전거를 타고 지나가며 학교에 두고 온 나의 외투를 내 쪽으로 획 던져놓고 가버렸고, 난 그 아이가 사라질 때까지 그 뒷모습에서 눈을 뗄 수가 없었다. 그렇게 내 짝사랑은 시작됐다.

당신은 짝사랑의 느낌을 어떻게 표현하고 싶은가? 당시 나에게 짝사랑은 그 아이를 생각하는 것만으로도 따스한 햇볕이 내리쬐는 봄날 같은 느낌이었다.

혹자는 짝사랑을 '슬픈 사랑'이라고도 표현한다. 사랑하는 마음을 전할 상대가 없으니 슬플 수도 있다. 하지만 상대를 사랑하는 그 마음을

누군가를 혼자 좋아해본 경험이 있다면
연애, 할 수 있다!

온전히 나 혼자만 알고 있어 더 행복한 순간도 있지 않을까. 무엇보다 상대로부터 일방적으로 이별을 통보받을 일이 없다는 건 가장 큰 매력이지 싶다. 적어도 그와의 사랑에서 찾아오는 이별은 내가 변심했을 때에만 가능하니까.

짝사랑을 통해서라도 누군가를 사랑하는 감정을 익히는 건 중요하다. 한번 불이 지펴진 곳에 온기가 남아 그 다음의 불이 더 활활 타오를 수 있는 것처럼 사랑의 감정도 느껴본 사람이 그 감정의 깊이를 더해갈 수 있어서다. 그 사랑이 짝사랑일지라도 말이다. 우리는 사랑이 시작된 후에도 종종 짝사랑의 마음으로 사랑할 때가 있다. 두 사람의 마음이 동시에 같은 곳에 다다르기 어려워서다. 그 순간 무엇보다 나를 지탱해줄 수 있는 힘은 바로 짝사랑의 경험이 아닐까. 그런 이유로 그 사랑이 짝사랑이든 무엇이든 중요한 건 사랑하는 감정을 키워가는 것이기에 짝사랑에서 연애의 가능성을 찾을 수 있는 것이다.

내가 연애를
해야만 하는 이유

나는 왜 연애하고 싶은 걸까? 한 번이라도 곰곰이 생각해본 적 있는가. 다른 사람들이 아닌 내가 연애를 하고 싶은 진짜 이유 말이다. 적어도 그 첫 번째 이유가 다음과 같다면 그 연애는 잠시 미루어두기로 하자.

먼저, '외로우니까 연애하고 싶다'는 생각이다. 아마도 가장 많이 선택하는 이유가 아닐까. 그러나 연애의 동기가 외로움 때문이라면 자칫 그 만남은 나 자신을 더 외롭게 만들 수 있다. 혼자 있을 때 외로움은 그래도 '혼자니까'라고 스스로를 위로할 수 있지만, 함께여도 외롭다면 그 마음은 위로하기 더 어려울 테니 말이다.

사람은 혼자 있어도 외롭고 누군가와 함께여도 외로운 존재다. 함께 있는 상대가 가족, 친구, 사랑하는 사람이어도 마찬가지다. 왜? 외로움은 누군가와 함께 만들어가는 감정이 아닌 나 스스로 만들어내는 감정이기 때문이다. 가족이나 친구와 함께이거나 사랑하는 연인이 바로 곁에 있어도 누군가와 함께한다는 건 말 그대로 함께 하는 것일 뿐 온전히 나로 있어 주는 것은 아니기 때문이다.

외로워서 연애하고 싶은 거라면 그 외로움을 조금이라도 극복하려는 노력이 먼저 필요하다. 평소에 비교적 외로움을 덜 느끼는 때는 언제인지 생각해보고 그런 상황을 조금씩 늘려갈 수 있어야 한다. 그렇게 일상 속에서 외로움을 극복할 수 있는 어느 정도의 방법을 찾은 후 연애는 그때 시작해도 늦지 않다.

그다음은 '친구들도 다 하니까 연애하고 싶다'는 생각이다. 한 친구가 있었다. 그는 오랜 기간 알콩달콩 연애하는 친구 커플의 모습을 보며 늘 그들처럼 연애하고 싶다는 생각을 해왔다. 그러던 중 좋은 상대를 만났고 연애를 시작했지만 얼마 못 가 헤어지게 되었다. 왜 그랬을까? 친구에게는 쉽게 넘어가는 일도 자신에게는 넘어가기 어려웠고, 갈등이 생겼을 때도 대화로 풀어가는 친구의 애인과 달리 그의 애인은 입을 닫았기 때문이다. 그렇게 연애 과정 내내 친구 커플과 자신들을 보며 '왜 우리는 그들과 같을 수 없을까'를 비교했다. 그 비교의 끝은 결국 내가 상대를 잘못 만나 그렇게 된 것으로 결정지어졌고, 그들은 끝내 이별하게 되었다.

친구처럼 연애하기를 원했지만 자신이 그 친구일 수는 없다는 사실을 깨닫지 못한 것이다.

이것이 남들처럼 연애하려는 사람들이 빠지기 쉬운 함정이다. 만약 '친구처럼 연애하고 싶다'는 생각이 연애 동기로만 작용하고, 실제 연애는 자신들에게 맞게 했더라면 결과는 어땠을까?

지금 우리가 하는 연애가 과연 누구를 위한 것인지 생각해봐야 한다. 비교 대상은 의욕 없는 나 자신을 일으켜 세우기도 하지만, 때로는 의욕 상실로 내몰기도 한다. '그들처럼 연애하고 싶다'는 생각은 충분히 할 수 있다. 다만 동기로서 작용해야 한다. 그렇지 않고 연애 과정까지 이런 생각을 이어간다면 결국 그 연애는 계속해서 '친구들도 다 하는데'로 시작해 결국 '우리는 그렇게 못하니까'로 끝을 내기 쉽다.

연애를 하는 진짜 이유는 나와 사랑하는 사람이 주인공이 되기 위해서다. 누군가의 사랑을 흉내 내기 위해서 연애하는 것이 아니다. 동기가 무엇이든 내가 꿈꾸었던 연애를 내가 실현시킬 수 있어 행복하다고 생각할 수 있어야 한다.

나도 모르는
나를 알아가다 보면

나는 연애를 준비하는 데 있어 무엇보다 자기 자신을 잘 아는 일이 필요하다고 생각한다. 당신은 스스로를 얼마나 잘 알고 있는가? 잘 안다고 자신하는 나의 모습들이 정작 내가 보기에만 그런 것은 아닌가. 다른 사람들은 다 아는 나의 모습을 나만 모르고 있지는 않은가. 이런 물음에 답하기 위해 우리는 내가 아는 '나'도 알아야 하지만 내가 모르는 '나'도 알고자 노력해야 한다.

그렇다면, 내가 모르는 나는 어떻게 알 수 있을까. 수업시간을 통해 한 달에 한 번씩 파트너끼리 교환하는 쪽지가 있다. 바로 '5 대 1 쪽지'다. 5 대 1 쪽지는 워싱턴대 거트맨(John M. Gottman) 교수가 부부간 소통에서 중요하다고 제시했던 '5 대 1 대화법'을 보고 생각해낸 것이다. 친구들은 한 학기 동안 1인당 3명의 파트너로부터 각각 자신의 좋았던 점 5가지와 아쉬웠던 점 한 가지에 대한 쪽지를 받는다. 이렇게 한 학기 동안 학생들은 자신에 대한 좋은 점 15가지와 아쉬운 점 3가지를 알게 된다.

진짜 내 모습을 알 때

상대가 전해주는 내 모습에 대한 피드백이 익숙하지 않아서일까. 처음엔 5가지 칭찬이 있음에도 1가지 아쉬운 점에 못내 서운함을 감추지 못하는 친구들이 있다. 그러나 시간이 지날수록 친구들은 자신이 몰랐던 단점을 알아가는 게 얼마나 중요한 일인지를 깨닫게 된다. 그래서 나중에는 서로에 대해 더 솔직하게 표현해주기를 원한다. 뿐만 아니라 다른 곳에서 자신의 단점에 대한 이야기를 들으면 감정적으로 받아들이기보다 어떤 면에서 그렇게 비춰진 것인지 객관적으로 생각해보게 된다. 물론 15가지의 장점을 알게 되어 자신감이 향상되는 건 말할 필요도 없다.

당신은 이 방법을 누구와 사용해보고 싶은가? 현재 연애 중이라면 연인과 함께 해보자. 한 달에 한 번씩 서로에게 고마웠던 점과 섭섭했던 점을 5 대 1로 작성해서 교환하는 것이다. 그리고 부족했던 점에 대해서는 스스로 변화하려는 노력을 기울이는 것이다. 현재 연인이 없다

연애를 준비하는 데 있어
무엇보다 필요한 건
자기 자신을 잘 아는 일이다

면 친구들과 해보는 것도 좋다. 서로가 느끼는 친구로서의 모습에 대해 정확히 표현해보는 것이다.

지금까지 내가 알고 있던 나의 모습은 진짜 내 모습 중 극히 일부일지도 모른다. 나는 나이기 때문에 오히려 나를 온전히 알 수 없고 볼 수 없다. 나를 알기 위해 노력했다고 해도 나 혼자만의 노력이라면 결국 내 관점에서의 최선일 뿐이다. 나와 다른 관점의 사람들에게 보이는 내 모습은 분명 무언가 다른 게 있다. 그 다른 모습까지도 바라볼 수 있어야 온전히 나 자신을 아는 것이다.

'내가 모르는 나'보다 '내가 아는 나'가 많을수록 심리적으로 건강하기 쉽다. 그 이유는 '내가 아는 나'의 모습이 많다는 건 그만큼 스스로를 잘 알고 있기 때문이고, 나를 솔직하게 표현하고 있음을 의미하기 때문이다.

어떤 친구들은 상대에게 자신의 솔직한 모습을 보여주길 꺼린다. 무슨 이유에서인지 자신의 모습이 아닌 자신이 만들어낸 모습을 보여주려 애쓴다. 이때 자신이 보여주려는 모습이 자신의 진짜 모습과 다를수록 심리적인 피곤함은 물론, 혼란을 경험하기 쉽다. 나를 보여주는 것이 아닌 나를 연기해야 하는 상황이 많아지기 때문이다.

내가 보여주고 싶은 모습도 중요하지만 자연스럽게 보이는 모습이 진짜 내 모습이라는 생각이 중요하다. 또한 그 진짜 모습이 내 의도와 상관없이 상대에겐 다르게 비춰질 수도 있다는 사실도 알아야 한다. 그래야 주변에서 나에 대한 어떤 이야기가 들려와도 유연하게 대처할 수 있다. 그저 그들에게 그렇게 비춰진 것일 뿐 내 진짜 모습은 그렇지 않다며 나에 대해 좋은 방향을 생각할 수 있는 것이다. 그런 이유로 친구들이 전해주는 나의 모습에 대한 이야기에 지금 이 순간도 귀 기울일 필요가 있다.

누군가의 이상형

나는 옷에 크게 관심이 없다. 그래서 옷을 사는 일도 거의 없지만 어쩌다 옷을 살 땐 조금씩 다른 스타일의 옷을 입어보고자 노력한다. 그러나 옷장을 들여다보면 이런 나의 노력이 무색할 만큼 같은 옷 일색이다. 색상도 스타일도 다 거기서 거기다. 놀라운 건 이런 생각을 하면서도 여전히 옷을 고를 때면 늘 같은 스타일의 옷 앞에서만 맴돌고 있다는 사실이다.

이는 비단 옷에만 해당되는 이야기는 아닐 것이다. 사람을 볼 때도 마찬가지다. 주변 사람들로부터 매번 똑같은 사람을 사귀는 것 같다는 말을 듣는 이들이 있다. '이번엔 지금까지 만났던 사람과는 다른 사람을 만나볼 거야'라고 결심하지만 자신도 모르는 사이 기존에 만나던 사람과 비슷한 사람을 찾고 있다. 그만큼 사람에 대해서도 좋아하는 스타일이란 게 어느 정도 정해져 있어 나도 모르게 이끌리는 스타일의 사람이 있는 것이다.

그렇다면 적어도 내가 호감을 느꼈던 상대가 공통적으로 어떤 특징을 갖고 있는지에 대해서 체크해볼 필요가 있지 않을까. 지금까지 내가 좋아했던 사람들이 어떠했는지 말이다. 외모는 어떤 모습이었는지, 어떤 성격이었는지, 어떤 취미를 갖고 있는지, 어떤 생각을 하며 사는 사람이었는지 등.

이런 생각이 필요한 건 누군가를 처음 만났을 때 이 사람이 정말 나한테 맞는 사람인지, 내가 찾던 그 사람인지 몰라서 우왕좌왕하다 허무하게 그 사랑을 놓쳐버리는 경우가 있기 때문이다.

어떤 친구들은 말한다.

"좋아하는 감정이 생겼는데 문득 내가 만나고 싶었던 사람이 이 사람이 맞는 건지에 대한 의문이 들었어요."

아쉽게도 이런 고민을 하는 사이 상대는 이미 그런 마음을 눈치라도 챈 것처럼 저 멀리 가고 없다. 따라서 누군가 내 앞에 나타났을 때 온전히 그 사람에게 집중하기 위해서라도 평소 내가 원하는 사람이 어떤 사람인지 구체적으로 생각해놓을 필요가 있는 것이다.

수업 내용 중에 이상형에 대해 다루는 부분이 있다. 이상형에 대해 이야기할 때면 이상형을 만난 것도 아닌데 그저 상상하는 것만으로도 좋은지 학생들의 표정에 들뜸이 가득하다.

"일단 외모는 제 스타일이었으면 좋겠어요. 그리고 말도 잘 통하고, 취미도 비슷하고, 배려심도 있으면 좋겠죠. 무엇보다 결정이 분명한 사람이 좋아요. 그런데 이런 여자가 있긴 한 걸까요?"

"저의 이상형은 외모는 박서준에 명문대를 나오고 경제적으로 부유하며, 리더십 있고, 적극적인 성격에 유머러스하고 저를 아껴주는 남자예요. 말하기도 숨찰 만큼 바라는 게 참 많죠. 그런데 과연 이런 남자가 현실에 존재할지 또 존재한다고 해도 저를 좋아할지는 모르겠어요."

자신이 원하는 이상형에 대한 친구들의 생각은 제법 구체적이다. 그리고 정확했다. 무엇보다 그런 이상형이 있을지에 대한 의문과 그런 이상형이 결국 나란 사람을 선택할 것인가에 대해서만큼은 정확히 알고 있는 듯했다. 그래서일까. 나의 다음 질문에 친구들은 시무룩해진다.

"좋아. 이제 그런 사람을 만났다고 치자. 너 역시도 그 사람의 이상형이 될 수 있을까?"

연애는 상상만으로 하는 게 아니다. 나에 대한 준비는 전혀 하지 않은 채 이상형 타령만 하고 있다면 꿈을 깨지 않는 이상 그 사람과의 만남이 현실이 될 리 없다.

지금 이 순간 필요한 건 내가 원하는 이상형의 리스트만을 채우는 것이 아니다. 그만큼 나에 대한 부분도 채워나가야 한다. 지금껏 우리는 '어떤 사람을 만나고 싶다'에만 초점을 두어왔지 막상 내가 '누군가 만나고 싶어 하는 그런 사람이 되어야겠다'에는 비중을 덜 두어온 게 사실이다.

내가 원하는 이상형에게도 그 사람만의 이상형이 있다. 먼저 나부터 누군가의 이상형이 되기 위해 어떤 노력이 필요한지 생각해보는 건 어떨까.

그 사람이 있기 전에
먼저 내가 있다

학생들에게 사랑에 대한 이야기를 할 때 항상 빼놓지 않는 질문이 있다.

"1+1은 뭐죠?"

아무 설명 없이 느닷없이 물어본 질문이지만 학생들은 용케도 다양한 답변을 제시한다. 누가 봐도 1+1=2인데 그걸 질문이라고 던지니, 분명 그 밑에 무언가 깔린 의미가 있으리라 추측하는 것이다.

"2요!"

"1이요."

"3인가?"

물론 그 순간을 놓치지 않고 깜찍하게도 "귀요미"라고 받아치는 친구도 있다.

수학적으로 1+1＝2가 맞다. 그러나 관계에서는 어떨까? 관계에서의 그 수식을 설명하기 위해 먼저 하고 싶은 이야기가 있다.

한 남자와 한 여자가 있었다. 동아리에서 알게 된 두 사람은 처음엔 서로에게 전혀 관심이 없었다. 그러던 중 동아리 활동을 통해 서로의 모습에 조금씩 매력을 느끼기 시작했고, 남자가 먼저 여자에게 고백을 했다. 물론, 여자도 그 남자에게 관심이 있었기에 적극적으로 만남을 이어갈 수 있었고 그렇게 두 사람은 동아리 내 공식 연인이 되었다.

처음에는 좋은 점이 정말 많았다. 수업도 함께 듣고, 학식도 함께 먹고, 공강 시간이면 캠퍼스 데이트도 즐기고, 집에 갈 때도 서로를 기다려주며 함께 귀가하곤 했다.

그런데 언제부터인가 두 사람의 관계가 조금씩 삐걱거리기 시작했다. 두 사람은 모든 일상을 함께 하다 보니, 각자의 친구를 만나거나 따로 활동을 하려고 들면 다른 한 사람이 섭섭해 했고, 그런 모습을 바라보던 친구들도 하나둘 두 사람을 멀리하기 시작했다. 결국 두 사람은 점차 다른 사람들과의 관계에서 고립감을 느꼈고 늘 한 사람과만 함께해야 하는 일상이 답답해지기 시작했다. 그래서 사소한 일로 다투는 일이 많아졌고 그 과정에서 그들은 각자의 시간을 갖게 되었다. 그 시간을 통해 두 사람이 알게 된 건 무엇이었을까.

'모든 시간이 우리 둘만의 생활이었구나. 나만의 시간도 공간도 없었어.'

이들은 함께 일상을 공유하는 것도 중요하지만, 그만큼 독립적인 생활도 필요하다는 생각에 당분간 각자의 시간을 보내기로 결정했다.

사랑을 하게 되면 그 사람과 모든 걸 함께 하고 싶다. 당연하다. 그러나 생각해보자. 오늘 내일 그렇게 딱 이틀만 만나고 더 이상 안 만난다면 모를까. 평생 모든 것을 함께 하며 살아갈 수 있을까. 모든 걸 함께 하다가 그 사람과 헤어지게 된다면? 사랑할 땐 아름다웠던 그 시간이 이별 후엔 기억하고 싶지 않은 순간들이 될 수도 있는데, 그땐 잃어버린 그 시간들을 어떻게 보상받을 것인가. 그런 의미에서 사랑할 때 모든 걸 함께 하는 사랑은 위험부담이 크다.

그래서 관계에서 '1+1＝3'이라고 이야기하고 싶다. 흔히 나와 너가 만나 우리가 된다고 표현한다. 그러나 그 '우리' 안에는 결코 우리만 있어서는 안 된다. 우리도 있어야 하지만 그보다 먼저 있던 '나'와 '너'가 그대로 있어주어야 한다.

연애의 5분의 4를 연애 이외의 것으로 채워도 5분의 1만큼의 이별은 힘들게 다가온다. 그런데 하물며 5분의 5, 전부를 연애로 채웠다면, 그들의 이별은 어떤 느낌일까?

식사할 때도 탈이 나지 않으려면 적당량 소식해야 하듯이 관계에서도 소식이 필요하다. 함께할 수 있는 최소한만 함께해라! 단, 그 최소한의 시간을 최대한 함께 하기 위해 노력해라. 그럼 그 외의 시간은? 각자 자신의 일상을 위해 써야 한다. 나는 그게 연애가 나아가야 할 방향이라고 생각한다. 그나마도 20대라 5분의 1만큼이나 준 거다. 결혼하면 10분의 1이 될지도 모른다.

사랑하는 사람과 모든 시간을 함께하면 좋을 것 같지만 그렇지도 않을뿐더러 그렇게 되는 것만큼 위험한 일도 없다. 친한 친구와도 함께 지내는 시간이 많다 보면 단점이 보이기 마련이다. 당신의 가족도 마찬가지다. 집에서는 짜증 내고 무뚝뚝하던 사람이 밖에 나가서는 유쾌하고 매너 좋은 사람이 되지 않는가? 왜 집안에서의 모습과 집 밖에서의 모습이 다른 것일까? 가족과 함께 하는 시간이 많은 만큼 좋지 않은 모습이 드러날 확률이 높기 때문이다.

그렇다고 짧은 시간만 보내서 좋지 않은 모습을 볼 수 없게 하라는 의미는 결코 아니다. 그만큼 함께 하는 시간을 줄이면 그 시간에 더 최선을 다할 수 있기에 좋은 경험을 나누게 될 확률이 높아진다는 이야기다.

이제 그 사람을
만나는 일만 남았다

이제 그 사람을 만나는 일만 남았다. 사랑이 무엇인지, 연애에 어떤 준비가 필요한지 조금이나마 이해하게 되었으니 이제 어딘가에 있을 그 사람을 만나서 실전에 돌입하는 일만 남은 것이다. 다만 어느 날 갑자기 공주나 백마 탄 왕자가 내 앞에 떡하니 떨어지는 건 결코 아니라는 사실 한 가지만 알고 시작하자.

예전이나 지금이나 주변에서 어렵지 않게 들을 수 있는 말이 있다.

"공부 잘해서 좋은 대학만 가봐. 여기저기 만날 사람 천지야!"

"좋은 직장만 들어가 봐. 가만히 있어도 너 만나겠다고 사람들이 줄 서서 기다릴걸."

하지만 이미 대학에 가고, 직장 생활을 시작한 사람들은 안다. 그 말이 얼마나 믿지 못할 말인지를.

학생들과 이야기를 나누다보면, 의외로 연애다운 연애를 해본 적 없다는 4학년생들이 많다. 지금껏 4년이나 대학을 다녔는데 제대로 된 연애 한 번 못해봤다는 게 말이 되나. 그러나 우리 주변을 보면 이런 모태 솔로 4학년생들이 의외로 많다. 그들은 왜 연애를 하지 못했던 것일까? 물론, 여러 가지 이유가 있겠지만, 대부분 적극적으로 움직이지 않아서 그랬을 가능성이 높다. 내가 움직여야 연애도 시작되는 것이다.

그렇다면 어떻게 움직여야 할까? 누군가를 만나기 위해 움직인다는 건 어떻게든 그 사람과 연결될 수 있도록 관계망을 만드는 것으로 어떤 장소를 직접 가는 것일 수도 있고, 어떤 사람을 만나는 것일 수도 있다.

여과망 이론(Filter theory)에 의하면 우리는 배우자를 결정할 때 총 6단계의 여과망(근접성, 매력, 사회적 배경, 의견 일치, 상호 보완, 결혼 준비 상태)을 거쳐 최종적으로 한 사람을 선택하게 된다고 한다. 나와 근접한 관계에 있는 사람들 중에서 매력적이라고 느껴지는 상대로 범위를 좁히고 또다시 사회적 배경이 잘 맞고 의견이 일치하는 사람들로 계속해서 범위를 좁혀 간다는 것이다. 이렇듯 처음엔 나의 배우자가 될 사람의 범위가 상당히 넓지만, 한 단계씩 여과망에 걸러지면서 점차 그 대상이 줄어들고 결국에는 마지막 여과망을 통과한 한 사람으로 배우

자가 결정된다고 본다.

중요한 건 배우자의 범위가 지역적으로나 관계적으로 근접한 관계에 있는 사람들에서 출발한다는 사실이다. 연애를 어떻게 시작해야 하는지, 연애 대상은 어디서 어떻게 만나는 것인지에 대한 답은 이 '첫 번째 단계'에 들어 있다. 첫 번째 단계에 대해 좀 더 쉽게 설명해보자.

나는 배우 권상우를 좋아한다. 권상우의 오랜 팬이다. 그런데 왜 그 사람은 내 마음도 몰라주고 내가 아닌 손태영이랑 결혼했을까? 이런 상황을 학생들에게 질문하면 슬프게도 정확한 답변이 돌아오곤 한다.

"교수님보다 손태영이 훨씬 예쁘니까요."

그렇다. 하지만 더 예쁘고 덜 예쁘고는 두 번째다. 첫 번째 이유는 지역적으로나 관계적으로 내가 권상우를 만날 수 있는 부분이 전혀 없었기 때문이다. 권상우랑 전혀 다른 동네에 살았기에 오가며 마주칠 수도 없었고, 직업도 전혀 다른 분야여서 함께 할 기회가 없었다. 뿐만 아니라, 나의 지인들 중에는 권상우와 친분이 있는 사람이 없어 소개를 받을 수도 없었다.

한마디로 연애는 두 사람이 하는 건데 나만 그 사람을 알고, 그 사람은 나를 전혀 모르니 연애 자체가 불가능했던 것이다.

아는 사람이 많을수록 연애할 수 있는 대상 역시 그만큼 많아진다. 그래서 다양한 관계망을 만들기 위해 적극적으로 노력해야 하는 것이다. 단, 적극적인 노력은 생각만으로는 부족하다. 반드시 행동이 뒤따라야 한다. 어디든 나가야 누구라도 만나고, 누구든 만나야 연애가 되는 거니까.

방구석에 홀로 앉아 이상형만 그리고 있는 건 소용없다. 아무리 유명한 점쟁이가 '1년 안에 인연을 만나게 되어 있다'라고 말해도 1년 동안 아무 데도 나가지 않고 누구도 만나지 않는다면 그 인연은 결코 이루어질 수 없기 때문이다.

타고난 운명도 노력하고 실천해야 이루어지는 법이다. 결국 연애도 내가 노력하지 않으면 결코 그냥 얻어지지 않는다. 누군가 만날 수 있을 만큼의 접촉과 교류가 끊이지 않도록 적극적으로 움직여야 한다.

제3강

드디어
누군가를
만났다

드디어
누군가를 만났다

지금 이 순간, 나는 혼자가 아니다. 대체 어디에 있기에 이토록 만나기 어렵냐며 수백 번도 더 투덜거렸는데 지금 그 사람이 작은 테이블 하나를 사이에 두고 내 앞에 있다. 그런데 문제는 그 사람이 그저 내 눈앞에 그냥 '있기'만 하다는 사실이다. 무슨 말을 해야 할지, 어떤 표정을 지어야 할지, 손은 어떻게 하고 있는 게 자연스러운지, 어떤 느낌으로 바라봐야 하는지 생각하면 할수록 머릿속만 하얘진다.

지금 드디어 사랑하고 싶은 사람을 만났다. 이제 어떻게 해야 할까?

최소한 가만히 있어서는 안 된다. 정적이 흐르는 상태로 그저 시간만 흘려보내서는 절대 안 된다. 어떻게 만난 사람인데, 뭐라도 해야 한다.

무슨 말이라도 해야 한다.

"안녕하세요."

"네, 안녕하세요."

"……."

손꼽아 기다려 온 소개팅 첫날, 이런 상황을 앞에 두고 어떻게 해야 할지 몰라 식은땀만 주르륵 흘렸던 경험은 누구에게나 한 번쯤 있을 것이다. 누군가를 만나는 일도 중요하지만, 더 중요한 건 이때부터다.

지금 그리고 여기

처음 만난 자리에서 그 상황을 어떻게 리드해갈 것인지에 대한 생각과 실행은 매우 중요하다. 누군가를 만났음에도 자연스럽지 못한 대처로 인해 그 한 번의 만남이 영원한 안녕이 될 수 있기 때문이다. 그렇다면, 첫 만남에서는 어떤 이야기가 자연스러울까.

"갑자기 비가 내리는데 우산은 챙겨 오셨어요?"

"여기 찾아오는 길이 어렵진 않았나요?"

"지하철 타고 오셨어요?"

"소개해준 친구랑은 어떤 관계에요?"

"여기 음식 맛있다던데 와본 적 있으세요?"

흔히 이런 이야기들을 나누지 않을까. 지금 두 사람은 처음 만났고, 유일하게 공유할 수 있는 주제는 바로 지금 여기와 관련된 이야기뿐일 테니 말이다.

이런 이야기는 분명 두 사람을 이어주는 연결고리 역할을 한다. 그러나 그 연결고리를 한층 튼튼하게 해줄 또 하나의 이야깃거리가 있다. 바로 첫인상에 대한 이야기다. 어쩌면 첫인상에 대한 이야기가 가장 중요할지도 모른다. 그건 서로에 대한 이야기이면서도 상대로부터 직접 듣는 나에 대한 첫 느낌이기에 그 사람의 마음을 조금이나마 엿볼 수 있어서다.

그래서일까. 우리는 상대의 첫인상에 대해 이야기할 때 지나치게 조심스러워 한다. 그러면서 어느 누구에게 이야기해도 위험 부담이 적은 보편적이면서도 평범한 이야기만 들려주기 쉽다.

"착해 보이세요."

"분위기가 좋으세요."

그러나 안타깝게도 이런 인사말은 말하는 사람도 큰 감동이 없는 것처럼 듣는 사람 역시 감동이 없다. 신기하게도 내가 어떤 말을 할 때 순간이지만 진심에서 우러나오는 말을 하면 그 내용이 사소한 것일지라도 상대의 반응이 느껴진다.

그러나 그 내용이 대단한 것이어도 그냥 내 안에서 인위적으로 만들어낸 것일 때는 상대의 반응도 그냥저냥일 때가 많다. 결국 그 마음이 진심일 때 만난 시간과 상관없이 상대의 마음속으로 스며들 수 있는 것이다.

첫 만남의 시간은 길지 않다. 짧은 시간이지만 그 순간을 잘 활용하는 사람이 있는가 하면, 그렇지 못한 사람도 많다. 물론, 내가 상대에게 얼마나 호감을 느끼고 있느냐에 따라 조금의 차이는 있겠지만 그런 것과 상관없이 상대에게 매력을 제대로 어필하는 사람들이 있다. 매의 눈으로 상대를 정확히 관찰하고 그 느낌에 자신의 진심을 담아 따뜻한 말로 꺼내놓을 줄 아는 이들이다.

> 사투리를 쓰는 모습이 너무 매력적인데요.
> 오늘 처음 만났는데 오랜 친구와 이야기하는 느낌이에요.
> 속눈썹이 정말 예쁘세요. 눈이 깊어 보여요.
> 왼손잡이여서 무언가 함께 할 때 편할 것 같은데요.
> 패션 센스가 정말 좋은 것 같아요.
> 남자들 저음 목소리 듣기 좋던데 목소리가 정말 좋으세요.
> 친구 같은 애인이 되실 것 같아요. 말하는 게 정말 편해요.
> 잘 웃어주니까 다가가기 편해서 좋아요.
> 눈웃음이 정말 매력적이네요. 자상함도 느껴지고.
> 제 이야기 원래 재미없는데 잘 웃어주시니 힘이 나는데요.
> 이야기를 잘 끌어가시는 것 같아요.

여기서 중요한 건 첫인상에 관한 내용이 아니다. 내용의 화려함보다 그 내용이 얼마만큼의 진정성을 담고 있느냐가 중요하다. 그렇다면 처음 만난 사람의 모습에서 그것도 상대가 나의 진정성을 느낄 만큼

지금 그 사람이 작은 테이블 하나를
사이에 두고 내 앞에 있다
무슨 말을 해야 하는 걸까...

좋은 점들을 어떻게 찾아낼 수 있을까. 대화를 많이 해본 것도 아니고 함께 한 경험이 많은 것도 아닌데 말이다.

처음 만난 자리에서 해줄 수 있는 칭찬은 사소한 것이어도 좋다. 이제 만난 지 몇 시간, 아니 한 시간도 채 되지 않은 상태에서 해주는 칭찬이니 어쩜 가벼운 칭찬인 게 당연하다. 중요한 건 가볍지만 그 칭찬은 반드시 그 사람으로부터 나온 것이어야 한다는 사실이다. 그 사람이었기에 내가 그런 느낌을 받을 수 있었다는 의미를 담고 있어야 한다. 그럼 처음 만난 사람을 앞에 놓고 빠른 시간 내에 그 사람만의 매력적인 부분을 어떻게 알 수 있을까? 어떻게 하면 그런 눈을 키울 수 있는 걸까?

좋은 점을 찾아내는 눈

카페에서 친구를 기다리는 시간이나 또는 수업이 시작되기 전에 잠깐 주위를 둘러보자. 지금 바로 내 눈앞에 보이는 사람을 대상으로 그 사람의 좋은 점을 생각해보는 것이다.

길거리를 지나가다 눈에 띄는 사람을 보고 그 사람의 매력을 생각하는 것도 좋다. 자신에게 잘 어울리는 외투를 걸친 남자를 보았다고 치자. 그 순간 '저 남자는 외투가 잘 어울리네'라고 생각하는 것이다. 혹은 '저 사람은 걸음걸이가 자신만만하군', '저 여자는 표정이 밝아서 좋아' 이런 식이다.

강의실에서 책을 읽고 있는 친구를 보고는 '독서하는 모습이 지적이군', '주변 상황에 상관없이 집중력이 뛰어난 친구구나' 이 정도면 된다. 하나도 특별하지 않고, 그래서 어렵지 않다.

중요한 건 그냥 보기만 하고 지나치는 게 아니라 잠깐이라도 그 생각을 되뇌면서 마음속으로 말해보는 것이다. 더 중요한 건 단점이 아닌 장점이어야만 한다는 것이다. 이것도 연습인지라 단점만 바라보는 연습을 하다보면 놀랍게도 누구를 보든지 그 사람의 단점부터 눈에 보인다. 같은 원리로 장점을 보게 되면 그 사람의 좋은 점부터 보게 되어 처음 만나 이야기를 얼마 나누지 않았어도 그 사람의 장점을 빠르게 잡아낼 수 있는 능력이 생기는 것이다. 이런 모습은 상대로 하여금 좋은 인상을 남기게 된다.

'이 사람은 정말 관심을 갖고 나를 지켜봐 주는 사람이구나.'

이런 연습은 상대에게 좋은 인상을 남길 수 있어서 좋지만, 무엇보다 누구를 만나도 좋은 점을 먼저 보게 되니 내 기분이 좋아진다. 더 나아가 나 역시 그런 좋은 점들을 갖추게 된다.

다음에 또 만나고 싶은 생각이 들도록

이제 그다음이다. 어렵게 시작한 대화를 어떻게 하면 계속해서 이어 나갈 수 있을까. 처음 만난 상대와 지루하지 않은 대화를 자연스럽게 이끌어가는 방법은 무엇일까? 대부분의 사람들이 가장 고민하는 부분이지만, 절대 어렵지 않다. 바로 핵심만 놓치지 않으면 된다. 두 사람이 나누는 이야기에서 핵심을 기억해두었다가 그 부분과 연결되는 또 다른 이야기로 이어 나가면 된다. 이런 방식으로 이야기를 이어 가면 다양한 주제로 대화를 나눌 수 있어 지루할 틈이 없다. 또한 그 다양한 주제가 결국 자신들의 이야기 속에서 나온 핵심이기에 서로 관심을 갖기에 충분하다.

다만 상대의 이야기가 다 끝나지도 않았는데 어떤 내용으로 연결할지에만 몰두해 대화를 뚝뚝 끊고 다음 주제로 넘어가는 것은 바람직하지 못하다. 상대의 이야기를 끝까지 듣고, 나의 의견도 충분히 이야기한 후에 주제의 변화가 필요하다고 판단되면, 다른 주제로 자연스럽게 넘어가면 된다. 대화 중 더 이상 이야기를 이어나가기 어려울 땐 다시 지금의 장소에 대한 주제로 돌아온다.

"이야기를 재미있게 하셔서 밖이 어두워진 것도 모르고 있었네요."

"저녁이 되니까 카페 분위기가 더 좋은 것 같아요."

그러면서 적당히 이야기를 끊고 자리에서 일어나는 것도 괜찮은 방법이다. 뭐든 지나치면 부족한 것만 못하다고 아무리 재미있는 이야기도 몇 시간씩 계속되는 건 서로에게 지치는 느낌을 줄 수 있다. 끝이 언제일지 모를 이야기처럼 지루한 것도 없다. 첫 만남은 그 만남이 다음으로 연결될 수 있도록 매력을 살짝 보여주는 의미가 있는 것이지 오늘 만나고 다시 못 만날지도 모르니 내 모습을 다 보여줘야겠다고 작심하는 날이 되어서는 안 된다.

지금 이 순간, 그 자리를 떠나기가 조금 아쉬운가. 그렇다면 지금이 상대가 '다음에 또 만나고 싶다'라고 생각하기 좋은 시간이다. 무언가 아쉬울 때 더 만나고 싶은 법이다. 모든 걸 다 안 것 같은 느낌은 결코 다음 만남에 대한 기대로 연결되기 어렵다.

그런데 다시
자신이 없다

오랜 시간 기다려왔던 누군가와의 첫 만남을 마무리하며 앞으로의 사랑에 대한 기대감을 품고 일어서는 이들도 있지만, 한편에선 오히려 아픈 기억을 다시 확인시켜주는 자리가 되어 무거워진 발걸음을 옮기는 이들도 있다.

드디어 누군가 만났지만, 누군가를 만났다는 반가움보다 두려움을 먼저 느끼는 이들. 과거의 기억을 다 털어냈다고 생각했는데 그래서 마음속에 자리 잡고 있던 그 사람의 그림자까지도 말끔히 정리했다고 자신했는데 새로운 사람을 만나니 다시 그때의 경험들이 되살아난다. 옛 사랑의 아픈 추억 때문일까. 새로운 사랑을 시작할 수 있을 것만

같았던 그들은 또다시 자신의 모습이 한없이 작아짐을 느끼고 있다. 그때와 같은 모양새로 연애가 끝날 것만 같아 두려운 것이다.

"처음 소개팅에서 만난 그녀의 첫인상은 밝음, 그 자체였어요. 이야기를 나누면 절로 미소가 지어질 만큼 상대를 즐겁게 해주는 능력이 있었죠. 무엇보다 저의 사소한 한마디에도 잘 웃어주는 게 좋았어요. 그렇게 서로에게 좋은 느낌을 갖고 사귀게 되었는데 그 친구의 새로운 모습을 알게 된 거예요.

그 친구가 술을 정말 좋아하는데 술만 마셨다 하면 완전히 다른 사람으로 변하더라고요. 욕하는 건 물론이고, 길을 가다가 소리 지르거나 지나가는 사람들한테 시비도 종종 걸었어요. 그러고는 길가에 누워서 잠들어버리는 거예요. 그런 여자친구를 업고 집까지 바래다주는 것도 한두 번이지. 언제부턴가 제가 함께 있는 자리도 아닌데 여자친구가 술을 마시면 그 친구들이 저에게 전화를 걸어와요. 그래서 늘 그 뒷감당은 제 몫이 되었죠. 저는 지칠 수밖에 없었고 결국 헤어지자고 했어요. 그런데 여자친구가 앞으로는 절대 술을 마시지 않겠다며 한 번만 기회를 달라고 했고, 그래서 기회를 주었지만 결국 같은 일상의 반복이었죠. 이제 헤어진 지 제법 되었지만 그 이후로 연애를 못하고 있어요. 새로 만난 여자친구도 그러면 어떡하나 하는 일종의 두려움이 생긴 것 같아요."

이런 상황이 답답했던 남자는 친한 친구들에게 조언을 구하고 싶었지만, 오히려 그들의 반응은 냉담했다고 한다. 이런 생각을 하는 자신을 전혀 이해하지 못하겠다면서 말이다.

어쩜 H도 그전까지는 친구들과 똑같은 말을 했을지 모른다. 그러나 그 경험이 그의 생각을 바꾸어놓은 것이다. 두려움이 무엇이든 그 깊이는 상황을 경험한 사람만이 알 수 있는 법이다. 직접 당해보지 않고서야 어떻게 당사자의 마음을 헤아릴 수 있겠는가.

가벼운 연애만 하고 있는 P의 이야기

"그녀를 알게 된 건 아르바이트를 통해서였어요. 함께 일하면서 친해졌고 그렇게 우리도 모르는 사이 사귀게 되었어요. 저보다 두 살 많았던 그녀는 남동생이 없다며 저를 잘 챙겨주었어요. 저는 혼자 자취를 하고 있던 터라 외로움을 많이 탔는데 그녀 덕분에 외로움도 모르고 잘 지냈죠. 제 생일에는 자취방에 와서 미역국도 끓여줬어요. 물론 다툴 때도 많았지만 그럴 때마다 먼저 화해를 청해왔고, 아무 일 없다는 듯이 잘 지냈죠.

그렇게 시간이 가던 중 저희는 좀 더 깊은 관계가 되었습니다. 저는 그녀보다 어렸지만, 그래도 남자라는 책임감에 더 잘해주려고 노력했어요. 그런데 어느 날 갑자기 그녀로부터 연락이 완전히 끊긴 거예요.

카톡을 보내도 확인을 안 하고 전화도 안 받고. 아르바이트하는 곳에 물어보니 이제 못 나온다고 했다는 거예요. 답답한 마음에 며칠을 잠도 못자고 지냈는데 어느 날 문자가 왔어요. 헤어지자고. 그동안 고마웠다고.

사실은 어학연수를 떠났던 남자친구가 있었는데 한 달 전에 귀국했고, 어떻게 해야 할지 몰라 혼자 고민하다 결국 저에게 헤어짐을 통보하기로 결정했대요. 저는 아무것도 몰랐고, 그래서 어떤 준비도 할 수 없었죠. 그렇게 사랑했던 사람에게 일방적으로 헤어짐을 통보받고 나니 뒤통수를 세게 맞은 느낌이었어요."

그 친구는 이어서 이런 이야기를 했다.

"물론 이 세상 여자들이 모두 그런 건 아닐 거예요. 하지만 또 그런 사람 만나지 말란 법도 없다는 생각이 들어요."

그래서 언제부턴가 일정선 이상 가까워지는 걸 먼저 차단하기 시작했고, 언제 헤어져도 쿨하게 헤어질 수 있는 그런 가벼운 만남만 유지한다고 했다.

단 한 번의 이상 신호도 눈치 채지 못했는데 '어느 날 갑자기'라고밖에 느껴지지 않는 그런 헤어짐의 통보는 충분히 상처로 남을 수 있다. 누군가는 상대의 눈치를 혼자만 못 느낀 거 아니냐고 반문할지 모른다. 하지만 작정하고 달려든 사람에게는 눈치 빠른 그 어떤 사람도 감당해낼 수 없지 않을까. 그나마도 다행인 건 '이 세상 여자들이 모두 그런 건 아닐 거라는' 그의 말 한마디에 작은 희망이 보인다는 것이다.

"집안 어른의 성화를 못 이겨 맞선을 본 적이 있어요. 남자를 소개받고 30분 정도 흘렀을까. '소개해준 분의 성의를 생각해서 최선을 다하되 최대한 빨리 집에 가자'라고 생각했죠. 이유는 여러 가지였어요. 외모나 느낌도 제 스타일이 아니었지만 무엇보다도 대화를 이어 가는 게 많이 힘들었죠. 아주 보수적인 어르신과 이야기하는 기분이랄까. 대화 내용도 답답하고 지루했어요. 잠깐도 이렇게 대화하기 힘든데 이런 사람과 몇 번을 더 만난다? 그럴 수 없을 것 같았죠."

그런데 남자는 느낌이 달랐나 보다. 첫 만남 이후로 여자가 마음이 없음을 내비쳤는데도 불구하고 문득문득 정성이 느껴질 만큼의 호의를 베풀었다. 딱히 할 말이 없어 어떤 게 궁금하다고 내뱉었던 내용을 시간 날 때 정리해서 문자로 보내주질 않나, 저런 게 있으면 정말 편할 것 같다며 별 생각 없이 한 말인데 출장 다녀오는 길에 그걸 사가지고 오질 않나. 오늘 자기 생일인데 가보고 싶었던 식당이 있다며 오늘만 시간을 내어달라고 하질 않나.

그렇게 조금씩 남자는 여자의 마음속으로 들어오기 시작했다. 처음엔 전혀 아니었던 남자가 조금 아닌 남자로, 이젠 꼭 절대 아니라고 단정지을 필요가 있을까 싶은 정도의 남자가 되었다.

그렇게 여자의 마음은 조금씩 흔들리기 시작했고, 어느덧 6개월이라는 시간이 지난 후 여자의 마음은 남자에게 완전히 기울었다. 그래서 자신도 남자를 챙기게 되었고, 마음도 표현하기 시작했다. 물론, 주변 사람들에게도 만나는 사람이 있다며 확실히 표현하기 시작했다.

생각지도 못한 일이 발생한 건 바로 그즈음이었다. 어느 날 갑자기 남자가 헤어지자는 통보를 일방적으로 해온 것이다. 여자는 '이 남자와 결혼할지도 모르겠다'는 생각까지 하고 있었는데, 헤어지자는 말을 듣고 나니 너무도 당황스러워 어떻게 해야 할지 몰랐다. 무엇보다 자존심이 허락하지 않아 이별 통보에 매달릴 수 없었다. 결국, 남자와 헤어진 여자는 생각했다.

'이제 남자의 그 어떤 행동도 믿으면 안 되겠구나. 남자에게 내 마음을 다 보여주는 건 오히려 그 사람의 사랑을 변하게 하는구나.'

그때부터 그녀는 새로운 사람을 만나는 일에 자신이 없어졌다고 했다. 그렇게 1년 남짓 시간이 흘렀을까. 그녀는 새로운 사람을 소개받았고, 지금 그 사람과 3년 정도 연애를 해오고 있다. 그녀는 어떻게 새로운 연애가 가능했을까?

"어느 날 문득 무서운 생각이 들었죠. '이러다 연애를 더 이상 못하는 건 아닐까.' 그래서 생각을 바꾸기로 결심했어요. 새로 만나는 사람을 그 사람으로만 보자고요. 정말 그 사람은 그 사람인 거니까요. 예전에 만난 그 사람과 같은 사람은 아니잖아요. 그래서 오롯이 그 남자의 말, 그 남자의 행동으로만 그 사람을 보기 시작했고 보이는 만큼 믿었는데 놀랍게도 지금까지 관계를 잘 유지하고 있네요."

그 사람은 예전의 그가 아니다

그렇다. 그녀의 이야기는 하나도 틀리지 않다. 과거의 경험이 어떠하든 새로운 사람과 만나는 일에 자신감이 없어질 이유가 없다. 그 경험이 무엇이든 그것조차도 상관없다. 왜. 다시 사랑하게 될 사람은 예전의 그 사람이 아니니까. 그와는 다른 사람이기 때문이다. 그래서 똑같은 상황이 와도 결말은 똑같지 않을 확률이 높다.

물론 또다시 아픔이 찾아올지도 모른다. 그렇다고 이대로 자신을 내버려두는 것은 결코 도움이 되지 않는다. 그렇다면 상처받을 것이 두려워 더 이상 사랑할 수 없다는 이들에게 필요한 건 무엇일까. 상처 한 번 받지 않고 연애한 사람을 찾아가 조언을 구하는 것일까. 이 세상에 상처 한 번 없이 사랑한 사람이 과연 있을까. 아마도 연애를 하지 않았다면 모를까.

결국 연애와 상처는 함께 갈 수밖에 없다. 그렇기에 상처가 두려워서 뒤로 숨기보다는 상처를 받을지언정 그 상처를 새로운 사랑의 밑거름으로 삼겠다는 마음 자세가 필요하다.

처음에 받는 상처는 치명적일만큼 마음에 큰 생채기를 남긴다. 한 번도 그런 상처를 받아본 적이 없기 때문이다. 그러나 그 뒤로 이어지는 상처들은 정도가 덜하다. 이제 비로소 나도 상처받을 수 있다는 사실을 알고 시작하기 때문이다. 상처의 종류는 조금씩 달라도 그런 일이 얼마든지 일어날 수 있다고 미리 예측하는 만큼 그 충격은 덜하다.

때로는 내가 경험한 상처를 통해 상대의 아픔까지도 알아간다. 그래서 나를 상처받게 했던 누군가의 행동을 다시 또 다른 누군가에게 보이지 않으려고 노력한다. 이처럼 상처를 몇 번이고 받아보는 경험은 상처에 의연하게 대처할 수 있는 마음의 근력도 키워주지만, 나 자신을 돌아보는 시간과 상대의 마음을 헤아리는 능력까지 덤으로 남겨준다.

지금 이 사람,
꿈꾸던 이상형이 아니다

머리부터 발끝까지 그동안 꿈꾸어온 이상형과는 하나도 연결되지 않는 이 사람. 지금 당신과 연애 중인 사람이다. 우리는 누군가를 만나기 전부터 이상형을 그리며 살아간다. 그리고 자신이 생각하는 이상형과의 연애를 꿈꾼다. 그러나 대부분 현실에서는 이상형과 거리가 먼 사람이 곁에 있다. 물론 이상형과 거리가 멀다는 것이 매력 없는 사람을 의미하는 건 아니다. 말 그대로 이상형과는 다른, 내가 그동안 꿈꾸어온 모습과는 다른 모습을 하고 있는 사람을 의미한다.

누군가 내 마음에 들어오는 계기는 다양하다. 평소 이상형과 비슷해서 마음을 빼앗기기도 하지만 그 외의 요인들로 인해 마음을 더 많이 빼앗기는 경우도 많다.

도시적인 느낌이 충만한 여자를 만나고 싶다던 한 친구가 있었다. 경상북도가 고향인 그 친구는 생김새, 이미지, 옷 입는 스타일부터 말하는 스타일까지 도시적이라는 느낌 하나로 똘똘 뭉친 그런 여자를 만나고 싶다고 입버릇처럼 말하며 다녔다. 그래서 물었다.

"너에게 도시적인 느낌이란 건 어떤 거야?"

"그 있잖아요. 서울말씨 쓰고, 표정도 차가워 보이고, 옷도 세련되게 입고. 뭐 그런 거죠."

그러나 놀랍게도 그 친구가 지금 사귀는 사람은 경상도 사투리를 쓰는 여자다. 더 놀라운 건 그가 그녀의 세련된 외모가 아닌 사투리를 쓰는 모습에 푹 빠졌다는 사실이다. 그녀를 만난 후 그 친구는 이런 이야기를 했다.

"인연이 될 사람이면 그 사람이 어떤 사람이든, 그 상황이 어떤 상황이든 결국 내 마음에 들어올 수밖에 없도록 작용하는 것 같아요."

이처럼 누군가로부터의 끌림은 엉뚱한 곳에서 시작되기도 한다. 그런 이유로 지금 끌리는 이 사람이 내가 꿈꾸던 이상형이 아니어도 당황할 필요가 없다. 이상형은 그저 하나의 기준일 뿐, 내가 좋아하게 될 사람은 이상형과 비슷할 수도 전혀 다를 수도 있는 것이다.

결국, 연애를 시작할 때 우리는 상상도 하지 못한 사소한 것 하나에 꽂혀 누군가를 좋아하게 될 수 있고 나 역시 그 한 가지로 누군가에게 매력적인 사람으로 보일 수도 있다. 다시 말해 우리는 누군가의 이상형 리스트에 올라갈 만큼 대단한 매력을 지니고 있지 않아도 상대의 마음을 사로잡을 수 있는 단 한 가지는 있다는 사실이다. 단, 그 한 가지가 무엇인지 아무도 모른다는 것. 이것은 나 스스로가 매력 없는 사람이라고 느껴져도 결코 연애를 포기해서는 안 되는 결정적인 이유가 되기도 한다.

흔히 이상형을 이야기할 때 붙이는 한마디가 있다.

"이상형을 만나면 좋겠지만, 가장 중요한 건 제가 좋아할 수 있는 사람이면 된다는 거예요."

이렇듯 우리는 이미 내가 만든 이상형에 내가 원하는 모든 것을 포함시키지 못했음을 인정하고 있는지도 모른다. 내가 이상형 리스트에 적을 수 없을 만큼 내가 잘 모르는 그런 모습이 충분히 존재할 수 있기 때문이다. 그런 이유로 누군가가 내 이상형에 부합하지 않아도 그냥 좋아지고 있다면, 그 사람을 놓쳐서는 안 된다.

이상형은 변한다

한 친구가 불과 한 달 사이 이상형이 바뀐 자신이 놀랍다며 이렇게 이야기한 적이 있다.

"저는 이상형이 자주 바뀝니다. 한 달 전엔 성숙하고 눈이 맑은 사람이 좋았는데 지금은 애교 많고 귀여운 동생 같은 여자가 좋아요. 한 달 뒤엔 또 어떻게 변할지 모르죠."

정말 이상형은 변한다. 내가 처한 상황이 바뀌거나 심리적으로 어떤 영향을 받아서 바뀔 수도 있고, 나이가 들면서 사람과 세상을 바라보는 관점이 바뀌어 그럴 수도 있다. 생각해보자. 10대 때 내 이상형은 어땠는지, 20대와 30대 때의 이상형은 어땠는지. 제각각 다른 모습이기 쉽다. 이렇게 이상형은 계속해서 변하기에 지금 내 이상형이 불분명하다고 불안해할 것도 없고, 지금 이 순간 내 이상형에 대해 주변 사람들이 걱정한다고 한들 전혀 문제 될 것도 없다. 분명히 이 시간 이후로 당신의 이상형은 지금과는 많이 달라져 있을 테니 말이다.

우리가 만들어놓은 이상형이라는 기준에 지나치게 얽매일 필요는 없다. 그러나 여전히 이상형에 대해 생각해보고 리스트를 작성해보는 것은 필요하다. 이상형에 대한 생각을 구체화해 갈수록 결국 나 자신이 어떤 사람인지에 대해서도 구체화할 수 있기 때문이다.

'이런 사람을 만나고 싶어 하는 걸 보니 난 이런 사람이구나.'

'내가 이런 점을 갖고 있지 않아서 이런 사람을 좋아했던 거구나.'

지금 종이 한 장 꺼내놓고 펜을 잡아보자. 내가 만나고 싶은 사람이 어떤 사람인지 1번부터 차례대로 적어보자. 그리고 한 가지 더!

누군가를 만날 때 내 이상형 리스트에 없었지만 그 사람의 매력에 푹 빠진 적이 있다면, 그것 또한 보충해서 하나하나 적어가자. 그럼 결국 내 이상형 리스트는 생각으로만 꿈꾸었던 이상형과 실제 내 마음을 사로잡았던 현실에서의 이상형을 적절히 조화시켜갈 수 있게 된다.

이상형에 많은 내용을 넣을 필요도 없다. 어쩜 그 내용을 간소화시킬

수록 더 폭넓게 누군가를 만날 수 있을지도 모르겠다. '이것만큼은 절대 참을 수 없다', '이것만큼은 절대 포기 못한다' 하는 특성 몇 가지만 적어보는 것도 좋은 방법이다.

착하지만
착하지 않은 남자

수업 시간 '연애 고민 베스트 10'에 이런 고민이 올라온 적이 있다.

"내숭 떠는 여자 어때요?"

"착한 남자 매력 없나요?"

이 질문에 대해 당신은 어떻게 생각하는가. 단순한 듯 보이지만 제법 생각을 요구하는 이 질문에 의외로 많은 친구들이 답변을 해주었다.

> 내숭의 의미가 어디까지 포함되느냐에 따라 다를 것 같아요.
> 어느 정도의 내숭은 필요하지 않나? 내숭이 없는 것보다 어느
> 정도는 있는 게 나은 것 같은데요.

사람에 따라 호불호가 많이 갈릴 것 같아요. 여자의 내숭이 필요하다고 보는 입장도 존재하겠지만 저는 솔직하지 못한 거 같아 부정적이에요.

상대방이 착한 행동을 어떻게 받아들이느냐에 따라 다를 것 같습니다.

착한 남자가 매력이 없다기보다 그 착함이란 게 어떤 걸 의미하느냐에 따라 달라질 것 같네요.

착한 남자가 매력이 없는 건 아니에요. 착하기만 한 게 문제지.

먼저 착한 남자에 대한 이야기를 해보려고 한다.

"착한 남자 매력 없나요?"

남자의 질문이다.

"네. 매력 없어요."

그녀들은 조금의 망설임도 없다. 물론, 한마디로 단정 지을 수 없지만 대체로 착한 남자가 매력 없는 남자로 기울고 있음은 분명해 보인다. 그럼 이쯤에서 '착하다'는 의미를 좀 제대로 살펴봐야겠다. '착하다'의 사전적 정의는 '마음이 곱고 어질다'로 분명 좋은 의미를 지닌다. 그 어디에도 나쁜 느낌의 내용이 전혀 들어 있지 않다. 그럼에도 실제 남녀관계에서 착한 남자의 의미는 착한 것 같지만은 않다. 흔히 남자에게 "착하신 것 같아요"라고 말하면 마냥 유쾌하지만은 않은 반응을 보이니 말이다. 그럼에도 여전히 '약간의 매력은 있겠지'라는 기대가 있어서일까. 매력 없다, 한마디로 일축해버리는 여학생들의 반응에 상당히 놀라는 것 같았다.

분명 나쁜 말은 아닌 것 같은데, '착한 남자'가 의미하는 진짜는 무엇일까. 그 착함이 어떤 걸 의미하느냐에 따라 달라지겠지만, 적어도 무조건적인 착함은 문제가 있을 수 있다. 예를 들어 주변 사람들이 하자는 대로 다 끌려가는 착함은 본인은 몰라도 연인 입장에서는 상당 부분 피곤하기 때문이다. 이뿐만이 아니다. 착한 남자라는 단어 뒤에 숨어 있는 또 다른 의미가 있다.

"착한 남자요? 재미없고, 센스도 없고, 부담스럽게 잘해주는 남자예요."
세상에나. 착한 남자라는 이 짧은 단어 속에 이렇게나 많은 의미가 숨어 있었다니. 이런 의미들을 정말 착하게 포장한 그 한마디가 착한 남자구나 싶었다.

그렇다면 재미가 없으면 "재미가 없다", 센스가 없으면 "센스가 없다", 부담스럽게 잘해주면 "잘해주는 게 부담스럽다" 이렇게 표현하면 될 걸 왜 착한 남자라는 표현을 써서 많은 남자들의 마음을 헷갈리게 하는 걸까. 답은 생각보다 간단했다. 오늘 처음 만난 사람이자 앞으로 만날 일 없는 사람에게 그렇게까지 정곡을 콕 찌르는 아픈 말을 할 필요가 없기 때문이다. 서로 좋은 게 좋은 거라고 생각하다보니 딱히 해줄 수 있는 말이 그저 착한 남자뿐이었다는 것이다.

그런 이유로 착한 남자라는 단어는 특별한 매력이 없을 때 또는 내 마음에 별로 들지 않을 때 상대가 상처받지 않도록 쓰는 말이라고도 했다.

착한 남자의 마음도 헤아려줄 수 있는
누군가가 필요하다

착하긴 한데 뭔가 나랑 안 맞는 느낌?

이쯤 되니 남자들은 더 궁금한 게 생긴다.

"구체적으로 남자의 행동이 어떨 때 착한 남자라고 느껴지나요?"

그러자 바로 명쾌한 답변이 이어진다. 흔히 대화하는 가운데 이런 느낌이 들게 하는 남자다.

'그래서 나보고 어쩌라는 거지.'

좀 더 자세히 표현하자면, 자기 말만 하거나 자기 관심 분야에 대해서만 이야기하는 사람, 딱히 뭐라고 답해주기도 힘들고 공감도 안 되는 말들만 늘어놓는 사람이다. 단, 남자들의 그런 이야기가 잘난 척을 하거나 과시하기 위한 목적으로 나오는 게 아니라 눈치가 부족하다고 할까, 센스가 부족하다고 할까, 어디까지 그런 이야기를 해야 되고 어느 시점에서 그만둬야 하는지에 대한 감이 좀 떨어지는 것 같다고 했다. 흔히 이런 경우 여자는 소개해준 친구에게 이런 후기를 들려준다.

'착하긴 한데 뭔가 나랑 안 맞는 느낌?'

혹시 지금 이 순간 당신도 놀라고 있는가? 얼마 전 소개한 친구로부터 이런 이야기를 들었던 기억이 떠오르는가? 그랬다면, 당신 역시 착한 남자에서 크게 벗어나지 않을 확률이 높다. 그러나 한편으로 생각해 보면 이런 소리 한 번 안 들어본 남자가 있긴 한 걸까 싶다. 그래서 착한 남자의 의미를 좀 더 분명히 하기 위해 다른 종류의 착한 남자들도 제시해보려고 한다.

특별히 매력적이지도 않지만, 그렇다고 완전 비호감도 아닌 그
런 남자.
괜찮은 사람이지만, 내가 좋아할 만한 매력은 갖지 못한 사람.
정말 착한 것 같긴 한데 조금 눈치가 부족한 사람.
정말 착한 사람.

그 외에도 다양했다. 다만 친구들의 이야기를 통해서 느낄 수 있었던
건 착한 남자라는 의미에 나쁜 의도가 담겨 있다기보다는 딱히 어떤
게 매력이라고 정확히 말해줄 수 없을 때 착한 남자라는 표현을 사용
한다는 것이다.

착한 아들에서 착한 남자로

어쨌거나 분명한 건, 착한 남자가 나쁜 건 아니라는 사실이다.
재미가 없는 게 나쁜 건 아니다, 센스가 없는 것도 나쁜 건 아니다, 부
담스럽게 잘해주는 것도 그만큼 좋은 마음이 넘쳐서일 테니 나쁘지
않다. 다만 그들의 문제는 그 '정도' 즉, 적절한 수준과 타이밍을 잘 모
른다는 게 문제다.
그러나 어쩌면 착한 남자라고 표현되는 이들 중 일부는 사랑하는 그
녀를 위해 '적절한 정도'라는 걸 계산하고 싶지 않았는지도 모른다. 그
저 그녀를 위해 무엇이든 최선을 다하고 무엇이든 다 보여주고 싶은

마음이 강했는지도 모른다. 그래서 이런저런 노력을 하는 과정에서 본의 아니게 착한 남자가 되어버렸는지도 모르겠다. 결과적으로는 착한 남자가 되었지만 정작 그들이 되고 싶었던 건 '눈치도 없고, 센스도 없는 착한 남자'가 아닌 '그녀를 위해 모든 걸 다 할 수 있는 착한 남자'가 아니었을까.

지금 당신의 남자친구도 착한 남자라고 느껴지는가. 그런 남자친구를 위해 눈치 없고 센스 없음의 공백을 함께 채워나갈 마음은 없는지 묻고 싶다. 사랑은 결국 두 사람이 함께 키워나가는 것이므로 이제 그들의 마음도 조금은 헤아려줄 누군가가 필요하다.

남자들 대부분은 누군가의 착한 아들이었다. 그래서일까. 엄마들은 이 한마디만큼은 힘주어 말한다.

"우리 아들, 다른 건 몰라도 착한 거 하나는 내가 책임질 수 있어. 정말 착해빠졌다니까."

이랬던 아들이 여자친구가 생기면 엄마는 뒷전이고 여자친구밖에 모르는 착한 남자가 된다. 중요한 것은 착한 아들이 착한 남자로 넘어갈 때 분명 변화가 필요하다는 것이다. 엄마의 아들이 아닌 여자의 남자는 착하기만 해서는 안 된다. 아들에게는 자신을 보호해줄 엄마가 있지만, 남자에게는 자신이 보호해줄 그리고 함께 성장해야 할 여자가 있기 때문이다.

그래서 이런 생각이 들었다. 착한 남자 앞에 '센스 있는'이라는 수식어가 붙을 수 있다면 얼마나 좋을까.

'센스 있으면서 착한 남자.'

정말 이 시대 최고의 남자가 아닐까. 센스 있는 사람은 어떤 사람을 만나건 어떤 상황에 처하건 적절한 행동을 할 수 있다. 물론, 그 센스는 단순히 상대의 마음을 사로잡을 목적에서만 이루어지는 기술적인 센스가 아닌, 상대를 배려해서 진심에서 우러나오는 센스여야 할 것이다. 그렇다면 그 센스는 어떻게 키워갈 수 있을까.

정해진 답은 없다. 그저 사람들과 많이 부딪쳐보는 게 답이라면 답이다. 사람들과의 다양한 교류를 통해 그 감을 스스로 익혀가는 것만이 정확하고도 가장 자신다운 센스가 될 것이다.

내숭 떠는
그녀의 속마음

이제 '내숭 떠는 그녀'에 대한 이야기를 해봐야겠다.

"내숭 떠는 여자 어때요?"

여자의 질문이다.

"......."

남자들은 생각이 많은 듯했다. 흔히 남녀관계에서 여자가 어떤 행동을 보일 때 '저 여자 내숭이다'라고 느끼는 걸까.

> 친구들 앞에서와 남자 앞에서 하는 행동이 완전히 다를 때요.
>
> 평소엔 친구들 짐도 다 들어주면서 남자친구 앞에선 핸드백 들

어달라고 하는데. 와, 정말.

평소와 다르게 남자 앞에서만 콧소리 심하게 나는 친구들 있어요. 그런 거.

저희 누나가 손바닥으로 바퀴벌레도 때려잡거든요. 그런데 남자친구랑 통화하면서 바퀴벌레 때문에 바닥으로 못 내려가겠다고 하는데, 진짜 소름이었어요.

이런 모습을 보며 남녀는 어떤 생각을 할까.

내숭인 거 알지만 저는 오히려 그런 모습이 귀엽게 느껴지더라고요.

어차피 시간이 지나면 자기 본모습이 나올 텐데 처음부터 솔직한 게 더 좋지 않을까요.

뭐든지 지나치지만 않으면 괜찮은 것 같아요.

말로 설명할 수 없는 여자들만 느낄 수 있는 그런 내숭이 있어요. 그건 좀 별로더라고요.

이렇듯 내숭은 개인에 따라 호불호가 분명했다. 한 친구는 내숭이 갖는 또 다른 의미에 대해서도 이야기했다.

"흔히 여자들의 내숭을 안 좋게 받아들이는 경우가 많잖아요. 저도 그랬거든요. 그런데 내숭의 범위를 조금 확대해보면 이 세상에 내숭 없

는 사람은 거의 없다는 생각이 들어요. 예를 들어 낯을 많이 가리는
성격은 처음 만나는 사람에게 본래 성격을 보여주기 쉽지 않은데 결
과적으로 보면 자신의 성격을 감추고 행동하는 거니까 그런 행동 역
시도 내숭인 거죠."

상대에게 잘 보이기 위해 의도적으로 자신에게 없는 모습을 만들어
보여주는 것도 내숭이지만, 성격적으로 어쩔 수 없는 경우도 내숭일
수 있다는 거였다.

어쨌거나 내숭은 그 의도가 상대에게 잘 보이려는 마음에서 비롯된
것 같아 나쁘게만 보이지 않는다. 그 모습이 평소 자신의 모습을 솔직
히 표현한 게 아님에도 말이다.

그녀의 마음은 예뻤다

한 친구는 여자의 내숭을 이렇게 비유했다.

"남자가 좋아하는 여자 앞에서 남자답고 강한 척하는 것도 결국 비슷
한 경우 아닐까요."

내숭 없는 여자 없고, 허세 없는 남자 없다고, 상대방이 적당히 내숭을
떤다는 건 그만큼 나에게 잘 보이고 싶어서임을 눈치 채야 한다는 것
이다. 생각해보니 그 사람에게 잘 보이고 싶은 마음이 전혀 없다면, 내
모습을 감춰가면서까지 조심할 필요도 없고 잘 보이기 위해 노력할
필요도 없지 않을까.

그런 의미에서 한쪽의 내숭은 관계의 발전을 위한 좋은 신호탄으로 봐도 좋을 것 같다. 그러나 아쉽게도 그 신호를 제대로 읽어내지 못해 내숭의 의도가 발휘되지 못할 때도 있다. 우리가 그 신호를 제대로 읽어내지 못할 때는 대부분 내숭 떠는 그녀의 마음보다 내숭 떠는 그녀의 모습을 먼저 느낀 경우다.

갑자기 스윽, 하고 밀려오는 아픈 경험이 있다. 친한 친구가 자신의 이성친구와 통화를 하면서 장난삼아 나의 목소리를 몇 번 들려준 적이 있었다. 얼굴을 보지 않고 전화통화로만 이야기를 나누어서인지 한 번도 만난 적 없는 그 남자에게 난 제법 이야기를 잘했던 것 같다. 얼마 후 그런 내가 마음에 들었던지 적극적인 호감을 보이던 그 남자는 내게 한번 만나보고 싶다는 마음을 전해왔다. 그래서 친구가 마련해준 소개팅 아닌 소개팅 자리에 나간 적이 있다.

그 남자를 직접 본 순간, 난 요즘 표현으로 정말 심쿵했다. 그래서일 것이다. 그날 내 행동이 그토록 어색했던 이유가.

전화상으로 나는 내가 생각해도 활달하고 애교 있는 모습이었다. 물론, 친구 말에 의하면 그 남자도 나의 그런 모습에 호감을 느꼈다고 했다. 그랬던 내가 그 남자 앞에서는 침을 삼키는 일이 무슨 발달 과업이나 되는 것처럼 그 일에만 집중했다. 나는 침 삼키는 일이 그렇게 어려운 일인지 태어나서 그때 처음 알았다.

그런 나의 부자연스러운 행동은 식사하는 자리로까지 이어졌다. 치킨 한 마리를 거뜬히 먹는 내가 삼계탕 속에 빠진 손바닥만 한 영계의 다리 한쪽도 온전히 먹지 못했으니 그런 내 모습이 얼마나 부자연스러 웠겠는가.

그런데 그땐 정말 몰랐다. 내 모습이 얼마나 우스꽝스러울지 말이다. 그저 남자들은 조금 먹는 여자를 좋아할 거라는 생각에 심하게 깨작깨작했다. 결과는 생각하는 그대로다. 그 만남은 첫 만남이자 마지막 만남이 되었고, 남자는 친구에게 이렇게 후기를 전했다.

"직접 만나보니까 생각보다 활발하지 않더라. 화통한 성격일 줄 알았는데."

지금 생각해보면 그때 나는 그 남자 앞에서 흔히 이야기하는 내숭을 떤 것이다. 물론 조금이라도 잘 보이고 싶은 마음에서 비롯된 것이지만 결과적으로는 마이너스였다. 왜. 상대에게는 내 마음보다 내 모습이 먼저 보였을 테니까. 정작 '잘 보이고 싶다'는 내 마음은 예뻤지만, 그 모습은 자연스럽지 못했기 때문이다.

만약, 그때 내 스타일대로 닭다리를 통째로 뜯고 소탈하게 이야기를 나누었다면 어땠을까. 나에 대한 아쉬움이 크다. 물론, 남자에 대한 아쉬움도 있다. 그런 내 모습이 더 잘 보이고 싶은 마음의 표현이었다는 걸 그가 알아채 줬더라면 어땠을까.

결국 내숭도 어색하지 않고 자연스럽게 표현될 때 그 빛을 발휘할 수 있다. 그런 이유로 내숭은 무리하지 않고 상황에 맞게 사용되어야 한다. 물론, 내숭은 있는 그대로의 내 모습을 표현한 게 아니기에 적당한 시기에 내숭을 벗어내는 일 또한 필요하다.

내숭 떠는 그녀의 진심을 알았다면 이제 그녀에게 내숭을 벗어내고, 진짜 모습을 드러내도 된다는 믿음을 보여주어야 한다. 착한 남자도 내숭 떠는 그녀도 결국은 상대에게 더 좋은 모습으로 다가가기 위한 노력의 표현이었을 테니 이젠 우리가 그들의 마음을 알아봐 주는 일만 남은 것이다.

우리는 모두
호감형이 되고 싶다

우리는 인기 좋은 스타일에 대해 이야기할 때 '흔히' 또는 '대체로'라
는 단어를 잘 붙인다.

"흔히 이런 스타일 좋아하지 않나요?"

"대체로 이런 사람이 인기 있는 것 같아요."

그러나 우리에게 흔히 또는 대체로 인기가 많은 스타일은 중요하지
않다. 우리는 일반적인 대중의 인기를 먹고 사는 게 아닌 한 사람의
사랑으로 살아가기 때문이다. 흔히 인기 있다는 스타일을 연구해서
내가 그 모습이 된다고 한들 내가 좋아하는 상대가 그런 스타일을 좋
아하지 않으면 아무 소용없지 않은가. 또한 보편적으로 인기 있는 스

타일을 따라잡다 보면, 어느 것 하나도 확실히 어필할 수 없는 불분명한 내 모습이 될 수도 있다.

물론, 그렇다고 어떤 한 가지의 매력만으로 무장한 사람이 되자니 그 매력과 어울릴 사람을 찾는 게 어려워 연애 자체를 포기하게 될지도 모른다. 그런 의미에서 인기 있는 스타일의 기준은 필요하다. 다만, 이런 기준에 부합하려고 무조건 애쓰기보다 내가 자연스럽게 해낼 수 있는 부분이 어떤 것인지 확인하는 참고사항 정도로만 받아들이는 것이 바람직하다.

외모, 여전히 중요하지만

사랑과 연애에 대한 이야기를 나눌 때면 학생들은 여전히 외모가 중요하다는 말을 한다. 친구들이 외모를 1순위로 뽑는 가장 큰 이유는 상대에 대해 가장 먼저 알 수 있는 부분이기 때문이다. 만나자마자 그 사람의 성격을 알 수 있는 것도 아니고 가치관을 엿볼 수 있는 것도 아니며 사실상 외모를 제외한 아무것도 알 수 없기 때문이다. 흔히 첫 만남에 상대가 마음에 들지 않는다고 하면 얼굴만 보지 말고, 차차 다른 것도 좀 봐가면서 선택하라고 한다. 몇 번 만나다보면 좋아질 거라고. 그러나 차차 알아가고 싶은 그 마음 자체가 생기려면 적어도 어느 정도의 외적인 매력이 있어야 가능하다는 것이다.

충분히 그럴 수 있다는 생각이 든다. 단, 친구들이 이야기하는 외모는 단지 얼굴이 예쁘고 잘생기고의 차원이 아니었다. 잘생겼다는 기준, 예쁘다는 기준은 사람마다 다르기 때문이다. 예로 이목구비가 큼직큼직한 남자를 잘생겼다고 생각하는 사람도 있지만, 한편에선 얼굴선이 부드러운 사람을 잘생겼다고 생각할 수도 있어서다.

이들이 공통적으로 주장하는 매력적인 외모의 핵심은 그 사람이 표현해내는 전반적인 분위기다. 전반적으로 깔끔한 느낌인지, 자신감이 묻어나는지, 자신한테 어울리는 헤어스타일과 옷차림을 연출해낼 수 있는지, 웃는 모습이 매력적인지 등 그런 부분들이 얼굴의 생김새보다 훨씬 중요하다고 보았다.

혹시 당신은 여전히 외모가 그 외모가 아닐 거라며 부정하고 있는가. 물론, 그럴지도 모른다. 나 역시 그렇게 생각했던 적이 있기 때문이다. 외적으로 타고난 사람들에 대한 부러움이 시간이 지나면서 질투심, 시기심으로 바뀌었던 기억이 있다. 내가 노력해서도 그렇게 될 수 없으니 그들을 미워하는 데에만 열심이었다. 그러나 그런 생각으로는 아무것도 변화시킬 수 없다.

그래서 내린 결론은 그들은 그들대로 나는 나대로 만족하며 살아야 한다는 것이다. 외모를 가꾸기 위한 그 어떤 노력도 타고난 외적 매력을 소유한 사람들을 따라잡기엔 부족할 수 있다. 다만 그 매력적인 외모라는 게 전반적인 분위기에 좌우되는 거라면 분명 우리는 타고난 것 그 이상을 뛰어넘을 수 있다고 생각했다.

예전에 이런 기사를 읽은 적이 있다.

"미혼남녀 대부분은 상대의 조건 중 성격이 가장 중요하다고 말한다. 하지만 여전히 외모가 마음에 들지 않으면 더 이상 만나려고 하지 않아 좋은 성격을 보여줄 기회조차 갖지 못하는 게 현실이다."

오래전 친구가 내게 어떤 남자를 소개하고 싶다며 이야기를 해왔다. 자기가 사귀는 사람만 없었어도 그 남자랑 잘해봤을 거라며 꼭 한 번 만나보라고 했다. 그렇게나 괜찮다니 나는 큰 기대를 품고 약속 장소로 향했다.

문제는 카페로 이제 막 들어오는 그 남자와 인사를 나누기 위해 내가 일어섰을 때 발생했다. 그 남자가 7cm 힐을 신고 나온 내 시선 저 아래에 있었기 때문이다. 그때 나는 그 사람이 무슨 말을 해도 어차피 키 차이 때문에 잘될 수도 없다고 생각했고, 그의 말을 한 귀로 듣고 한 귀로 흘렸다.

아마도 그 순간엔 오로지 나보다 키가 작은 남자라는 사실에만 꽂혔던 것 같다. 그 후, 그 남자는 과연 어떤 여자를 만났을까? 놀랍게도 나보다 키가 큰 여성을 만나 잘 살고 있다. 그 여자와 나는 무슨 차이가 있었던 것일까? 나는 그 차이를 '기다림'이라고 말하고 싶다.

그 여자의 눈에도 분명 그 남자의 작은 키가 보였을 것이다. 그럼에도 그녀는 작은 키에 가려져 보지 못하는 부분은 없는지 그 시간을 기다렸던 것 같다. 그리고 결국 그 여자는 보게 되었으리라. 남자가 키는 좀 작아도 얼마나 책임감 강하고, 유쾌하고, 성격 좋은 사람인지 말이다.

성격이 중요하다는 말을 증명하라

우리는 흔히 이성을 볼 때 "성격이 가장 중요하다"라는 말을 한다. 그런데 이것이 말로 끝나지 않고 실행에 옮겨지기 위해서는 반드시 필요한 게 있다. 바로 기다림의 자세다. 숨겨진 매력을 발산할 수 있는 시간적 여유를 나에게도 주고, 상대에게도 주어야 한다. 그리고 서로가 그 성격을 느낄 수 있을 만큼 마음의 여유를 지녀야 한다. 여하튼 여전히 많은 사람들이 성격을 가장 중요시한다는 점은 마음 놓이고도 반가운 일이다. 왜. 누가 뭐래도 성격은 중요하니까. 다른 조건이 아무리 훌륭해도 성격이 원만하지 못하거나 그래서 잘 어울릴 수 없다면 상당 부분 힘들 테니까 말이다.

당신은 개인적으로 어떤 성격을 선호하는가? 개개인이 선호하는 성격은 셀 수 없을 만큼 다양하다. 다만 대부분의 사람들이 공통적으로 선호하는 성격은 상대를 배려하고 공감해주는 성격이 아닐까 싶다. 즉, 마음이 따뜻한 사람이다. 활발하다, 조용하다 등 성격의 세부적인 사항은 오히려 크게 중요하지 않다. 그건 나름대로 맞춰갈 수 있기 때문이다. 다만 배려나 공감, 이해와 같은 부분은 그 사람의 인성으로 앞으로도 크게 변하지 않을 것이기에 가장 중요하다고 생각한다.

웃는 모습이 매력적인 사람 역시 선호 대상이다. 사람들은 '웃는 모습이 매력적인 사람이 좋다'는 이야기를 종종 한다. 객관적으로 얼굴이 잘생기거나 예쁘지 않아도 웃는 모습이 잘 어울리는 사람들은 상대에게 매력적으로 다가가기 쉽다. 상대의 환한 미소를 마주할 때 자신의 마음까지 밝아져서일까. 그 모습을 계속해서 보고 싶은 마음에 더 만나고 싶은 생각이 든다고 한다.

실제 한 연구에 의하면 우리는 잘 웃는 사람을 볼 때 매력적인 이성을 만난 듯한 착각을 일으킨다고 한다. 그 이유는 매력적인 이성을 보았을 때 자극되는 뇌 부위와 잘 웃는 사람을 볼 때 자극되는 뇌 부위가 같기 때문이다. 즉, 우리의 뇌는 잘 웃는 사람을 보고 있으면, 매력적인 이성을 보고 있다는 착각을 일으켜 결과적으로 상대에 대해 좋은 인상을 갖게 된다는 것이다.

그런 의미에서 본다면 잘 웃는 모습 또한 멋진 외모를 갖는 것 이상으로 중요하다. 단, 잘 웃는다는 게 결코 쉬운 일은 아니라는 것이다. 웃는 모습도 끊임없는 노력이 필요하다. 지금부터라도 되도록 밝은 표정으로 나의 일상을 마주하는 연습을 해보는 건 어떨까.

내가 좋아하는 사람,
나를 좋아해주는 사람

사랑은 두 사람이 함께 나누는 것이지만, 그 시작은 늘 따로이기 쉽다. 두 사람의 마음이 동시에 시작되기는 어렵기 때문이다. 대부분의 사랑은 내가 먼저 좋아했거나 상대가 먼저 좋아했거나 하는 식이다. 사실 누가 먼저 좋아했는지는 중요하지 않다. 적어도 두 사람이 사랑하는 사이가 되었다면 말이다. 다만 서로를 사랑하기까지 한 번쯤 우리를 고민하게 하는 한 가지가 있다. 내가 좋아하는 사람과 나를 좋아해주는 사람에 대한 이야기다.

만약 내가 좋아하는 사람과 나를 좋아해주는 사람이 있다면, 당신은 누구를 선택할 것인가? 이렇게 대답할 수도 있겠다.

"내가 좋아하는 사람이 나를 좋아하도록 만들 거에요."

하지만 두 사람 모두 내가 좋아하는 사람이 나를 좋아하게 만들 수는 없다. 적어도 둘 중 한 사람은 나를 좋아해주는 사람을 선택할 수밖에 없다. 그렇지 않고 모두가 자신이 좋아하는 사람과 연결되기를 바란다면, 이 세상에 반은 누구와 사랑할 수 있을까. 실제 많은 친구들이 그렇게 대답했다.

"내가 좋아하는 사람이 나를 좋아할 수 있도록 노력하고 싶다."

반면에 "나를 좋아해주는 사람을 내가 좋아하도록 노력해볼 것이다" 라는 대답은 많지 않았다. 아니 아직까지는 그럴 마음이 없어 보였다. 나를 사랑해주는 사람에게 안주하기보단 이루어지기 힘들더라도 내가 사랑하는 사람을 찾아 떠나는 모험 같은 사랑에 대한 기대가 더 커 보였다. 어찌 됐든 결국 두 사람이 나누는 사랑인데 그럼에도 우리는 그 시작이 나로부터 비롯되길 더 많이 원한다.

사랑받는 것도 좋지만 사랑하는 느낌을 포기할 수 없다는 그들. 내가 좋아하는 사람과 나를 좋아해주는 사람의 차이가 무엇이기에 이토록 우리는 내가 좋아하는 사람이 더 중요하다고 생각하는 걸까.

먼저 내가 좋아하는 사람을 선택해야 한다는 친구들의 이야기를 들어 봤다.

> 내가 좋아하는 사람이라면, 그 간절함 때문에라도 내가 더 노력 하게 될 것 같아서요.

좋아하는 사람을 위해 노력하는 나 자신의 모습을 보며 행복감을 느낄 수 있지 않을까요.

내가 선택한 사람이기에 끝이 안 좋아도 후회 없이 쿨하게 정리할 수 있을 것 같아서요.

자신을 좋아해주는 사람과의 연애는 오래 못 가고 결국 자신이 좋아했던 사람을 추억하는 친구들을 많이 봐서요.

그러나 한편에서는 이들의 주장을 반박했다. 내가 좋아하는 사람과 연애를 해봤지만, 결국 남은 건 상처뿐이었다며 이제는 자신을 좋아해주는 사람과 연애하고 싶다고 이야기한다.

사랑받는 기쁨 역시 사랑하는 기쁨 이상으로 크기 때문이죠.

나를 좋아해주는 사람을 선택하면 적어도 내가 아플 일은 없을 테니까요.

그 사람의 사랑을 받기만 하면 되는 것이니 그만큼 마음이 편하지 않을까요.

나를 좋아하지 않는 상대의 마음을 변화시키는 것보다 내 마음을 변화시키는 게 더 빠르니까요.

사랑에 승자는 없다

사랑하는 것도 사랑받는 것도 결국은 내가 하는 사랑이다. 또한 내가 좋아하는 사람이든 나를 좋아해주는 사람이든 그 상대는 내게 소중한 사람이다. 그런 이유로 나를 좋아하는 사람이라고 해서 우습게 생각해서도 안 되고, 내가 좋아하는 사람이라고 해서 무조건적으로 희생하려고 해도 안 된다. 내가 하는 그것이 진짜 사랑이라면 그 관계 속에서는 승자도 패자도 없어야 한다. 내가 시작한 사랑이든 상대가 시작한 사랑이든 중요한 건 그게 사랑이라는 사실이지 사랑을 시작한 순서는 아니기 때문이다.

그렇다면, 과연 둘 중 누구를 선택해야 할까? 적어도 지금 이 순간 두 사람이 내게 동시에 찾아왔다면 말이다. 답은 그냥 당신의 마음이 움직이는 대로다. 단, 내가 좋아하는 사람을 선택했을 때 그 사람이 나를 좋아하지 않는 시간 동안 겪어내야 할 아픔을 감내할 자신이 있어야 한다. 또한 그 사람의 선택이 무엇이든 그로 인한 고통도 감당할 수 있어야 한다. '내가 노력하면 상대도 날 좋아하게 될 꺼야'라는 기대감과 '내가 이렇게까지 좋아하는데 당연히 나를 좋아해야 하는 거 아니야'라는 생각 역시 버려야 한다.

나를 좋아해주는 사람을 선택했을 때 적어도 내가 좋아하는 또 다른 사람에 대한 마음을 정리하고, 이 사람에게 최선을 다할 수 있다는 마음가짐이 필요하다. 그리고 '상대가 나를 먼저 좋아한 거니까 나는 좀 소홀하게 해도 되겠지'라는 생각은 버려야 한다. 나도 모르는 사이 나를 좋아해주는 사람에 대한 배려를 잊고 있는 건 아닌지 늘 스스로에게 물어봐야 하는 것이다.

우리는 누군가 나를 좋아해주면 일단 안심이란 걸 하게 된다. '나를 좋아해주는 사람이 있으니까 내가 좋아하는 그 사람에게 잘해보고 안 되면 돌아오면 되지'라고 생각하는 것이다. 만약, 내가 좋아하는 그 사람의 마음도 이런 거라면 그래서 당신을 하나의 보험처럼 생각하고 있다면 당신은 어떤 기분이 들까. 내가 그런 생각을 갖고 있는 한 상대의 마음도 크게 다르지 않을 것이다.

그에겐 너무 가벼운 평가

우리는 내가 좋아하는 사람에 대해서는 많이 배려하면서도 나를 좋아하는 사람에 대해서는 조금도 배려하지 않을 때가 있다. 그중에서도 특히 간과하기 쉬운 중요한 한 가지가 있다.

한 친구가 이런 표현을 한 적이 있다.

'내가 좋아하는 사람에게 내 마음을 숨기기 바빴다면 나를 좋아해주는 사람에게는 지나칠 만큼 내 마음에 솔직했다.'

그 친구뿐만이 아닐 것이다. 우리는 내가 좋아하는 사람에게 받았던 상처를 똑같이 나를 좋아해주는 사람에게 전하곤 한다. 내가 누구를 좋아했다는 이유로 그 상처를 견뎌낸 것처럼 나를 좋아해주는 사람 역시 그런 고통 정도는 경험해도 상관없다고 생각하는 것이다. 그러고는 이런 생각까지 한다.

'나를 좋아하는 사람은 왜 별 볼 일 없는 사람들뿐이지?'

도대체 왜 나를 좋아해주는 사람은 별 볼 일 없는 사람이 되어야 하는 걸까. 한 가지 분명한 건 이런 생각이 스스로에 대한 낮은 평가에서 기인한다는 것이다. '나 같은 사람을 좋아하는 걸 보니 별 볼 일 없는 사람이구나'라고 말이다.

그렇다면 자기 자신을 높이 평가한다면 어떨까. 누군가 나를 좋아해줄 때 이런 생각을 하게 될지도 모른다.

'나를 좋아하다니 저 친구 사람 보는 안목이 있네.'

내가 누구를 좋아할 수 있는 것처럼 그 사람 또한 나를 좋아할 수 있다. 언젠가 내가 좋아하는 사람에게 지녔던 마음처럼 나를 좋아해주는 그 사람의 마음도 똑같다는 걸 생각한다면, 그 사람을 조금은 더 배려하게 되지 않을까.

연애로 가는 길목에서
썸을 마주하다

내 꺼인 듯 내 꺼 아닌 내 꺼 같은 너.

맞다. '썸'이라는 단어를 유행시켰던 정기고와 소유의 노래 〈썸〉의 가사 중 일부다. 이 노래는 자신이 썸을 타면서도 그게 썸인지 몰랐던 사람들과 "뭐, 썸을 탄다고?"라고 말할 정도로 그 단어가 생소했던 이들에게 썸이 무엇이고, 어떤 느낌인지를 자세히 알려준 노래다.

평소 노래가사는 물론, 제목을 외우는 데에도 젬병이었던 내 입에도 맴돌던 그 노래. 노랫말 한 마디 한 마디가 이토록 귓가에 착착 감기는 이유는 무엇일까. 학생들과 썸에 대한 이야기를 많이 나누어서일까. 아니다. 곰곰이 생각해보니 그런 것만 같지는 않다. 그때가 언제였는지 기억도 가물가물한 시간 속 내게도 썸이 있었던 것이다.

썸은 오래전부터 우리와 함께였다

20대 초반, 여느 친구들처럼 나 역시 아르바이트를 했다. 팝콘을 판매하는 코너였는데, 모두 4명의 아르바이트생이 있었다. 남자 2명, 여자 2명이었던 우리는 나이도 학교도 제각각 달랐지만, 함께 일을 해서인지 금방 친해질 수 있었다. 그중에도 특히 눈에 띄었던 남학생이 있었는데, 알고 보니 나보다 3살 어린 친구였다. 그는 일하는 내내 사소한 부분까지 챙겨주었고 내가 손님이나 다른 사람으로부터 부당한 대우를 받는 것 같으면 나보다 훨씬 어른인 것처럼 행동했다. 그래서일까. 조금씩 그 친구의 웃는 모습이 좋아지기 시작했다.

우리는 아르바이트를 하는 중간중간 서로에 대한 이야기를 많이 나누었고, 끝나면 함께 햄버거를 사 먹기도 했다. 그러면서 나는 그 친구와 조금은 밀착된 사이라고 생각했던 것 같다.

그러던 어느 날, 우리 4명은 시외로 놀러 가기 위해 함께 버스를 타고 이동 중이었는데 어느 순간 창가 쪽에 앉아 있던 내 어깨에 가벼운 느낌이 얹어졌다. 살짝 돌아보니 뒷좌석에 앉아 있던 그 친구의 손이었다. 얼마나 조심스러웠는지 그 친구의 손가락에서 살짝 떨림이 느껴질 정도였다.

분명, 연애는 아니었다. 그러나 단순히 친구라고 하기엔 좀 애매했던

"지금 우리는 뭐하는 걸까?"
"모르겠어. 그런데 행복해"

사이. 그 시간만큼은 그 친구와 나 또한 썸을 타고 있었던 게 아닐까. 그러나 당시 그게 썸인지 알 리 없었던 우리는 그저 그걸 썸이라 부르지 못했던 것이다.

이렇듯 예전이나 지금이나 썸은 계속해서 있어 왔고 앞으로도 있을 것이다. 언제 어디서든 친구라기엔 이성적 감정이 앞서고, 연인이라기엔 조금 시기상조인 듯한 관계가 제법 눈에 들어오기 때문이다.

지금은 우리 모두 자연스럽게 썸을 타고, 썸에 대한 이야기를 나눌 수 있게 되었지만, 그럼에도 여전히 썸에 대해 익숙해질 수 없는 한 가지가 있다. 바로 썸을 타는 당사자들의 마음이다. 그들은 지금 이 순간도 여전히 헷갈리고 혼란스러워 한다. 지금 내가 하고 있는 게 사랑인지 우정인지에 대해서 말이다.

썸은 더 이상 가볍지만은 않다

〈500일의 썸머〉라는 영화를 보면 이런 대사가 나온다.

"지금 우리는 뭐하는 걸까?"

"모르겠어. 그런데 행복해."

"그럼 됐어."

지금 두 사람의 관계를 연애라고 단정 지을 수 없지만 무언지 모를 설렘으로 행복을 느낀다면 그게 썸이 아닐까. 이렇듯 썸은 친구와 애인 사이에 놓여 때때로 우리를 혼란스럽게 하지만, 틈틈이 행복이란 걸

맛보게 해줘서일까, 우리는 혼란스럽다고 느끼는 그 시간들을 애써 밀쳐내지 않는다. 분명한 건 썸은 연애보다 사람들의 마음을 더 애달프게 만든다는 사실이다. 노랫말처럼 상대가 '내 꺼인 듯 내꺼 아닌 내꺼 같은 너'이기 때문이다.

썸에 관한 이야기를 나눌 때 많은 친구들이 공통적으로 하는 이야기가 있다.

"썸은 절대 한 달을 넘겨서는 안 됩니다."

한 달이라는 구체적인 시간을 제시하면서까지 그 이상을 넘기지 말라고 하는 이유는 무엇일까? 썸이 한 달 이상 지속되면 연애로 발전하기 힘들기 때문이다. 연애와 달리 썸은 길면 안 된다. 썸 자체가 내가 상대와 연애를 시작해도 될지에 대한 탐색 과정인데 그 시간이 길어진다는 건 그만큼 시작에 대한 확신조차 서지 않는다는 걸 의미해서다. 연애란 게 서로 잘될 거라는 확신을 갖고 시작해도 어떻게 될지 모르는 일인데, 그 시작에 대한 확신조차 서지 않는다면 그 연애는 이미 끝난 거나 다름없기 때문이다.

다만 썸은 오래 끄는 것도 좋지 않지만, 지나치게 서두르는 것 역시 낭패를 보기 쉽다. 썸 관계에서 한쪽이 조금이라도 서두른다 싶으면 흔히 상대는 이런 반응을 보인다.

"난 원래 진지한 건 싫어해. 그래서 애인보다 친구 관계가 좋아."

정말 진지한 걸 싫어해서 그럴 수도 있고, 상대를 애인으로 둘 마음이 없어서 그럴 수도 있다. 그러나 대부분은 아직 마음의 준비가 되지 않아서일 때가 많다. 물론, 서로의 관계를 썸 이상으로 발전시키지 않으려는 다른 이유들도 있다.

> 헤어짐에 대한 두려움 때문에 계속해서 썸만 타게 된다.
> 내 모습을 자세히 알게 되면 상대가 실망할까봐 가벼운 관계인 썸을 선호한다.
> 데이트 비용이 드는 것도 아니고, 오히려 많은 친구들을 가볍게 만날 수 있어 썸이 좋다.
> 거절당할지 모른다는 위험 부담이 있어 차라리 이런 관계로도 남고 싶어 썸을 유지하고 있다.

썸에서 연인으로의 발전을 주저하는 이유가 상대에게 마음이 없어서 그런 것만은 아니다. 어쩜 우리는 상대를 놓치게 될까봐 덜컥 겁이나 연애 대신 썸으로 그 사람을 붙잡고 있는지도 모르겠다.
연애의 부담감을 덜어보자고 시작한 썸인데 썸 역시도 쉽지 않다. 연애 앞에서도 조심스러웠던 우리가 결국 썸 앞에서조차 같은 조심스러움을 보이고 있으니 말이다. 그러니 썸이 연애보다 가벼운 거라고 누가 이야기할 수 있겠는가.
썸은 더 이상 가볍지 않다. 그리고 썸은 연애와 크게 다르지 않다. 연애만큼의 책임감을 느끼기는 어렵지만, 연애와는 또 다른 무게감을 지니고 있기에 썸으로 인한 아픔도 기꺼이 감수할 수 있어야 한다.

어느 순간, 가볍게 다가온 썸. 그래서 그 끝이 무엇이어도 개의치 않을 거라고 자신했지만 결코 그 끝이 가볍지 않아 늘 우리는 당혹스럽다. 썸은 가벼워서도 가벼울 수도 없는 것이기에 결국 연애와 크게 다르지 않다. 그런 썸 앞에서 이젠 조금 진지해질 때가 되었다.

썸이
빛나는 순간

썸은 그 자체로도 충분히 가치 있다. 그러나 사랑을 연애로 이어주는 연결고리로서 역할에 충실할 때 그 가치는 더 빛을 발한다. 평생 썸만 타겠다고 목표를 세우지 않은 이상, 우리는 적당한 시기가 되면 썸남 혹은 썸녀에게 마음을 고백할 수 있어야 한다.

한 여자의 이야기다.

"처음 그 사람과 썸을 타기 시작했을 때만 해도 적극적인 모습에 호감을 느꼈어요. 그런데 시간이 지날수록 나에게 확신을 주는 것이 아니라 헷갈리게 한다는 느낌이 들었죠. 썸 타는 기간이 길어지다 보니 흐지부지한 관계에 싫증이 나기 시작하더라고요. 저는 그런 상대방의 애매한 행동에 실망하게 되었고, 그렇게 썸은 끝나게 되었어요."

이 상황에서 남자가 확신을 주기만을 기다리지 않고, 여자가 확신을 주었다면 결과는 어땠을까. 혼자 타는 썸이 아니라면 두 사람이 서로에게 일정 부분 호감을 느끼는 상태이므로, 적어도 어느 한쪽에서는 먼저 적극성을 보일 필요가 있다. 요즘은 누가 먼저 적극적이어야 하느냐, 뭐 이런 것도 필요 없다. 여자여도 좋고, 남자여도 좋다. 그저 두 사람 중 먼저 적극적이고 싶다고 생각한 사람이 시작하면 되는 것이다. 호감이 있으면서도 '괜히 잘못되면 어쩌나', '고백했는데 실패하면 어쩌지' 등의 걱정으로 그 시기를 미룬다면 썸만 타다가 고백도 해보지 못하고 그냥 깨질 확률이 높다.

한 남자의 이야기다.

"썸이든 연애든 솔직하게 자신의 마음을 표현하는 건 중요합니다. 상대의 반응만 기다리다 보면, 오히려 서로가 오해를 하게 되고 그런 이유로 관계가 그냥 끝날 수 있기 때문입니다."

그의 사연인즉 이랬다.

"1학년 때 친구네 학교 주점에 놀러 갔다가 제 스타일의 여자를 발견했습니다. 우리는 서로 번호를 교환하고 헤어졌고 그 다음 날 약속을 잡고 만나기로 했죠. 저는 3시간 정도의 대화를 준비해갔습니다. 그러나 아쉽게도 그 친구는 단답형 대답만을 했고, 그렇게 3시간용이던 내용은 10분 만에 바닥이 났습니다. 저는 당황해서 생각지도 않았던 별

별 이야기들까지 다 하게 되었죠.

그 친구가 웃고는 있었지만, 반응이 워낙 소극적이어서 마음을 접으려고 했습니다. 그런데 다음 날 그 친구가 밥을 사겠다며 먼저 연락을 해온 겁니다. 이후로 몇 번의 만남을 더 가졌는데, 문제는 문자로 이야기할 때는 나한테 관심이 있는 것 같은데 막상 만나면 반응이 거의 없다는 겁니다. 그렇게 한 달 정도 마음을 졸이며 지내다가 어느 날 고백을 했고, 결국 사귀게 되었는데요. 나중에 들어보니 그 친구는 제가 고백을 안 하니까 어장관리로 생각하고 그 날도 고백을 안 하면 접으려고 했었다네요."

그래서 이 친구는 이런 이야기를 해주고 싶다고 했다.

"여성분들도 적극적으로 호감을 표현한다면 남자는 자신감을 갖고 더 적극적으로 고백할 겁니다."

고백 없는 썸이라

남녀 모두 썸 관계가 자연스럽게 연애로 이어지기를 기대한다. 그럴 땐 분명 누구라도 먼저 그 신호를 보내야 하는데 이제 더 이상 남자가 고백을 하고 여자가 고백을 받는 시대가 아니라는 사실을 기억해야 한다. 남자도 여자만큼 고백받고 싶어 한다. 남자라고 왜 사랑받고 싶지 않겠는가. 그도 남자이기 이전에 인간인 것을. 언젠가 수업에서 남학생들에게 물어봤다.

"썸 타거나 연애할 때 여자에게 고백받고 싶은 사람?"

놀라지 마시길. 거의 대부분의 남학생들이 손을 그것도 양손을 번쩍 들어올렸다. 한 술 더 떠 그들은 고백하는 여자의 모습을 보면 없던 매력까지도 느끼게 된다고 했다.

그래도 용기가 생기지 않는가? 상대의 마음이 나와 같지 않을까봐 두려운가? 고백하기 전, 한 가지만 체크하자. 지금 고백이 시기적으로 지나치게 빠른 건 아닌지. 서로 시간을 충분히 가졌다고 생각된다면 고백해도 좋다.

고백했는데 상대의 마음이 썸 이상은 아니었다? 그럼 조금 미리 헤어지는 거라고 생각하자. 어차피 내게 썸 이상의 마음이 없는 상대라면 그 기간을 늘인다고 해도 결국 썸으로 끝나기 마련이다.

고백 없는 썸은 모르는 길을 그 누구에게도 묻지 않고 혼자서 끝도 없이 걸어가는 것과 같다. 목적이 없어 편할 수도 있지만 때로는 그 끝이 어딘지 몰라 답답하고 지칠 수 있다. 적어도 썸만 타는 연애를 희망하는 게 아니라면 적당한 시기에 내 마음을 고백하는 용기가 필요하다.

혼자 타는 썸

어느 날 한 친구가 지금 썸 타는 여자와 조금 진지한 관계로 발전하고 싶다며 어떻게 하면 좋을지를 물어왔다. 그래서 그녀와의 일상에 대해 조금 자세히 이야기해달라고 했다.

"일주일에 한 번 정도 만나는 거 같아요. 함께 밥을 먹은 건 여러 번 있었지만 밥 먹는 거 말고 해본 건 과제를 하거나 동아리 활동을 함께 하는 정도에요."

얼핏 듣기엔 그냥 친구 관계인 것처럼 들렸다. 그래서 다시 물었다.

"특별히 네가 그 친구와 썸이라고 생각하는 이유가 있는 거니?"

그러자 곰곰이 생각에 잠긴 그 친구, 잠시 후 대답을 이어갔다.

"처음부터 친구였던 건 아니에요. 수업에서 같은 조가 되면서 알게 되었는데 과제 때문에 조원들끼리 밥을 딱 한 번 먹은 적이 있어요. 그때 제 옆에 앉아서 많은 이야기를 나누었는데 알고 보니 같은 동아리더라고요. 제가 활동을 열심히 하지 않아서 잘 몰랐던 거죠. 그래서 그 후로는 편하게 둘이서 밥도 먹게 되었고, 가끔이지만 개인적으로 연락도 주고받는 사이가 되었죠. 시험기간에는 열심히 공부하라는 메시지도 서로 보내주고요. 솔직히 말씀드리면 저는 그 친구가 마음에 들었어요. 그래서 매순간 사귀어보면 좋겠다는 생각을 했던 것 같아요."

마지막 한마디를 하며 자신감이 조금 떨어졌는지 말끝을 흐린다. 여자의 행동이 애매하게 느껴졌지만, 좀 더 진도를 나가고 싶은 마음에 함께 영화를 보거나 다른 것을 해보자고 연락을 하면 은근히 다른 이야기로 넘어가거나 또는 시간 내기 어렵다는 답변이 돌아왔다고 한다. 그러면서도 여전히 함께 밥을 먹거나 기존의 활동을 함께 하는 건 가능하다고 했다.

지금 이 관계는 무엇일까? 둘 다 썸을 타고 있는 걸까? 아니면 한 쪽에서만 썸을 타는 걸까?

남자 혼자 썸을 타고 있다고 보는 게 정확할 것 같다. 관계를 더 진전시키기 위한 한쪽의 노력에 대해 상대가 전혀 따라주지 않는다는 점, 오히려 그런 분위기의 연락이 올 때에는 답을 회피한다는 점 때문이다. 여자 입장에서 이 남자는 그냥 편한 친구다. 그래서 가끔 밥도 같이 먹고, 과제도 할 수 있는 것이다. 그리고 그녀는 이 남자와의 이런 관계를 유지하고 싶은 것이다. 오랜 고민 끝에 이 친구는 그녀와 지금처럼 가끔이라도 밥 먹고 과제하는 관계로 남기로 결정했다.

썸을 타면서 어떻게 하면 연애로 자연스럽게 이어갈지를 고민하는 건 중요한 일이다. 그러나 더 중요한 건 지금 내가 썸이라고 생각하는 그 관계가 그저 나만의 생각은 아닌지를 정확히 아는 것이다. 그렇지 않으면, 한쪽에서는 그 사람의 마음을 얻기가 어려워 지치고, 다른 한쪽에서는 친구로 만나는 것조차도 부담스러워 그 관계를 놓아버릴 수도 있어서다.

그러나 나 혼자만의 썸이 아니었다고 해서 마음을 온전히 놓을 수만은 없다. 서로가 썸 타는 관계라는 걸 분명히 인정하고 있어도 결코 연애로 넘어갈 수 없는 경우가 있기 때문이다. 어느 한쪽이 이미 완벽하게 마음의 철벽을 치고 있는 경우다. 무슨 이유인지 모르지만 누구를 만나도 절대 썸 이상으로는 발전하지 않으리라 마음을 단단히 먹고 있는 사람들이 있다. 문제는 그런 마음을 자신만 알고 상대에게는 전혀 내비치지 않는다는 데에 있다. 이런 경우는 무슨 수를 써도 상대의 마음이 무엇인지 알 길이 없다.

〈500일의 썸머〉에 나오는 썸머가 그랬다. 적어도 남자주인공인 톰에게는 말이다. 어떤 이유로 스스로를 진지한 관계에 가두기 싫어했던 썸머는 그런 자신의 생각을 톰에게 알리지 않은 채 만남을 이어간다. 썸머의 그런 생각을 알 리 없는 톰은 썸머와의 관계에서 일어나는 행동 하나하나에 의미를 부여하지만, 그녀는 별 의미를 두지 않는다. 그런 그녀의 마음을 알지 못했던 톰은 혼자서만 사랑을 키워가고, 결국 혼자만의 노력으로 그녀의 진짜 마음을 알아가게 된다. 그 과정에서 그는 견디기 어려울 만큼의 고통을 혼자 짊어져야만 했다.

영화 속 이야기지만, 현실에서도 어렵지 않게 볼 수 있는 상황이다. 한 사람만 알고 있는 사랑의 한계. 그 한계를 모른 채 꾸준히 노력하면 다다를 수 있을 거라고 생각하는 남은 한 사람. 과연, 영화가 아닌 현실에서의 톰이라면 그는 썸머에게 뭐라고 말하고 싶었을까?

"그럼 지금까지 날 갖고 논 거야?"

그래도 상처가 두렵다면

상대가 나와의 관계를 썸이라고 생각하는지 친구라고 생각하는지부터 구분해라. 어떻게? 그 기준을 두 친구는 이렇게 표현했다.

"썸은 어떻게든 만나고 싶어 하는 목적이 커요. 자주 연락하는 이유도 결국은 만나고 싶어서 그런 거죠. 그래서 약속이 잘 안 잡히면 계속해서 어떤 구실을 찾아내요. 하지만 친구는 연락해서 만날 수 있음 만나는 거고 만날 수 없으면 그걸로 끝이죠."

"이야기를 나눌 때 그 중심이 상대방인지 자신인지에 따라 썸인지 친구인지 구분할 수 있을 것 같아요. 썸인 경우에는 상대가 한 이야기에 '왜?'라는 궁금증이 계속해서 생겨요. 더 알고 싶은 거죠. 그만큼 더 가까워지고 싶은 거예요. 하지만 친구는 그 중심이 자신에게 있어요. 상대가 이야기하면 듣는 걸로 끝이에요. 그러고 나서는 자신의 이야기를 하죠. 예를 들어 만나자고 했는데 상대가 바쁘다고 하면, 왜 바쁜지를 묻기보다 바쁘구나, 하며 그냥 서로의 안부를 확인하는 정도로 끝맺음을 한다는 거예요."

물론, 지금 이 순간 두 친구의 이야기를 읽고 '나는 썸이 아니었구나' 하며 실망하기엔 아직 이르다. 지금은 썸이 아니어도 상대의 마음이 언제 돌아설지 모르기 때문이다. 썸도 두 사람의 마음이 동시에 움직이는 건 아니기에 썸이라고 먼저 느낀 사람이 상대도 썸이라고 느낄 수 있는 그 시점까지 기다려주는 게 필요하다.

다만, 그냥 기다리기만 하는 게 아니라 나의 행동 패턴을 조금씩 변화시키며 기다릴 필요가 있다. 예를 들어, 내가 매일 연락을 했다면 2~3일 정도 시간을 두었다가 연락을 해보는 것이다. 그동안 상대는 '연락 올 때가 지났는데 왜 연락이 없지?'라며 궁금해할지도 모른다.

그러면서 나에 대한 생각을 조금 깊게 해볼 수도 있다. 결국 시간을 가졌는데도 더 이상의 변화가 없다? 그럼 그냥 친구로 지내자. 어떤

썸, 가벼워서도
결코 가벼울 수도 없는 것

관계든 서둘러서 좋을 건 하나도 없다. 준비되지 않은 사람에게 과도한 관심과 지나친 연락을 취하는 건 오히려 그 사람의 마음을 더 멀어지게 만든다.

그럼에도 여전히 썸이 상처로 끝날까 두려운가. 상처로 인한 두려움은 연애도 썸도 다르지 않다. 그렇기에 썸만 탄다고 두려움이 사라지는 것도 아니다. 결국 상처에 대한 두려움이란 그 사람이 내 마음을 받아주지 않는 데서 생겨나는 것인데 그 부분은 내 노력만으로는 어쩔 도리가 없다. 그건 어디까지나 상대가 선택할 문제이기 때문이다. 내가 누군가를 좋아해서 '좋아한다'라고 표현할 수 있는 것처럼 누군가도 나에게 좋아하는 마음이 없을 땐 '좋아하지 않는다'라고 표현할수 있다는 걸 받아들여야 한다. 내 마음만 인정하고 상대의 마음을 인정하지 않는 것은 엄연한 반칙이다.

썸 타는 그 사람에게 이미 고백을 했다면 이제부터 내가 해야 할 일은 상대의 반응이 무엇이든 그것을 인정하는 것이다. 상대가 보여줄 반응이 무엇이든 '그럴 수 있다'는 생각으로 받아들여야 한다. 썸을 타면서도 상처를 받을까 두려운 당신의 마음을 조금이나마 편하게 해줄 수 있는 건 다름 아닌 당신의 마음이다.

제4강

우리는 진짜
사랑하고
있는 걸까

또 다른 사랑을
꿈꾸는 사랑

지난해 여름 지하철을 타고 학교로 가는 길이었다. 지하철 문이 닫히기 직전 급히 뛰어 들어오는 여자가 있었다. 한눈에 봐도 매력적인 외모의 그녀는 무엇보다 하늘거리는 하얀색 원피스로 시선을 끌었다. 바로 그때 여자친구와 함께 나란히 서 있던 한 남자가 갑자기 손잡이를 잡고 있던 손을 내려 여자친구의 어깨를 감싸 안으며, 그녀의 머리를 자신의 어깨와 가슴 사이에 들어오도록 끌어안았다. 누가 봐도 차가운 에어컨 바람에 감기라도 걸릴까 봐 여자친구를 감싸 안은 모습이었다. 여자친구도 우리와 같은 생각이었던 걸까. 그런 남자의 행동을 맘에 들어 하는 듯했다.

그런데 얼마 지나지 않아 여자친구는 조금 답답했는지 고개를 세우려고 했지만 그럴 수 없었다. 남자가 힘으로 계속해서 그녀를 안으려 했기 때문이다. 놀라운 건 그런 남자의 시선이 바로 하얀색 원피스를 입은 그녀에게 꽂혀 있었다는 사실이다. 지금 당신이 생각하는 그대로다. 그는 그 여자를 보기 위해 여자친구를 품 안으로 끌어당긴 것이다. 아쉽게도 다음 역에서 하차를 해야 했기에 그 다음 상황을 보진 못했지만 결론은 아마도 우리가 상상하는 그대로가 아닐까.

그날 수업에 들어가 친구들에게 이 이야기를 해주자 강의실 전체가 술렁였던 기억이 난다. 하지만 그 남자의 행동이 어쩌면 하나도 특별할 것 없는지도 모른다. 우리도 한 번쯤은 사랑하는 사람 앞에서 또다른 사랑을 꿈꾼 적이 있을 테니 말이다.

최선의 선택

지금 사랑하는 사람이 최선의 선택이지 최고의 사람은 아닐 수도 있다. 지금까지 만나본 사람 중에서는 최고라고 생각하고 선택했지만 지금껏 만났던 그들이 이 세상 사람들 전부는 아니기에 그 사람이 최고라고는 이야기할 수 없다. 또한 최고라는 생각은 내가 그 사람을 선택했던 그 순간에만 해당되는 느낌일 수도 있기에 적어도 시간이 흐른 지금에 와서는 더 이상 그 사람이 최고가 아닐 수도 있다. 앞으로 우리가 어떤 사람을 만나게 될지는 아무도 모른다. 그러니 어디서 어떤 사람을 보고 나도 모르게 눈길을 주게 될지, 마음을 빼앗기게 될지 나조차도 모를 일이다. 더 좋은 사람을 만날 수도 있고, 그렇지 않을 수도 있다. 어쨌거나 그런 이유로 지금 옆에 사랑하는 사람이 있어도 늘 새로운 사랑을 꿈꾸게 되는 게 아닐까 싶다. 다만, 그건 말 그대로 꿈이어야 한다.

적어도 사랑하는 사람을 옆에 두고 그런 꿈을 실현시키기 위해 노력하는 행동은 하지 않아야 한다. 그럼에도 그 꿈에 대한 미련을 못 버려서일까. 우리는 지금 만나고 있는 사람이 내가 찾는 그 사람은 아닐지도 모른다는 생각을 품고 있다. 그래서 지금 이 순간에도 내 앞을 지나쳐가는 모르는 그 사람에게 넌지시 시선을 보내는지도 모르겠다. 생각해보자. 얼마 전 길을 가다 내 연락처를 받고 싶다는 낯선 이에게 연락처를 넘겨준 적은 없는지. 그리고는 마음속으로 '난 그냥 귀찮아서 알려준 것뿐이야'라고 합리화시키고 있지는 않은. '연락이 와도 안 받으면 그만이야'라고 스스로에게 주문을 걸고 있는 건 아닌지. 그러고는 지금 사귀는 사람에게 아무 일 없었던 것처럼 행동하고 있지는 않은지. 혹시나 연락이 왔던 건 아닐까 하며 최근 통화목록을 확인하고 있진 않은지 말이다.

사소한 행동인 것 같지만 이 역시도 결국은 지금 사랑하는 사람을 앞에 두고 또 다른 사랑을 꿈꾸는 우리들의 모습이다. 이유가 무엇이든 현재 연인이 있는 상태에서 다른 사람이 눈에 들어온다면, 이런 생각을 꼭 한 번쯤 해보라고 친구들은 조언한다.

눈에 띄는 다른 사람이 있을 때마다 내 옆에 있는 사람을 한 번만 더 봐라.
설렘은 한순간이니 적어도 100번은 생각해봐라.
지금 옆에 있는 사람도 처음엔 그렇게 눈길이 가던 사람이었다.

또 다른 사랑을 꿈꾸는 일은 내가 혼자일 때 해도 충분하다. 그리고 그때 선택한 사랑을 우리는 비로소 최선의 선택이라고 이야기할 수 있는 것이다. 사랑하는 사람을 앞에 두고 선택한 또 다른 사랑은 그 사람이 최고였을지언정 최선의 선택이 될 수는 없다.

재회를 꿈꾸는 당신에게

우리가 꿈꾸는 또 다른 사랑은 앞으로 다가올 새로운 사람과의 사랑만을 의미하지 않는다. 안타깝게도 이미 지나간 사랑에 대한 추억을 잊지 못해 그 사람과의 재회를 꿈꾸는 사랑도 있다. 한 친구가 이런 이야기를 한 적이 있다.

"진심으로 사랑했던 사람이 있어요. 제법 오래전 일이지만, 지금도 누굴 만나면 그 사람이 생각나고 그 사람과 모든 걸 비교하게 되죠. 누군가를 소개받아 처음 만난 자리에서조차 그 사람과 닮은 점부터 찾게 되고 조금이라도 다른 점이 보이면 실망부터 하게 되요. 누구를 만나든 상대를 바라보는 중심에는 예전 그 사람이 있어요."

진짜 사랑이 되려면 매 순간
지금 옆의 그 사람에게 진심을 다해야 한다

그러자 다른 친구가 이런 이야기를 한다.

"저도 똑같은 경험이 있어요. 그런데 어느 순간 회의감이 들더라고요. 어차피 다시 만날 사람도 아닌데 왜 자꾸 새로운 사람과 그 사람을 비교하는 건지. 그런다고 옛 사람이 돌아오는 것도 아닌데 말이죠. 오히려 비교로 인해 새로운 사람의 진짜 모습과 매력을 놓치고 있는 건 아닌지. 이런 생각을 하니까 신기하게도 그다음부터는 새로 만난 사람에게 조금은 더 집중할 수 있었어요."

정작 옛 사람은 자신이 이러는지도 모르고 있을텐데 대체 무엇을 위해 새로운 사람과 그를 비교하게 되는 걸까. 나는 이 경우 그 옛 사람을 한 번 만나볼 것을 권한다. 물론 만나볼 수 있는 상황이라면 말이다. 직접 만나보고, 지금 내 눈 앞에 있는 그 사람이 내가 그토록 보고 싶어 하던 그 사람이 맞는지 확인해보는 것도 좋다. 흔히 이런 경우 직접 만나보면 '내가 그리워하던 그 사람은 더 이상 존재하지 않았다'로 끝나기 쉽다.

기억은 사실 그대로를 저장해주기도 하지만 때로는 내가 기억하고 싶은 대로 사실을 왜곡시켜 저장할 때도 있다. 물론 내 기억이 정확한지 여부를 떠나 내가 그때의 내가 아닌 것처럼 그 사람 또한 그때의 그 사람이 아닐 수도 있다는 냉정한 판단이 필요하다. 그 판단에 확신을 갖기 위해서라도 다른 방법이 없다면 그 사람을 한 번쯤 다시 마주해보는 용기도 필요하다.

단, 하루라도 빨리 그 사람을 만나봐야겠다는 생각에 지나치게 서두를 필요는 없다. 왜? 지금 내가 선택한 행동은 이후 또 다른 고민을 만들어낼 수도 있기 때문이다.

우리는 이미 과거 그 사람과의 관계에서 내가 잘못했던 행동들에 대해 후회하고 있다. 여기에 아무런 준비 없이 급하게 그 사람을 다시 만난다면 그 이후에는 '아무런 준비도 없이 왜 만났을까, 차라리 만나지 말고 그냥 있을 걸'이라는 새로운 고민을 또다시 시작하기 때문이다.

무언가 내가 하고 있는 행동이 못마땅할 때에는 그 행동을 커버하기 위한 새로운 시도가 필요하다. 그러나 그것이 준비되지 않는 시도일 때에는 그 시도까지도 내게 후회를 남길 수 있다는 사실을 잊지 말아야 한다.

이렇듯 우리는 아직 해보지 않은 사랑이어서 또는 지나간 사랑이어서 그들에 대한 또 다른 사랑을 꿈꾼다. 결국 그 사랑은 그들에게서 느껴질 새로움, 즉 익숙지 않은 것에 대한 갈망일지도 모른다. 그러나 안타깝게도 새로움은 얼마나 지나지 않아 너무나도 쉽게 익숙함을 드러낸다. 새로운 사람에게는 그만큼의 새로움이 느껴질 것 같고 지나간 사람에게는 지난 시간만큼의 새로움이 있을 것 같지만 결국 그 무엇에도 빠르게 익숙해져간다. 그런 이유로 지금 사랑 앞에서 꿈꾸고 있는 또 다른 사랑 역시 그저 같은 사랑의 반복일지도 모른다.

누군가를 진짜 사랑한다는 건 매 순간 옆에 있는 그 사람에게 최선을 다하는 것이어야 한다. 그 사랑이 언젠가는 떠날 사랑이라 하더라도 말이다. 진짜는 그 무엇으로도 알 수 없다. 그저 그 순간 내 마음만이 알 수 있는 것이다. 매 순간 진심을 다한 사랑은 그 사랑이 끝난 후에도 미련이나 후회를 많이 남기지 않는다. 그게 바로 우리가 꿈꾸어야 할 진짜 사랑이다.

내 애인의
이성사람친구

"남자와 여자도 친구가 될 수 있을까?"

이 질문에 한 친구가 이런 답변을 내놓은 적이 있다.

"지금 만나는 사람 중 이성이지만 애인은 아니고 썸 타는 것도 아니며 그냥 아는 사람이라고 하기엔 제법 친하다면 그 관계는 무엇일까요. 그게 결국 이성사람친구 아닐까요."

듣고 보니 그랬다. 적어도 그때만큼은 남녀가 친구인 것이다. 다만, 그런 관계가 얼마나 지속될지 모를 뿐이다. 그래서일까. 많은 사람들은 남자와 여자도 친구가 될 수 있다는 데에는 동의한다. 그러면서도 남녀 간의 친구 관계가 영원할 수 있냐고 묻는 질문에는 약간의 주저함을 보인다.

그런데 생각해보자. 이 세상에 영원한 건 하나도 없다는데 남녀 간에 친구 관계가 뭐 그리 대단한 거라고 영원히 친구가 될 수 있느냐 없느냐를 결론 지어야 하는 걸까. 지금 열렬히 사랑하는 연인과도 내일 아침엔 어떻게 될지 모르는 게 사람 일인데 말이다. 따라서 지금 친구로 지내고 있는 그들에게 군이 '두 사람은 영원히 친구일 수 있느냐'라고 물어야 하는 이유는 없다.

하지만 남녀 간의 친구 관계가 두 사람만의 관계가 아닌 현재 사귀고 있는 사람이 포함된 세 사람의 관계일 때는 문제가 될 수도 있다. 그렇다면, 현재 사귀는 사람이 있는 상태에서 이성사람친구는 꼭 필요한 걸까?

질문이 조금 우습다. 꼭 사귀는 사람이 있는 상태에서도 애써 이성사람친구를 만들려는 의도가 있는 것처럼 들리기 때문이다. 사실, 이성사람친구는 오래전부터 있어 왔고, 지금 이 순간까지도 그 관계의 연장선으로 옆에 있다. 그럼에도 우리는 사랑하는 사람이 생겼다는 이유 하나만으로 친구였던 이성사람친구를 어디쯤에 놓아야 할지 우왕좌왕한다.

우리는 왜 사랑하는 사람이 생기면 더 오랜 시간 함께 해온 친구를 정리하는 문제로 고민해야 하는 걸까. 왜 누군가를 선택해야 하는 것일까. 이성사람친구의 존재를 인정할 것인지, 인정하지 않을 것인지 그 선택은 오롯이 당신의 몫이다. 그럼에도 이 부분을 다루고자 하는 이유는 그 선택에 미약하나마 방향등이 되어줄 수 있는 이야기들을 들려주고 싶어서다.

여전히 다른 남자와 여자

남자와 여자는 '친구가 될 수 없다'는 이들의 이야기다.

"친구를 선택할 때도 호감이 전혀 없거나 친해지고 싶다는 느낌이 없는 이들은 보통 그 대상에서 제외되지 않나요. 결국 친구가 되었다는 것 자체가 이미 기본적인 호감을 갖고 있는 관계라고 볼 수 있죠."

그러니 그들이 친구가 아닌 연인으로 발전되는 건 시간문제라는 의견이다. 드라마나 영화를 봐도 처음에는 친구였던 남녀가 사랑하게 되는 전개가 많은 것 역시 같은 맥락일 것이다.

물론 끝까지 남녀 간의 우정을 지켜내는 이들 역시 없는 건 아니기에 100퍼센트 그렇다고는 볼 수 없다. 그럼에도 과거 연인의 이성사람친구로 인해 큰 낭패를 본 친구들이 있어서인지 '남녀 간의 이성사람친구 절대불가'라는 강경한 입장을 보이는 친구들이 적지 않았다.

생각해보니 그렇긴 하다. 어제까지 이성사람친구였던 이가 오늘이라도 '친구'를 쏙 빼버린 채 이성사람으로 다가올지는 아무도 모를 일이니까. 그리고 그 다가옴에 마음이 전혀 흔들리지 않을 거라고는 그 누구도 보장할 수 없으니까.

한 여자의 생각이다.

"어릴 땐 남녀 간에도 영원한 우정이 존재할 거라고 믿었지만 지금은 과연 그럴 수 있을까 라는 조금은 복잡한 생각이 들어요."

그런 생각을 하게 된 이유는 이랬다.

"공대생이라 평소 친하게 지내는 남자동기들, 선배들이 많았어요. 난 분명 그들을 남자로 생각한 적이 없었기에 친구라는 이름으로 관계를 유지해왔죠. 그런데 내가 솔로가 되었을 때나 단둘이 술을 마시게 되면 이 사람과 연애해도 괜찮겠다는 생각을 하게 되더라고요. 그때 느낀 건 지금 상황에서는 이성사람친구이지만, 그 상황은 언제든지 바뀔 수 있겠구나, 그리고 사람의 마음 또한 언제든지 변할 수 있겠구나, 하는 거였어요."

이 친구의 이야기를 듣고 나는 어쩌면 연인이 될 가능성이 있는 사람에게 우리가 쉽게 다가갈 수 있는 최고의 명분이 바로 '친구'라는 생각이 들었다. 사람의 감정은 예측할 수 없다. 예측이 불가하니 예방하는 것 또한 쉬운 일이 아니다.

이성사람친구에게 사귀는 사람이 있어도 내 감정이 언제 어떻게 불쑥하고 사랑으로 넘어갈지는 알 수 없다. 상대도 마찬가지다. 내 마음이 전혀 아니라고 해도 그 사람 마음까지 컨트롤할 수는 없기에 가능성이 '0'이라고는 확신할 수 없는 것이다. 그렇게 본다면 남녀 간의 친구 관계는 언제든 연인 관계로 발전할 가능성이 있다고 보는 게 맞다.

그 순간, 한 남학생이 의미심장한 이야기를 꺼내놓았다.

"남자는 남자가 보면 압니다. 이 남자가 내 여자친구와 진짜 친구 관계인지 아니면 다른 마음을 품고 연락하는 것인지. 물론 여자도 여자가 가장 잘 알 거라고 생각합니다."

그래서 한 가지를 덧붙이려고 한다. 연인의 이성사람친구는 적어도 자신의 속마음을 솔직히 표현할 수 있어야 한다. 그래서 이성사람친구인 나의 위치를 어떻게 정할지 그 친구가 결정할 수 있는 시간을 주어야 한다. 만약, 친구가 그 이상의 감정으로 발전되는 걸 원하지 않는다면, 그럼에도 내 감정이 정리되지 않는다면 내가 먼저 그 관계를 깨끗하게 정리할 수 있어야 한다.

마음속으로는 친구 이상의 감정을 품고 있으면서 계속해서 겉으로만 친구인 척하는 것은 서로에게 도움 되지 않는다. 그건 이성사람친구에 대한 예의가 아니다. 특별히 무슨 행동을 하는 것도 아닌데 그것까지 안 된다고 하기엔 너무한 거 아니냐고 할 수도 있다. 그러나 그 마음을 눈치 채고 있을 제3자가 그 사람의 연인이라면, 분명 그로 인한 보이지 않는 갈등의 국면으로 접어들 수 있어서다.

다르지만 결국 같은 사람이다

남자와 여자도 '친구가 될 수 있다'는 이들의 이야기다. 남녀 간에도 변치 않는 우정을 경험한 친구들은 남자와 여자도 '친구가 될 수 있다'라고 주장한다. 그들은 먼저 이성사람친구가 왜 필요한지에 대해 열변을 토해내기 시작했다.

> 남자친구가 저와 단둘이 있을 때에는 제법 자상한 스타일인데
> 자기 친구들과 함께 있는 자리에서는 조금 거칠다고 해야 할까.
> 굉장히 강한 남자인 척하는 게 당황스러웠어요. 그래서 어떻게
> 해야 할지 고민이었는데, 남사친을 통해 남자들의 심리를 들어
> 보니 이해가 되더라고요.
> 기념일에 여자친구에게 서프라이즈 이벤트를 해주고 싶을 때
> 여사친들의 조언은 많은 도움이 됩니다.
> 여자친구의 마음을 풀어줄 땐 여사친의 조언이 정말 효과적이
> 었던 것 같아요.

결국, 이성사람친구를 통해 연인의 입장을 잘 이해할 수 있고, 같은 남
자로서 또는 여자로서 경험하게 되는 감정이나 행동에 대해 조언을
들을 수 있어 오히려 연인 관계에 도움이 된다는 것이다.
물론, 이 부분에 대해서는 반기를 드는 입장도 만만치 않다. 그런 조언
을 듣는 과정에서 자신의 연인에게 느끼지 못했던 감정을 느끼게 되
어 사랑으로 발전하는 경우도 있기 때문이다.
"정말 친오빠 같은 존재였어요. 그래서 남자친구가 잘못할 땐 그 오빠
를 만나서 함께 흉도 보고 그랬죠. 그럴 때마다 남자친구가 잘 이해해
주지 않는 부분도 오빠는 그럴 수 있다며 저를 두둔해줬어요. 꼭 그것

때문은 아니지만, 만나면 마음이 편했고 그래서 더 자주 만나고 싶다는 생각을 했던 것 같아요. 그리고 결국 그런 게 사랑이 아닐까 해서 그 오빠에게로 마음을 돌렸죠."

하지만 이성사람친구가 정말 친구로서의 기능을 다하고 있는 커플들도 분명히 존재한다.

한 여자의 이야기다.

"연인이 있다고 늘 행복한 것만은 아니잖아요. 가끔 서로를 서운하게 하거나 화나게 할 때, 그 마음을 풀고 싶을 때가 있는데 그럴 때 이성사람친구와 이런저런 이야기를 나누는 건 분명 마음의 위안이 되는 것 같아요. 그런 시간을 갖고 나면 신기하게도 연인을 다시 만나게 되었을 때 '정말 잘해줘야지'라는 생각이 들고, 그럴 수 있는 힘이 생기더라고요."

물론, 이들은 상대가 이성사람친구일뿐 분명히 연인은 아니기에 친구로서 지켜야 하는 선을 넘지 않는 건 매우 중요하다고 했다.

학생들의 이야기들을 듣고 나니 문제는 더 이상 이성사람친구 자체는 아니라는 생각이 들었다. 남녀 간에 우정이 존재하느냐보다 중요한 건 남녀 간의 우정을 믿는 사람이 존재하느냐의 문제인 것 같다. 그렇다면 이런 문제로 고민하는 우리에게 필요한 건 무엇일까?

연인이 이성사람친구와의 관계가 '친구'라고 하면 '친구구나' 하고 믿어줄 수 있는 마음이 필요하다. 또한 이성사람친구인 두 사람이 '우리는 친구다'라고 생각한다면 서로가 친구로서의 적정선을 넘지 않으려고 노력하는 자세가 필요하다. 결국 중요한 건 내 연인에게 이성사람친구가 있느냐, 없느냐가 아니다. 내가 연인에 대해 갖고 있는 신뢰와 믿음이 중요한 것이다. 사랑하는 사람과의 관계에서 우리에게 필요한 건 그 사람이 말하는 그대로를 믿어주는 힘을 보여주는 것이다.

그럼에도 싫은 연인의 이성사람친구

한 친구가 이런 고민을 올린 적이 있다.

"애인은 이성사람친구가 정말 '베프'라고 하는데 계속해서 신경 쓰이는 제가 속이 좁은 걸까요?"

결론부터 말하자면 속이 좁은 게 아니다. 계속해서 신경 쓰이는 게 당연하다. 이 고민에 대해 한 친구가 명쾌한 답변을 내렸다.

"우리는 일반적으로 애인의 모든 이성 친구를 경계하지는 않습니다."

결국 계속해서 신경이 쓰일 땐 분명 '뭐라 말로는 설명할 수 없는 그 무언가'가 있다는 것이다. 이런 감이 올 때에는 자신의 감정을 숨기지 말고, 애인의 이성친구에 대해 내가 어떤 느낌이 드는지를 솔직하게 표현할 필요가 있다. 그렇지 않고 속으로는 부글부글 끓어오르면서 겉으로는 아무렇지도 않은 척 쿨내 진동하며 "그래 재미있게 놀아" 하고 보내주는 것은 바람직하지 못하다.

예를 들어 "네가 이성친구와 단둘이 술을 마시는 건 받아들이기 힘드니까 그것만큼은 하지 않았으면 좋겠어"라고 이야기하는 것이다. 물론, 이때 주의할 사항이 있다. "내가 싫은 건 너도 싫을 테니 나도 하지 않겠다"라고 약속하는 것이다. 그리고 그 약속을 제대로 지켜나가는 것이다.

또한 친구니까 아무렇지 않게 할 수 있는 사소한 행동도 연인에게는 오해의 소지가 있는 건 아닌지, 작은 부분에서도 상대에 대한 배려가 필요하다. 나와 이성사람친구에 대한 연인의 이해도 필요하지만, 나 역시 연인을 위해 최선을 다했음을 보여주는 노력이 필요한 것이다.

'내 애인의 이성사람친구 어떤가요?'에 대한 결론 역시도 각자가 내리는 것이라고 생각한다. 단, 남녀 간의 사랑이 존재하는 한 남자는 남자의 적이며, 여자는 여자의 적이기 쉽다는 것. 나에게 소중한 친구가 내 연인에게 적이 되지 않으려면 적어도 다음의 규칙은 지킬 수 있어야 한다.

첫째, 이성사람친구의 존재에 대해 솔직히 이야기한다.

둘째, 이성사람친구를 만나는 빈도를 줄이려고 노력한다.

셋째, 불필요한 오해를 예방하기 위해 이성사람친구와 단둘이 만날 때에는 미리 말한다.

넷째, 이성사람친구와 함께 하는 행동에 있어서 '내 연인도 이성사람친구와 이렇게 행동한다면 나는 어떤 기분일까?'를 생각해본다.

다섯째, 이성사람친구와 밤에 단둘이 술을 마시는 자리는 되도록 피한다.

지금 이 순간도 연인의 이성사람친구로 고민에 빠져 있는 누군가가

내 애인과 그 사람,
정말 단순히 친구인 걸까?

있을 것이다. 또한 그런 고민에 빠진 연인을 두고 또 다른 고민을 하는 누군가도 있을 것이다. 중요한 건 사랑하는 사람의 마음을 아프게 할 목적으로 이성사람친구를 곁에 두는 이는 없다는 것이다. 사랑하는 사람도 좋아하는 친구도 결국엔 우리에게 소중한 존재일 뿐이다. 그들의 관계가 잘 지켜지기 위한 최선은 서로에게 내건 약속을 잘 지켜주는 것, 그리고 약속을 지켰다는 그 말을 믿어주는 일이다.

사랑해서는
안 될 사람을 사랑하다

누구나 한 번쯤은 이승철의 〈친구의 친구를 사랑했네〉를 들어본 적 있을 것이다. 그저 평범한 가사 같지만 귀 기울여 듣게 되는 이유는 그 속에 우리들의 이야기가 있기 때문이다.

친한 친구의 옛 연인을 사랑하게 된 친구가 있었다.

"이제 사랑하는 사람이 생겼는데, 이 소식을 가장 먼저 알리고 싶었던 친구에게는 정작 한마디도 하지 못했어요. 그녀는 그 친구의 옛 애인이거든요."

의도한 건 아니지만, 이런 상황 자체가 친구에게 너무 미안하다고 했다. 속 시원하게 마음 터놓고 이야기할 곳이 없었던 친구는 수업을 통해 다른 친구들에게라도 조언을 구하길 원했다. 한편으로는 어쩔 수 없었던 자신의 마음을 위로받고 싶고, 다른 한편으로는 그 친구와의 관계에 있어 좋은 해결책을 바라는 마음에서다. 그러나 아쉽게도 많은 친구들은 부정적인 답변을 내놓기 시작했다.

"오히려 친하지 않은 친구와 나의 옛 연인이 그런 관계가 되었다면 문제 되진 않을 것 같아요. 둘 다 보지 않으면 될 테니 말이죠. 그러나 정말 친한 친구와 그런 일이 생겼다면 친구를 만날 때마다 그녀와 관련된 이야기를 듣거나 보게 될 텐데 과연 아무렇지 않을 수 있을까요. 분명 만나는 게 불편해 서서히 만남 횟수가 줄어들고, 서로에게 소원해지면서 결국은 그 친구와의 관계마저 끝나버리지 않을까 생각됩니다."

"사람은 결코 쿨할 수 없습니다. 그저 쿨한 척하는 것일 뿐이죠. 나의 가장 친한 친구와 내가 사랑했던 사람이 함께 있는 모습을 보고도 웃을 수 있다? 그건 훌륭한 연기입니다."

고민을 의뢰한 친구가 자존심이 상할 수도 있겠다 싶을 만큼 친구들의 반응은 단호했다. 이 친구는 자신의 속마음을 몰라주는 그들의 반응이 답답했는지 이렇게 말했다.

"이미 친구와 끝난 사이인데 그 사람이 아니어야 할 이유도 없지 않나요."

그러자 그 말이 떨어지기 무섭게 친구들은 반응했다.

"그렇다고 꼭 그 사람이어야 하는 이유도 없습니다."

오고 가는 이야기를 듣던 중 한 친구가 자신은 지금 고민을 의뢰한 친구와 반대 입장, 즉 자신의 옛 연인과 친한 친구가 사랑하게 된 경험이 있다고 말했다.

"옛 연인은 어차피 만날 일이 없으니까 그렇다 치고 그 친구를 보는 게 정말 힘들었어요. 그래서 결국 친구관계도 끝나버렸죠. 하지만 시간이 지나고 곰곰이 생각해보니 그런 상황을 의도적으로 만드는 사람은 없겠더라고요. 적어도 친한 친구라면 말이죠. 어쩌다보니 그런 우연한 상황이 일어난 것일 텐데 만약 그 친구를 다시 만난다면 저는 이런 말을 해주고 싶어요. 지금 네가 그 여자를 좋아하는 마음이 진심이라면 그래서 지금 그 여자를 사랑하는 일밖에 할 수 있는 게 없다면 너의 감정을 소중히 여기고 당당하게 행동했으면 좋겠다고 말이에요."

이런 답변도 있었다.

"사랑이 죄책감보다 우선입니다. 잘못된 일이라면 당연히 욕도 많이 듣겠죠. 비록 지금 당장은 나쁜 사람이라는 소리를 들어도 나중에 그 사랑을 잘 마무리 지으면 모두 이해해줄지 모릅니다. 지금 할 수 있는 것에 최선을 다 하세요."

그럼에도 여전히 안타까운 사실 하나. 왜 하필이면 친한 친구의 옛 애인을 사랑하게 된 걸까.

적어도 지금 사랑하고 있는 그 사람이 친구의 현재 연인은 아니라는 전제하에 결론은 두 가지로 나뉠 것 같다. 친구의 옛 애인을 사랑하면서 겪어야 할 따가운 시선에 당당할 수 있고, 그로 인해 사랑에 소홀

하지 않을 자신감과 책임감이 있다면 그 사랑은 해도 좋다. 그러나 그런 주변의 시선을 감당해낼 수도 없을 뿐더러 그런 과정을 거치며 결국 그 사랑 또한 지켜낼 수 없다면 그 사랑은 더 무르익기 전에 내려놓는 게 바람직하다고 생각한다.

친구와 동시에 사랑에 빠지다

한 친구의 고민이다.

"평소 잘 통하는 친구가 있어요. 만난 지 오래된 친구는 아니지만 생각도 비슷하고, 말도 통해 제법 빠르게 친해진 친구죠. 서로 좋아하는 스타일도 비슷한데, 이성을 보는 눈까지 비슷해 아슬아슬한 상황을 몇 번 경험한 적도 있답니다. 그 친구와 저의 차이점이 있다면 그 친구는 호감 가는 사람이 생기면 '나 이 사람 좋아해'라고 주변 사람들한테 말하고 다니는 반면, 저는 잘되기 전에는 티를 내지 않는 성격이라는 거예요. 또 하나의 차이점은 그 친구는 막상 관심 있는 사람 앞에서는 표현을 잘 못해 그 사람과 가까워질 기회를 쉽게 잡지 못하는 반면, 저는 관심 있는 사람에게도 편하게 다가가는 편이라 쉽게 친해질 수 있다는 거죠.

문제는 지금부터예요. 제가 마음에 두고 있는 사람이 있었는데 얼마 후 친구가 그 사람에게 마음이 있다며 저를 포함한 가까운 친구들에게 이야기하기 시작했어요. 그래서 저는 친구에게 그 사람 지금 내가 좋아하는 사람이라고 말하려다 그때만 해도 아직 그 사람과 특별한 사이도 아니어서 말하지 않았어요. 그렇게 시간이 흐르고 그 사람과 저는 썸을 타는 관계가 되었죠. 적절한 타이밍을 놓친 건지 더 이상 친구에게 아무런 말도 할 수 없었고, 이런 사실을 모르는 친구는 제게 그 사람과의 관계를 어떻게 발전시킬지에 대해 상담을 하기 시작했습니다."

이런 상황이 흔히 일어나는지 생각보다 많은 친구들이 같은 사례로 고민하고 있다. 만약, 당신이 이런 상황에 놓여 있다면 어떤 선택을 할 것 같은가?

이 친구는 친한 친구를 선택하느냐, 썸남을 선택하느냐의 기로에서 결국 친구를 선택했다.

"무엇보다 마음이 잘 통하는 친구를 잃는 것이 두려웠어요. 그래서 썸 남과 관계를 끊게 되었습니다. 다만 그 과정에서 친구가 어느 정도 눈치를 챘는지 지금은 친구와도 서먹한 사이가 되었습니다. 지금 와서 생각해보면 친한 친구에게 내 감정을 좀 더 솔직히 표현하지 못했다는 점이 많이 아쉬워요."

내가 의도한 게 아닐지라도 내가 하는 사랑으로 상처받는 제3자가 생긴다면 그 사랑은 과정이나 결말에 있어서 마냥 유쾌할 수만은 없다. 이렇듯 한 사람을 대상으로 친구와 동시에 사랑에 빠지는 일을 예방하기 위해서라도 친한 친구에게 만큼은 내 마음을 솔직히 열어 보이는 건 어떨까. 어떤 사람이 조금씩 좋아지고 있다는 사실에 대해서 말이다. 그 순간, 친구는 오히려 당신의 사랑이 시작되는 것에 가장 먼저 축하를 건넬지도 모른다.

절친의 현재 애인을 사랑하다

"저와 친구 그리고 친구의 여자친구와 셋이서 만난 적이 있어요. 그날 재미있게 시간을 보내고 집으로 돌아왔는데 다음 날 번호를 알려준 적도 없는 친구의 여자친구에게서 연락이 왔습니다. 친구 모르게 연락할 만큼 급한 일이 생겼나보다 하고 만났는데 그렇게 시작된 만남이 벌써 몇 번. 우리는 썸이어서도 안 되는 썸 관계가 되어버렸습니다."

이런 상황에 대해 당신은 어떻게 생각하는가? 당신의 생각 역시 다른 친구들과 크게 다르지 않을 거라 생각한다.

그 친구가 잃고 싶지 않은 친구라면 지금 당장 그녀와의 관계를 정리하세요.

그녀를 놓지 못하겠다면 친구와의 우정을 없던 일로 하세요. 분명한 건, 한 번 일어난 일은 또 일어날 수 있다는 겁니다. 다음엔 본인이 그 피해자가 될지도 모른다는 사실을 명심하세요.

친구한테는 말하지 말고 그녀와의 관계를 정리하세요.

그렇게 다가온 사람은 또다시 그렇게 떠날 수 있습니다. 이성적인 판단이 중요합니다.

친구를 버리고 친구의 여자를 선택했다는 것 자체가 본인에겐 스트레스 요인으로 남을 겁니다. 그런 상황에서는 그녀와 원하는 관계를 결코 만들어갈 수 없습니다.

사랑해서는 안 될 사람을 사랑하는 것과 그 사랑을 위해 친한 친구를 배신하는 일은 그 누구라도 피하고 싶은 상황일 것이다. 그럼에도 사랑해선 안 될 사람을 사랑하게 되었다면 어떻게 해야 할까.

이런 상황은 사랑하는 사람과 소중한 친구를 둘 다 잃고 싶지 않은 내 욕심과도 연결된다. 물론 이런 상황을 만든 건 자신이 아니라고 말하고 싶겠지만, 결국 그 역시 그녀의 요구에 응해 썸 관계가 된 것일 테니 그 책임에서 자유로울 수는 없다.

절대 잊지 말아야 할 사실은 이런 상황을 만든 사람은 또다시 다른 사람과도 이런 상황을 만들 수 있다는 것이다. 나 역시 내 친구처럼 버림받을 수 있다는 사실을 기억해야 한다. 사랑은 의도치 않은 감정에서 시작되는 거라고 하지만 세상은 넓고 사람은 많기에 꼭 사랑하는 사람이 그 사람이어야만 했는가에 대해서는 더 깊게 생각해봐야 한다.

헤어진 사람과는 친구가 될 수 없는 걸까

무슨 이유에서인지 헤어진 수많은 사람들. 그들은 이제 어떤 관계로도 만날 수 없는 걸까? 그래도 한때는 누구보다 사랑했던 사이였는데 그런 사람과 전혀 몰랐던 것처럼 살아갈 수 있을까. 친구처럼 지내며 얼굴이라도 보며 살 수는 없는 걸까. 막상 헤어지고 나니 그 사람을 보지 못한 채 살아갈 길이 막막하다. 그래서 우리는 한 번쯤 꿈꾼다.

'헤어진 사람과는 친구가 될 수 없는 걸까?'

지금 이 순간에도 헤어진 사람과의 추억을 잊지 못해 헤매며 힘들어하는 누군가가 있을 것이다. 그리고 그들은 혼잣말로 수없이 이런 말을 되뇌고 있을지 모른다.

'연인 관계가 아니어도 좋아. 그러니까 그냥 친구라고 생각하고 가끔이라도 얼굴 보고 싶어.'

한 친구는 이런 고민 자체가 애초부터 잘못된 것이라고 언성을 높였다. 물론, 자신만의 생각이라는 말을 덧붙이면서 말이다.

"헤어진 후에 미련이나 그리움이 남는다면 당신은 처음부터 헤어지지 말았어야 했습니다."

그러자 다른 한쪽에서는 이렇게 말한다.

"헤어진 후에 미련이나 그리움이 남을 거라고 생각하며 헤어지는 사람이 몇이나 될까요?"

헤어질 때 마음과 지금의 마음은 다르기 쉽다. 감정은 매일 변하기 때문이다. 하루에도 몇 번씩 변하는 게 감정이다. 따라서 헤어졌던 그때와 지금의 감정이 똑같아야 한다고 요구하는 건 어쩜 무리일지도 모른다. 그렇게 생각해보니 헤어진 연인과 다시 친구로 만나고 싶다는 그들의 마음을 조금이나마 이해할 수도 있을 것 같다. 그러나 아쉽게도 친구들의 경험담은 헤어진 연인과 친구로 남는 건 결코 유쾌하지 못한 일이라는 메시지로 가득하다.

"2개월 정도 캠퍼스커플로 지냈지만 서로에게 이성으로서 감정이 느껴지지 않아 친구로 남기로 했어요. 하지만 그렇게 헤어진 후 잠깐이라도 마주치면 간단한 인사만 할 뿐 2년이 지난 지금까지도 친구로서 나눌 수 있는 대화조차 한 번도 나눈 적이 없어요."

처음 동아리 동기로 만난 이들은 친한 친구였다. 그러던 중 서로에게 그 이상의 호감을 느껴 연인관계로 발전했으나 결국 이성으로서의 매력에 한계를 느껴 헤어졌다. 처음 시작이 가까운 친구관계였음에도 2개월 남짓의 연인관계는 그 사이를 다시 되돌려놓지 못할 만큼 어색함으로 작용했다. 친구가 시간이 흘러 연인이 될 수는 있어도 다시 친구로 돌아오기까지는 쉽지 않은 일임을 보여준다.

왜 그럴까. 친구관계와 연인관계는 분명 다른 관계적인 특성을 갖고 있기 때문이다. 그럼에도 여전히 많은 이들은 헤어진 연인과 다시 친구로 남고 싶다는 기대를 갖는다. 헤어진 후에도 친구로 남았으면 좋겠다는 생각을 하는 이유가 무엇일까.

첫째, 헤어질 때 한쪽에서 마음 정리를 다 하지 못한 상태였다면 그럴 가능성이 있다. 즉, 마음 정리를 다 하지 못한 쪽에서 친구로라도 남아달라고 부탁하는 것이다. 또는 반대로 헤어짐을 통보한 쪽에서 마음

정리가 되지 않아 힘들어하는 상대를 보며 미안한 마음에 그냥 친구로 지내보자고 제안했을 수도 있다.

이 경우 그 순간에는 마음의 상처가 비교적 덜할 수 있다. 단지 관계만 연인에서 친구로 바뀌었을 뿐 그 사람을 계속해서 만날 수 있기 때문이다. 그러나 그런 생각조차 오래가지 못할 수 있다. 연인에게 헤어짐을 통보받았지만 서로 합의하에 그냥 친구로 남기로 했던 한 친구의 이야기다.

"저와 공식적으로 연인관계가 끝나고, 그 사람은 다른 사람을 만나기 시작했어요. 그런데 문제는 그 과정에서 일어났죠. 힘들 때마다 술 마시고 저에게 전화를 해서 신세한탄을 하는 거예요. 그런 이야기도 한두 번이지 매번 그러니까 이제 친구로라도 만나고 싶다는 생각이 안 들더라고요."

한때 연인이었던 사람에게 그의 새로운 애인과의 이야기를 듣는 건 생각보다 쉽지 않은 일이다.

둘째, 연인관계를 유지하기에는 맞지 않는 부분이 많아 헤어졌지만 그렇다고 전혀 만날 수 없는 존재가 되기에는 아깝다는 생각이 드는 경우다. 어떤 식으로라도 주변에 그 친구가 있다면 적어도 손해 볼 일은 없지 않을까 하는 조금은 계산적인 생각이 담겨 있다.

이런 경우 대부분 그 상대는 이런 의도를 모르기 쉽다. 이를 알게 되면 상대의 기분이 유쾌하지 못할 게 뻔해 내색하지 않기 때문이다. 그럼에도 두 사람 모두 이런 관계에 기꺼이 동의할 수 있다면 다양한 관계라는 측면에서 불가능한 일은 아닌 것 같다.

셋째, 정말 매너라고는 찾아볼 수 없는 이유로 친구로 남자고 제안하는 경우도 있다. 양다리를 걸친 한쪽에서 새로 마음에 들어온 이성에게 적극적으로 다가가고 싶어 기존의 연인에게 헤어지자고 하는 것이다.

다만 새로운 이성과 어떻게 될지 확신이 없는 상태이므로 다시 돌아올 여지를 남겨두기 위해 당분간 친구로 지내는 게 어떠냐며 제안하는 경우다. 물론, 이럴 때 상대는 친구로 남자는 그 말 뒤에 숨겨진 속마음을 전혀 짐작조차 하지 못할 때가 많다.

넷째, 지금은 헤어질 위기에 처했지만 그 사람과 친구로 지내다가 다시 연인으로 돌아갈 수 있을지 모른다는 희망을 갖는 경우도 해당된다. 이런 희망을 지닌 사람에게는 조금 미안한 이야기지만 아쉽게도 한번 헤어졌던 연인은 다시 만난다 해도 결국 같은 이유로 또다시 헤어지기 쉽다. 그만큼 사람은 쉽게 변하지 않기 때문이다. 헤어져 있는 동안은 두 사람 모두 제3자의 입장에서 서로를 바라볼 수 있어 다시 관계를 시작해도 될 것처럼 느껴진다. 그러나 실제 두 사람의 관계 속으로 들어가면 자신도 모르는 사이 그때의 두 사람으로 다시 되돌아가기 쉽다.

사실 헤어진 연인과 꼭 친구로 남지 않아도 어디선가 만날 인연이면 다시 만나게 되어 있다. 그때 오랜만에 만난 친구의 감정으로 그 사람의 인사를 반갑게 받아주어도 부족하지 않다. 꼭 헤어진 사람까지도 친구관계에 포함시켜야 하는 특별한 이유가 있는 게 아니라면, 헤어진 사람은 말 그대로 헤어진 사람으로 두는 것이 좋지 않을까.

취업도 하지 못한 내게
연애는 사치?

"대학도 학자금 대출로 다녔는데, 취업도 되지 않은 상태에서 연애란 저에게 사치예요."

취업난 때문에 힘들어하는 학생들의 이야기다. 내가 20대일 때는 어렵고 힘들어도 희망이란 게 있었는데, 지금의 20대는 'N포 세대'라는 말처럼 무엇이든 포기하는 것부터 배우도록 내몰리니 마음이 짠하다. 더 안타까운 건 우리 친구들이 포기해야 하는 것에는 결코 포기할 수 없는 일과 사랑이 있다는 사실이다.

"경제적 능력도 없는 저를 누가 만나고 싶겠어요."

"올해만 30곳이 넘는 곳에 서류를 넣었는데 그나마 면접까지 본 건 손에 꼽아요. 그런 사람이 무슨 연애를 해요."

아무렇지 않은 듯 말하지만 그들의 속마음은 다를 것이다. 인간은 누구나 사랑을 나누고 싶은 욕구를 갖고 있기 때문이다. 그래서인지 제법 많은 친구들이 일과 사랑을 동시에 잡을 수 있는 방법에 대해 알고 싶어 했다.

취업도 연애도 모두 하고 싶다

"연애와 취업 준비 두 마리 토끼를 모두 잡을 수는 없을까요?"

연애도 취업도 많은 시간과 노력이 필요하다. 우리에게 주어진 시간은 정해져 있는데 중요한 두 가지 일에 시간과 노력을 나누어 사용하려다 보니 이런 고민을 하게 되는 것 같다. 연애에 더 많은 비중을 두면 취업 준비가 원활하지 못해 늘 불안한 연애를 하게 될 것이고, 그렇다고 취업 준비에만 시간을 사용한다면 분명 연인과의 관계 또한 틀어질 게 뻔하기 때문이다.

중요한 건 일도 사랑도 한순간에 끝나는 게 아니라는 사실이다. 오랜 시간 준비도 필요하지만 그 후로도 계속해서 함께 노력해나가야 한다. 얼핏 생각하기에 가장 좋은 방법은 함께 목표를 세우고 그 목표를 이루기 위해 준비하는 과정을 연애의 연장선이 되도록 만드는 것일 텐데, 과연 현실에서 이것이 생각만큼 쉬운 일일까.

한 친구의 말이다.

"취업 준비라는 게 결국 자기 자신과의 싸움인데 혼자서 공부하다 보면 시간이 길어질수록 쉽게 지칠 수 있습니다. 그럴 때 연인과 함께 준비할 수 있다면 함께 가는 사람이 있다는 것만으로도 힘이 되지 않을까요. 더구나 함께 공부하면서 데이트도 할 수 있으니 정말 좋은 방법이라고 생각합니다."

물론, 그 반대 의견도 만만치 않다.

"연인과 함께 취업 준비를 해나간다는 게 말로는 쉽습니다. 좋아 보이는 것도 사실이고요. 하지만 실제로 준비를 함께 하다 보면 두 사람 모두 지치고 힘들 때 둘 중 한 사람은 적어도 상대의 짜증을 받아주고 자신의 마음을 혼자 다독여야 한다는 이중고가 있을 수 있습니다. 생각과 현실의 차이는 커 보입니다."

참 애매하다. 결국 취업 준비와 연애라는 두 마리의 토끼를 잡기 위해 '연인과 함께 취업 준비하기'는 불가능한 것일까. 방법이 있긴 하다.

연인과 함께 취업을 위한 두 사람의 목표를 세워보자. 예를 들어 한쪽은 임용고사, 다른 한쪽은 자격증 시험을 통과한다는 목표를 세운다. 그리고 그 목표를 달성할 수 있도록 함께 노력하는 것이다. 함께 준비하는 게 더 효과적인 커플은 같이 도서관에서 공부를 한다든지 함께 학원을 등록해 수업을 듣는다. 각자 준비하는 게 더 효과적인 커플은 평일에는 공부에 올인하고 주말만큼은 만나서 그동안 하고 싶었던 여가를 실컷 즐기면서 스트레스도 풀고, 데이트도 하는 것이다.

이쯤 되면 이런 이야기를 하는 사람도 분명 있을 것이다.

"말이야 쉽지. 연애하면서 취업 준비를 한다고? 균형 잡기가 쉽지 않을 걸."

다행히도 실제 이런 생각을 가능하게 한 사례가 있다.

"시험을 정확히 6개월 남겨둔 어느 날, 이 시간이 길 수도 있지만 앞으로 살아갈 시간에 비교하면 결코 길지 않다는 생각이 들었어요. 이 시간만 잘 보내면 그 이후로는 서로가 만족해하는 생활을 할 수 있는데 두 눈 질끈 감고 열심히 시험 준비만 해보자고 생각했죠. 다행히 우리는 서로 마음이 잘 맞았고, 평일에는 서로 연락하지 않은 채 주말에만 한 번씩 만나 저녁을 먹으며 서로를 응원했어요. 6개월 후 다행히도 저희는 둘 다 합격이라는 소식을 받았고, 그 이후로 지금까지 행복한 연애를 하고 있습니다. 한 번 경험을 해서인지 앞으로도 이런 상황이 온다면 서로를 믿고 무엇이든 준비할 수 있을 것 같아요."

물론 균형 잡기가 쉬운 건 아니다. 그나마도 서로 준비하고 있는 목표가 비슷할 때는 운이 좋은 경우다. 함께 공무원 시험을 준비한다든가 함께 대기업 준비를 한다든가 하면 서로 조언도 해줄 수 있고, 부족한 부분을 도와줄 수도 있기 때문이다. 가장 힘든 경우는 한쪽은 취업 준비를 해야 하는데, 한쪽은 지금 당장 취업 준비에 뛰어들 필요가 없는 학생일 때다.

이런 경우 서로 입장이 다르다보니 충돌이 잦아질 게 뻔하다. 학생 입장에선 자신에게 많은 시간을 할애하지 않는 상대에게 사랑이 식었다고 느낄 것이고 취준생 입장에선 자신의 입장을 전혀 이해해주지 못하는 상대에게 서운함을 느낄 확률이 높다. 둘 다 학생일 때는 관심사도 비슷해 공감대를 형성할 부분이 많았는데 이제 서로 관심사도 다르다보니 하고 싶은 이야기도 다르고 또 상대의 이야기에 공감해주기도 어려워 서로가 거리감만 느낄지도 모른다. 결국 취업 준비 기간이 길어질수록 두 사람 모두 지치고 힘들어 두 마리 토끼를 모두 놓쳐버리는 결과를 맞이할지도 모를 일이다.

결국 선택과 집중의 문제다

그렇다면 우리는 취업 준비와 연애 중 어느 한 가지를 반드시 포기해야만 하는 걸까. 이런 생각이 들 때쯤 한 학생이 이런 이야기를 한다.

"두 가지를 해야 할 때 우리는 반드시 어느 한 가지는 꼭 버려야 할까요. 어쩜 이런 생각 자체가 필요 없는 생각일지도 모릅니다."

왜? 철저하게 시간 관리를 하면 되기 때문이라고 했다.

"흔히 취업 준비를 할 때 연애하면 취업이 망할 거라고 이야기하는 분도 많습니다. 하지만 그렇다고 솔로로 지내는 것이 합격을 보장하는 것도 아닙니다. 저는 노량진에 있을 때 커플들을 보며 '둘 다 시험에 떨어져라' 하고 저주하고 다녔지만 결국 저는 떨어지고 어떤 커플들은 합격하더라고요. 결국은 다 자기하기 나름입니다. 헤어지고 공부만 한다고 붙는 게 아닙니다. 다만 수험 생활은 그 자체만으로도 힘든데 연애까지 병행하고자 한다면 그만큼의 노력이 더 필요하다고 봅니다. 이 둘을 병행할 의지가 있고, 그로 인해 발생하는 어려움을 감내할 자신이 있다면 두 마리 토끼를 모두 잡는 것도 가능한 일이라고 봅니다. 먼저 철저하게 계획을 세워보세요."

이 친구가 제시한 구체적인 방법은 이랬다. 먼저 하루에 마쳐야 할 공부 양을 정해놓는다. 데이트로 인해 다 마치지 못했다면 밤을 새워서라도 정해진 분량은 반드시 그날 끝내야 한다. 몇 시간을 공부하느냐가 중요한 게 아니다. 내가 정해놓은 목표치를 끝내는 게 중요한 것이다.

결국 데이트를 하면서도 짧은 시간이지만 더 집중해서 공부한다면 가능하다는 걸 말하고 있었다. 우리에게 부족한 건 시간이 아니라 시간을 쪼개서라도 쓰려고 하는 의지와 철저한 시간 관리 능력이라고 말이다.

지금 이 순간 연인과 함께 데이트 중이라면 취업 생각은 접어두고 즐겁게 데이트만 하자. 지금 취업 준비로 학원에서 수업을 듣고 있다면 연인 걱정은 하지 말고 열심히 수업이나 듣자. 세상에서 가장 어리석은 행동이 지금 내가 있는 상황에 전념하지 못하고 다른 상황을 걱정하는 것이다. 또 그 상황에 가서는 지금 최선을 다하지 못한 것에 대해 뉘우치고 후회하는 것이다. 결국 연애할 땐 즐거운 마음으로 연애하고, 취업 준비 할 땐 집중해서 준비에 열중하면 되는 것이다.

우리는 둘 중 꼭 하나를 포기하지 않아도 된다. 한 친구의 말처럼 철저히 시간 관리를 할 수 있다면 굳이 어느 하나를 포기하지 않아도 두 가지 모두 얻어낼 수 있다고 생각한다.

연애의 시기

과연 연애에도 적절한 시기라는 게 있을까? 그때가 있는 거라면 취업 전이어야 할까, 아니면 취업 이후여야 할까?

"사람은 대부분 마음의 여유가 있을 때 비로소 나보다 상대방을 더 생각해줄 수 있고 아껴줄 수 있다고 생각합니다. 모두가 그렇다고는 볼 수 없지만, 상대를 사랑해도 자신의 현재 상태가 힘들고 지치면 모든 것을 부정적으로 바라보는 경향이 있기에 그 마음이 어떤 방향으로든 변질될 수도 있다고 봅니다. 그런 의미에서 취업 후 연애를 시작해도 늦지 않을 것 같습니다."

"취업 준비로 인해 내가 생각하는 것만큼 상대에게 해줄 수 없다보니 결국엔 이별을 선택하는 사람들도 많이 봤습니다. 그래서 취업 준비가 필요한 때라면 그때를 지나서 조금이라도 연애하기 편안한 때에 하는 게 좋을 것 같습니다."

결국 연애란 서로의 마음도 맞아야 하지만 더 중요한 건 두 사람 모두 연애를 할 수 있는 상황이어야 한다는 것이다. 그런 이유로 지금 도저히 연애에 신경 쓸 여유가 없다고 판단된다면 취업 이후로 미루는 것도 좋은 방법이라고 말한다. 물론 반대되는 생각을 갖고 있는 친구들

연애하기에
적절한 시기라는 게 있는 걸까?

도 많다.

"연애는 취업만 해결되었다고 해서 할 수 있는 건 아니죠. 취업을 하는 것 자체도 중요하지만, 더 큰 문제는 취업 이후에요. 취업한 후에 지금까지와는 달라진 일상, 시간 관리 등이 오히려 연애관계를 삐걱거리게 만들 수도 있다고 생각합니다."

그만큼 취업 이후에는 더 바빠지면 바빠졌지 결코 연애에만 몰두할 수 있을 만큼 시간적 여유나 심리적 여유도 생기지 않을 것이라는 이야기다. 입사 이후 1년 이내 퇴사율이 가장 높다는 기사만 봐도 취업 후 적응이 얼마나 어려운 것인지 느껴진다.

그렇다면 연애하기에 적절한 시기는 언제일까. 취업 전일까. 취업 후일까. 답은 생각보다 간단하다.

'연애하기에 적절한 시기는 없다.'

취업이 된 이후의 내 삶도 중요하다. 그러나 취업 이전의 삶도 내 삶이다. 만약 취업이 빠른 시간 내에 되지 않고, 몇 년이나 걸린다고 생각해보자. 몇 년이라는 소중한 시간을 오롯이 취업 준비에만 쏟을 것인가. 지나고 나면 결코 돌아오지 않을 시간인데 말이다.

핵심은 취업 준비도 열심히 하되 그때그때 연애할 수 있는 기회가 오면 그 기회 역시 자연스럽게 받아들이라는 것이다. 무엇이든 인위적인 건 자연스럽지 못하다.

'언제부터 언제까지 취업 준비, 언제부터 연애 시작'

이런 계획 자체가 지나치게 부자연스럽다. 자연스러운 게 가장 좋은 것이라는 사실을 지금 이 순간에도 잊지 않았으면 좋겠다. 취업과 연애 중 무엇이 더 중요한지, 그래서 무엇이 더 먼저여야 하는지에 순서는 큰 의미가 없다. 무엇이든 먼저 할 수 있는 걸 시작하고, 동시에 해내고 싶다면 그만큼 스스로 시간 관리에 철저하면 되는 것이다.

그럼에도 우리는 지금 이 순간,
사랑 ing 중이다

우리는 종종 친구 혹은 주변 사람들에게 이런 말을 한다.

"우리 잘 어울려요?"

지금껏 수많은 사랑을 해왔으면서도 정작 우리가 잘 어울리는지에 대해서는 나 자신이 아닌 다른 사람들에게 묻는다. 누구보다도 내가 잘 알고 있어야 하는데 말이다. 어쩌면 그만큼 스스로에게 자신이 없어서 인지도 모른다. 상대와 내가 잘 어울리는지, 내가 원하는 사랑을 하고 있는지에 대해서 말이다.

사랑의 주체는 나 자신이다. 따라서 사랑할 때 가장 먼저 귀 기울여야 하는 건 내 마음이다. 그리고 그 마음을 들여다볼 때만큼은 나 자신에게 솔직해야 한다.

사랑은 이래야 하니까, 주변 사람들이 이렇게 이야기하니까, 다른 사람들에게 우리의 관계가 이렇게 비추어지는 게 좋을 테니까, 하는 생각들은 잠시 접어두어도 좋다. 그 사람에 대한 내 마음이 진심이고, 그 사람 역시 같은 마음인지가 가장 중요하다. 그러고 난 후 주위 사람들에게 서로를 소개하고 다양한 관계 속에서의 나와 상대의 모습에 대해 서로를 관찰할 수 있어야 한다.

또한 서로에게 열렬했던 감정이 식을 때쯤 두 사람의 관계를 계속해서 잘 이어나갈 수 있도록 사랑의 기술을 키워나가는 것 역시 필요하다. 내가 직접 경험한 사랑과 친구들에게 간접적으로 배운 사랑을 통해서 말이다. 물론 최종적으로 두 사람의 관계에 확신을 갖기 위해 주변 사람들의 의견 역시 참고할 필요는 있다. 사랑에 빠져 내가 보지 못하는 중요한 부분을 그들이 대신 봐줄 수도 있기 때문이다.

이런 과정을 거치고 나서야 우리는 비로소 스스로 확신하는 사랑을 시작할 수 있다. 다만, 그 사랑은 균형 잡힌 사랑이어야 한다. 적어도 한 가지의 방법만 고집하는 사랑이어서는 안 된다. 그 사랑이 좀 더 단단히 뿌리내릴 수 있도록 지금껏 해왔던 방향과는 전혀 다른 정반대의 방향에서 생각하고 행동할 수 있어야 한다.

첫사랑을 잊지 못해 비슷한 사람만 찾던 사람은 이제 첫사랑과 전혀 다른 사람을 만나 두 번째 사랑을 만드는 작업을 해야 한다. 헤어짐의 아픔을 새로운 사랑으로만 치유하려고 했던 사람은 그 아픔을 오롯이 혼자만의 시간으로 채워볼 수 있어야 한다. 한순간도 연애 없이 살 수 없었던 사람은 연애하지 않고도 잘 지낼 수 있음을 직접 경험해봐야 하는 것이다.

이렇듯 내게 익숙하지 않은 생각과 행동에 대한 적극적인 시도가 필요한 이유는 매번 경험하지만 경험할 때마다 낯선 그 사랑을 좀 더 편안하게 맞이하고 유연하게 대처하기 위해서다.

사랑은 우리에게 익숙하다. 그래서 쉬울 것 같지만 결코 쉽지 않다. 사랑은 한순간도 같은 순간이 없기 때문이다. 그런 이유로 우리는 여전히 사랑해야 하고, 앞으로도 계속해서 사랑해 나가야 한다. 이것이 우리가 지금 이 순간도 여전히 사랑 ing 중이어야 하는 이유다.

제5강

사랑의

소통

누구든지
좋아요

'누구든지 좋아요.'

파트너 선정용지에 적힌 문구다. 매 학기 이루어지는 작업이지만 수십 장의 파트너 용지를 일일이 펼쳐보며 누가 누구를 마음에 들어 하는지 혹여나 서로를 지목한 경우는 없는지 등을 살펴보는 건 매우 기대되고도 흐뭇한 일이다. 그러나 가장 기분 좋은 순간은 누가 뭐래도 '누구든지 좋아요'라고 적힌 쪽지를 봤을 때다. 이 문구를 보고 있자면 나도 모르게 입가에 미소가 번진다.

파트너를 정하다 보면 선택을 너무 많이 받아서 연결이 어려운 친구들이 있는 반면, 단 한 명의 선택도 받지 못해서 연결하기 곤란한 친구들도 있다. 이때 그 누구에게도 선택받지 못한 친구들 역시 선택받은 친구가 되도록 해주는 이들이 있는데, 바로 '누구든지 좋아요'라고 말해주는 친구들이다.

누구든지 내 파트너가 되어도 좋다는 생각, 누구든지 함께 앉아 대화를 나눌 수 있다는 그 열린 마음이 너무나도 예쁘다.

'누구든지 좋아요'라고 써낸 친구들은 파트너가 누구든 반갑게 맞이한다. 편안한 표정으로 자신을 소개하고 상대에게도 편안하게 말할 수 있는 여유를 건넨다. 무엇보다 인상적인 건 다른 친구들을 신경 쓰지 않고 오롯이 자신의 파트너에게 집중하는 모습이다. 자신의 이야기에 귀 기울여주고 공감해주는 파트너가 있어서일까. 상대는 어느 때보다도 자신감 있는 표정으로 이야기를 나눈다.

개강 후 얼마 되지 않았을 때였다. 한 남학생이 내게 이런 이야기를 한 적이 있다.

"군 제대 후 복학을 해보니 과동기들도 없고, 친하게 지내던 선후배도 없어 뜻하지 않게 혼자 학교생활을 하게 되었어요. 그렇게 1년 가까이 지내면서 혼자만의 생활이 익숙해서인지 점점 누굴 만나고 함께 밥을 먹고 하는 관계에 대한 자신감이 많이 줄어든 것 같아요. 그래서 다양한 친구들 좀 만나봐야겠다는 생각에 이 수업을 신청한 건데 생각보다 멋진 친구들도 많은 것 같고 이게 잘한 선택인가 싶네요. 제가 외적으로 호감이 가는 스타일도 아니어서 더 위축된다고나 할까. 저를 뽑아줄 친구가 있을지도 의문이고요."

놀랍게도 학기 초 이런 고민으로 나를 찾았던 이 친구는 학기 말 남학생은 물론, 여학생들도 좋아하는 남자가 되어 있었다. 어떻게 이런 일이 가능했을까. 바로 '누구든지 좋아요'라고 쓴 여학생을 만났기 때문이다.

수업 첫 시간. 이 남학생은 자신의 예상대로 아무에게도 선택을 받지 못했다. 그래서 누구랑 파트너로 연결해야 할지 고민하던 중 누구든 좋다고 했던 한 여학생과 연결하게 되었는데, 마침 그 여학생은 평소 남학생들과의 소통에도 전혀 어려움이 없었고, 남자사람친구도 제법 많은 친구였다.

그 여학생은 수업을 함께 듣는 자신의 친구들에게도 이 친구를 소개했고, 다른 친구들과 어울리는 자리에도 함께 참여하면서 이런저런 이야기를 나눌 기회를 많이 마련했다. 그렇게 한 달 동안 그 여학생과 파트너로 지내면서 이 친구는 조금씩 관계의 폭이 넓어지기 시작했고, 동시에 자신감도 키워갈 수 있었다.

학교에 적응하기 힘들었던 한 복학생을 다시 예전의 학교 생활로 이끈 건 한 사람의 열린 마음이었다. 이렇듯 소통의 시작은 소통하려는 누군가의 작은 시도와 노력에서 출발하는 것이다.

소통의 기술을 배우기에 앞서

'누구든지 좋아요'라고 써낸 친구들은 시간이 지날수록 인기가 높다. 파트너로 누구를 선택했는지에 대해서는 학기 중 철저히 비밀에 부쳐지기에 그들이 '누구든지 좋다'라고 써낸 걸 알아서도 아니다. 그렇다면 어떤 이유에서일까. 누구든지 좋다고 생각하는 그 친구들의 열린 마음은 굳이 말하지 않아도 말이나 행동에서 드러나기 때문이다. 누가 다가와 어떤 말을 건네도 자연스럽게 받아들이는 그들의 태도에서 친구들은 무언가를 느꼈을 것이다.

소통의 힘은 내가 스스로 만들어내는 것이다. 내가 어떤 마음을 가지고 어떻게 행동하느냐에 따라 소통의 힘은 결정된다. 그러나 아쉽게도 여전히 극소수의 친구들은 자신이 원하는 대상이 아니면 대화는커녕 함께 파트너가 되었다는 사실조차 불쾌해하며, 이를 표정으로 드러내기에 바쁘다. 제3자인 내가 보기에도 말을 붙이기가 쉽지 않은데 그 상대가 느끼는 불편함은 말해 무엇하겠는가.

소통에서 중요한 건 기술이 아니다. 소통의 기술을 배우기에 앞서 어떤 마음을 갖느냐가 더 중요하다. 소통할 때 열린 마음이 중요한 이유는 무엇보다 상대도 나와 똑같은 마음일지 모르기 때문이다. 즉, 상대도 내가 마음에 안 들었는지도 모른다. 그럼에도 처음 만난 나에 대한 예의를 갖추기 위해 상대는 최선을 다하는 것이다. 소개팅에서도 마찬가지다. 그런 상대에게 마음에 들지 않는다는 이유로 말 한마디도 꺼내지 않는 태도를 보이는 건 큰 실례다.

소통은 이래서 할 수 있고, 저래서 할 수 없는 것이어서는 안 된다. 소통은 '상대가 마음에 들어서 할 수 있는 것'이 아니라 '소통을 해보니

상대가 마음에 든다'가 되어야 하기 때문이다. 그런 의미에서 소통의
출발은 그 대상이 누구든 가능하다로 시작되어야 한다.

그들의
소통은 틀렸다

수업 시간, 소통을 주제로 이야기할 때 학생들에게 먼저 물어보는 것이 있다.

"얘들아, 요즘 화장실은 잘 가고 있니?"

다짜고짜 화장실은 잘 가고 있느냐는 질문에 대략 난감한 친구들은 웅성웅성한다. 그러고 나면 조금 더 구체적으로 질문을 던진다.

"일주일째 무언가 계속 먹기만 하고 한 번도 화장실을 가지 못했다면 어떨까?"

"장이 썩을 것 같아요."

"지독한 변비에 걸릴 것 같아요."

물론, 이렇게 구체적인 답변을 하는 소수의 친구들을 제외한 대다수 친구들은 "으!" 하는 비명으로 답을 대신한다.

잠시 후 반대 질문을 해보았다.

"일주일째 물 한 방울 먹은 것도 없는데 계속해서 설사를 하고 있다면 어떨까?"

"살이 쭉쭉 빠질 것 같아요."

"서 있을 힘조차 없겠죠."

건강에 안 좋은 영향을 미친다는 점에서 두 개의 질문에 대한 답은 크게 다르지 않다. 음식물을 섭취하고 내보내는 데도 적절한 균형이 중요한 것처럼 소통도 마찬가지다. 상대의 말은 전혀 듣지 않으면서 자기 말만 하거나 자기감정은 한 번도 표현하지 않으면서 계속해서 듣기만 한다면 마음의 병이 찾아올지도 모른다. 그래서 누군가의 말을 잘 들을 줄도 알아야 하고, 동시에 내 마음을 잘 표현할 줄도 알아야 한다. 그것이 건강한 소통의 기본이다.

일방통행식 소통은 안 된다

소통의 문제는 관계를 이루고 있는 집단이라면 어디에서든 나타난다. 그중에서도 심심치 않게 등장하는 주제가 바로 연인 간의 소통문제다. 연애 초기에는 상대가 바라는 건 뭐든지 해줄 수 있고, 상대가 원하는 방향으로 무엇이든 맞춰줄 수 있다는 생각에 느낄 수 없었던 소통의 문제들이 시간이 지나면서 서서히 그 모습을 드러낸다. 특히 한쪽에서는 표현하느라 바쁘고 다른 한쪽에서는 참아내느라 힘겨운 친구들이 많다.

한 친구가 이런 이야기를 꺼내놓은 적이 있다.

"예전에 저보다 2살 어린 친구를 만난 적이 있어요. 저보다 어린 친구를 만나는 건 처음이어서 많이 맞춰줘야겠다고 생각했죠. 애초에 그러기로 마음먹고 시작해서인지 어느새 그 친구가 투정을 부리면 저는 늘 받아주는 사람이 되었고, 제가 불만이 있을 때조차도 나이 많은 내가 참아야지 하고 생각하며 그저 좋게만 넘겼던 것 같아요."

하지만 시간이 지날수록 여자친구를 받아주기만 하는 게 힘들어졌다고 했다. 자신은 여자친구를 위해 매번 최선을 다하는데 그럼에도 돌아오는 건 자신의 마음을 잘 몰라준다는 서운함과 짜증뿐이었다.

"저는 힘든 내색 한 번 한 적이 없는데 어느 순간 그런 제 자신이 불쌍해지더라고요."

무엇이 문제였을까. 무엇보다 아쉬운 건 한 번도 자신의 마음을 솔직히 표현한 적 없는 그 친구의 행동이다. 아무리 상대가 어리고 그래서 많이 맞춰줘야겠다고 생각했더라도 순간순간 아니라는 판단이 들었을 때는 자신의 감정에 좀 더 솔직할 수 있지 않았을까.

안타깝게도 이렇듯 변함없이 늘 잘해주기만 하는 행동은 오히려 상대가 고마움을 느끼지 못할 확률이 높다. 상대가 나를 원래 그런 사람으로 생각하기 쉬워서다. 늘 곁에 있는 무언가에는 고마움보다 익숙함이 먼저 자리 잡기에 고맙다는 마음보다 당연하다는 생각을 먼저 하게 되는 것이다. 지금 이 순간, 숨을 쉬고 있는 당신이 공기에 감사하지 않는 것처럼 말이다.

한쪽은 표현하고 한쪽은 참아내는 사랑

항상 잘해주는 사람에겐 열 번의 잘해줌도 그저 늘 일어나는 상황일 뿐이다. 오히려 한 번이라도 잘해주지 못하면 바로 사랑이 식었거나 마음이 변한 것으로 오해받기 쉽다.

"친한 친구로 만나다가 연인이 된 사람이었어요. 처음부터 제가 더 많이 좋아했고 고백도 제가 먼저 했기에 저는 마음 상하는 일이 있어도 되도록 티를 내지 않았습니다. 그런데 그런 일이 계속 쌓이다보니 저에게는 큰 스트레스였던 것 같아요. 차라리 연애하지 않는 게 더 낫겠다는 생각도 여러 번 들었으니까요. 그러던 중 제 감정이 결국 폭발해버렸고 이제껏 그런 모습을 보지 못했던 그 친구는 한 발짝 뒤로 물러섰습니다. 그때의 일이 좀처럼 쉽게 지워지지 않았는지 마음의 거리를 좁힐 수 없다며 먼저 이별을 통보해왔고, 저희는 결국 헤어지게 되었습니다."

상대를 위해 참고 또 참았지만 헤어짐을 피할 수 없었던 이 친구가 내린 결론은 이랬다.

'그때그때 서운한 게 있을 때 그냥 지나치지 말고 조금이라도 소통하

한 사람만 표현하고
한 사람을 참아내는 소통은
결국, 탈이 나게 되어 있다

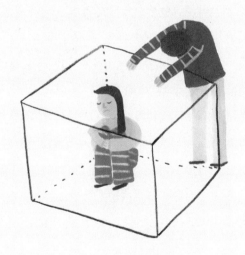

려고 노력해라.'

소통이 잘 안 된다고 느꼈던 순간마다 조금씩이라도 노력했더라면 이렇게까지 일이 커지지는 않았을 거라고 했다. 소통은 참을 때까지 참았다가 터뜨리는 게 아닌, 그때그때 필요하다고 생각될 때마다 조금씩 함께 나누는 것이라고 말이다. 이 친구가 마지막으로 덧붙였던 그 한마디가 지금도 잊히지 않는다.

"정말 어이없다고 느낀 건 참고 참았다가 딱 한 번 크게 화를 낸 건데 그 친구는 '지금껏 얼마나 힘들었을까' 하고 제 마음을 헤아려주기보다 '예전에는 참았는데 이제는 못 참겠다는 걸 보니 마음이 완전히 식은 거구나'로 받아들였다는 점이죠."

이렇듯 한 사람만 표현하고, 다른 한 사람은 참아내는 소통은 결국 탈이 나게 되어 있다. 처음엔 한쪽이 참아내고 있다는 걸 느꼈을지 몰라도 시간이 흐르면서 그것에 점점 익숙해져 당연한 것으로 받아들이기 때문이다. 그리고 익숙해진 그 사람의 행동에 변화가 감지되면 그건 더 이상 내게 문제가 있어서가 아니라 나를 향한 그 사람의 사랑이 식어서로 결론지어지기 쉬워서다.

상대를 위해 참아내기만 하는 사랑의 시작이 '상대가 상처받을까 봐'라고 해도 머지않아 그 의도는 빛을 잃기 쉽다. 참아내기만 하느라 표현한 적이 없으니 상대는 나의 그런 의도조차도 제대로 알 길이 없기 때문이다. 사랑은 드러나는 행동만으로는 제대로 알 수 없다. 어떤 마음에서 비롯된 행동인지 알게 될 때 비로소 그 사랑의 진짜를 느낄 수 있는 것이다.

어떤 친구가 이런 말을 한 적이 있다.

"이별 후 아주 오랜 시간이 지나서야 문득 깨달은 게 있어요. 그 친구가 내게 무조건 맞춰줄 수 있었던 건 그만큼 나를 좋아했기 때문이라는 걸요. 그리고 좋아한 만큼 배려해준 것이라는 사실을 알게 되었죠."

연애를 할 때 중요한 건 상대를 좋아하는 마음뿐만 아니라 내가 좋아하는 만큼 상대에 대해 배려하는 마음이다. 내가 힘들 때 상대에게 투정 부리고 싶고 위로받고 싶은 만큼 그 사람도 내게 그런 바람을 갖고 있을지 모른다. 내가 행복해지기 위해 사랑을 선택한 것처럼 그 사람 역시도 행복해지기 위해 사랑하는 것일 테니.

지금 나의 행복이 그 사람의 희생을 담보로 한 나만의 행복은 아닌지 생각해봐야 한다. 내가 표현하는 만큼 그 사람도 표현할 수 있는지 살필 수 있어야 한다. 한쪽만 표현하는 사랑은 다른 한쪽은 참아내는 사랑을 의미하기 때문이다.

말하지 않아도
내 마음을 아는 단 한 사람

우리는 사랑한다는 이유만으로 상대에게 특별한 능력을 요구할 때가
있다.

"내 마음을 알아 맞춰봐."

사랑하니까 내 마음을 애써 표현하지 않아도 상대가 알아서 내 아픈
마음을 어루만져줄 것이라고 기대하는 것이다. 그런 이유로 우리는
종종 전후 상황에 대한 설명 없이 이렇게 말하곤 한다.

"지금 내가 왜 화가 났는지도 모르지? 나를 정말 사랑하긴 하는 거야?"

이 말을 하는 사람은 서운함 가득이지만, 이 말을 듣는 사람은 답답함
그 자체다. 어쩌면 표현한 적 없는 내 마음을 어디까지 알고 있느냐에

따라 그 사랑의 크기도 다르다고 생각하는지도 모르겠다. 한 번도 내비친 적 없는 내 마음을 얼마나 정확히 꿰뚫어볼 수 있느냐가 마치 사랑의 척도인 양 그 사랑의 깊이를 재고 있는지도 모르겠다. 결국 사랑한다는 이유만으로 상대에게 특별한 능력을 요구하는 이유는 나에 대한 사랑이 그 정도이길 바라는 마음에서 비롯된 것일 테다.

그러나 아쉽게도 표현하지 않은 내 마음을 제대로 읽어낼 수 있는 사람은 이 세상에 단 한 사람뿐이다. 바로 나 자신이다. 우리는 독심술사가 아니기에 상대의 표정이나 눈빛만 보고 모든 것을 알 수는 없다. 수십 년을 함께 산 부부도 마찬가지다. 따라서 내 마음을 상대가 제대로 해석할 수 있도록 말로 표현해줘야 한다.

화가 난 이유를 꼭 말로 설명해야 알아?

"여자친구가 화난 것 같은데 왜 화가 났는지 그 이유를 모르겠어요."

그들은 난감해했다. 무엇보다 여자친구가 왜 화가 났는지에 대해 아무런 설명을 해주지 않아 당황스럽다고 했다. 무엇이 문제인지 알면 그 부분에 대한 해결책을 생각하고 적극적으로 행동할 텐데 그런 방법조차 시도할 수 없으니 답답한 마음뿐이라고. 그런데 여자들의 입장은 조금 다르다.

"그런 상황에서 여자친구인 내가 기분 나빴을 거라는 걸 당연히 눈치 채야 하는 거 아닌가요."

그걸 꼭 말로 설명해야 아느냐는 것이다. 남자의 답답함 못지않게 여자의 서운함도 크다는 걸 알 수 있는 대목이다.

한 여학생이 이렇게 이야기를 시작한다.

"여자들 마음은 대부분 비슷한 것 같아요. 나를 사랑하는 남자라면 내가 왜 서운한지 그 이유 정도는 알아주길 바라는 마음이 있는 거죠."

그러자 다른 여학생이 여자친구가 서운해 하는 이유를 아는 것만큼 중요한 게 또 있다며 이야기를 이어 나갔다.

"이유가 무엇이든 여자친구가 서운함을 느꼈다면 그 마음부터 이해하려고 노력하는 모습을 보여주는 게 중요해요."

즉, 무엇 때문에 서운한 건지 그 이유를 아는 것만큼이나 얼마나 서운하면 그랬을지 그 마음을 먼저 헤아려주는 모습도 중요하다는 것이다. 한 남학생은 이 부분에 대해 이런 방법을 제시하기도 했다.

"서운함을 표현하고 또 그런 마음을 이해해주길 원하는 것도 필요하지만 처음부터 왜 서운했는지 자신의 속마음을 솔직히 이야기해주는 건 어떨까요."

어쩜 가장 쉽고도 간단한 방법일 것이다. 서운함을 느낀 사람이 왜 서운했는지 말해주고, 어떻게 해주었으면 좋겠는지 알려준다면 상대는 그렇게 할 수 있도록 최대한 노력할 테니 말이다. 핵심을 모르는 상태에서 가능한 모든 것에 에너지를 사용하는 것보다 정확히 알게 된 그 부분에 에너지를 모두 쏟는다면 두 사람 모두 만족하는 관계가 되지 않을까.

그러자 한 여학생이 조금은 다른 관점에서 느꼈던 이야기를 한다.

"왜 서운한지 알아주길 바라는 마음에서 먼저 말하지 않을 수도 있지만, 이런 경우도 있어요. 여자도 자기가 왜 서운한지 이야기하고 싶은데, 내가 왜 서운한지를 남자가 모른다는 건 그 일 자체가 그렇게 대단한 일이 아닐 수도 있다는 거잖아요. 그러니까 자신이 직접 그런 이야기를 꺼내놓기에는 자존심 상한다고 생각하는 거죠."

결국, 상대는 '뭐가 서운하지? 왜?'라는 의문을 가질 정도의 일로 자신은 서운함을 느낀다는 것 자체가 자존심이 용납하지 않는다는 것이다.

그러자 한 남학생이 이렇게 이야기를 이어간다.

"나중에 깨닫게 된 거지만 서운해하는 것도 그만큼 좋아해서 그런 거라는 생각이 들었습니다. 그렇기 때문에 상대가 서운함을 느낀다면 그 이유가 사소한 일이더라도 서운한 마음을 풀어주기 위해 노력해야 한다고 생각합니다."

생각해보니 기대치가 전혀 없는 사람에게 서운함이란 감정은 느끼기 어려운 것 같다. 조금이라도 기대하는 마음이 있을 때 서운함도 느끼는 것이다. 결국 서운함을 느낀다는 것 자체가 그만큼 상대를 좋아한다는 증거다. 다만 똑같은 상황이라도 사람에 따라 서운하게 느끼는 사람이 있는가 하면 별일 아니라고 생각하는 사람도 있기에 내가 서운하다고 느낀 게 괜히 속 좁아 보일까 걱정되어 표현 자체를 안 하는 건 좋은 방법은 아닌 듯 싶다. 상대에게 "너는 괜찮을지 모르지만 나는 솔직히 서운했다" 이렇게라도 표현해보는 건 어떨까.

물론, 여자가 화난 이유를 말하지 않는 또 다른 이유도 있었다.

"여자는 의외로 사소한 일에 기분이 안 좋아질 때가 있어요. 지금 자신의 기분이 안 좋은 이유가 사소하다는 걸 알기에 말을 못해요. 문제는 대부분의 남자들이 그런 상황에서 장난스럽게 대처한다는 거죠. 바로 그 모습이 여자의 기분을 더 상하게 하는 것 같아요."

결국, 시작은 사소한 것이었으나 장난으로 넘어가려는 남자의 행동이 오히려 여자의 기분을 더 화나게 만든다는 것이다. 뒤늦게 남자가 무슨 일이냐고 묻기 시작했을 땐 이미 상황이 제법 심각해진 상태로, 그렇다고 그제야 여자가 솔직하게 사소한 그 일을 꺼내놓기는 어렵다. 그래서 결과적으로는 아무 말도 하지 못하는 상황이 연출될 수 있다는 이야기였다.

이 여학생은 남학생들에게 한 가지 팁을 전했다. 여자친구가 왜 화가 났는지 이유를 잘 모르겠을 때 이런 말을 해주면 여자친구가 조금은 위로를 받을 수 있을 거라고.

"표정도 안 좋고 말투도 그렇고, 그런 너의 모습을 보고 있으니까 나도 마음이 안 좋아. 왜 그렇게까지 기분이 상한 건지 말해주었으면 좋겠어."

그리고 한마디를 꼭 덧붙이라고 했다.

"사소한 이유라도 좋아. 어떤 이유가 되었든 네 입장에서는 충분히 기분 상했을 수 있다고 생각해. 그러니까 솔직하게 말해줘."

그리고 여자친구가 그 이유를 말해주면 "말해줘서 고맙다"라는 말까지 전하라고 했다.

그건 싸우자는 말이다

모르는 사람이 길을 물어도 우리는 최선을 다해 길을 알려주려고 노력한다. 그런데 하물며 내가 사랑하는 사람에게는 알아서 찾아오라며 길조차 안내하지 않는다. 어떻게 가야 할지 알려 달라는데도 그 방법을 이야기해주지 않는 것이다.

이렇듯 때로는 사랑하는 사람에게 하는 행동이 낯선 사람에게 하는 행동만도 못할 때가 있다. 내 마음을 가장 잘 알고 있는 내가 가장 사랑하는 사람에게 그 마음을 전달하는데 무슨 자존심이 필요하고, 또 감정적인 밀당이 필요하단 말인가. 그저 두 사람 중 먼저 서운함을 느낀 사람이 그 문제가 무엇이든 솔직히 이야기해주고, 상대는 같은 일이 반복되지 않도록 최대한 노력하면 되는 게 아닐까.

사랑하는 사람과 행복한 시간을 누리기에도 남은 시간은 넉넉지 않다. 그 짧은 시간 동안 사랑하는 사람에게 있지도 않은 특별한 능력을 보여 달라며 요구하기보다 서로 기분 좋은 연애관계를 유지하기 위해 필요한 부분이 무엇인지 이야기 나누는 것이 훨씬 효과적이지 않을까.

서로의 소통이 관계를 성장시키기 위한 것이어야지 한 사람의 마음을 무겁게 매달아 한 발짝도 나아갈 수 없게 막는 장애물이어서는 안 된다. 내가 표현하지 않은 내 마음을 알아달라는 건 알아줄 때까지 싸우자는 말과 크게 다르지 않다.

자신이 왜 화가 났는지 표현하지 않는 여자와 그 이유를 설명해달라는 남자. 말하지 않아도 자신의 입장을 이해해주길 바라는 여자와 이유를 알면 해결할 수 있다는 남자. 우리에게 필요한 건 무엇일까. 답은 이미 나와 있다.

그 남자와 그 여자의
소통법

남자와 여자. 우리는 종종 남녀의 차이점에 대해 언급하곤 한다. 당신이 경험했던 남녀 차이에는 어떤 게 있는가?

두 여자의 이야기다.

"저는 집이 충무로고 남자친구는 경기도에 살아요. 거리가 제법 되다 보니 약속 장소를 정하기가 쉽지 않죠. 얼마 전에 남자친구가 충무로로 오기로 했는데 사정이 생겨서 남자친구를 만나려면 제가 경기도로 가야 했어요. 약속에 변경이 생기니까 조금 짜증이 나더라고요. 그래서 무뚝뚝한 말투로 그쪽으로 가겠다고 말했죠. 그랬더니 남자친구가 '힘들면 내가 갈까?' 이러는 거예요. 그때 저는 아니라고 내가 가겠다고 말했고, 결국엔 그렇게 결정이 났어요. 그런데 내가 가겠다고 한 건

데도 뭔가 계속 기분이 좋지 않았죠. 아마도 그때 제가 정말 원한 건 '아니야. 내가 갈 거니까 너는 그냥 거기서 기다리고 있어'라는 남자친구의 강렬한 한마디였던 거 같아요."

"평소에도 남자친구와 사소한 일로 자주 다투는 편이지만, 그때마다 저는 자존심 때문에 괜찮지 않아도 '괜찮아', '상관없어'라는 말을 자주 했어요. 그런데 남자친구는 제 표정이나 행동을 조금도 생각해보지 않고 '괜찮다'는 말 한마디에 바로 넘어가는 모습을 보이더라고요. 그때마다 많이 서운하다는 생각이 들었어요."

두 이야기는 바로 남자의 '직접적인 표현'과 여자의 '간접적인 표현'에 대한 이야기다.

"연락하지 마."

"만나도 아는 척하지 마."

"집에 찾아올 생각도 하지 마."

흔히 연인관계에 있는 남녀가 싸웠을 때 여자가 더 많이 사용하는 말이다. 당신이라면 이런 상황에서 어떻게 행동할 것인가. 여자의 말 그대로 연락하지 않고, 만나도 아는 척하지 않고, 집에 찾아갈 생각도 하지 않을 것인가? 아니면 반대로 그래도 연락하고, 만나면 아는 척하고, 집까지 찾아가 볼 생각인가?

말 그대로 받아들인다면 연락하지 말아야 한다. 그러나 말 뒤에 숨은 의미를 생각한다면 연락해야 하는지도 모른다. 불행 중 다행인 건 지금의 남자들은 그렇게 단순하지 않다는 것이다. '하지 마'라는 여자친구의 말을 있는 그대로 믿어서는 안 된다는 사실을 이미 수많은 경험을 통해 알고 있다. 그러나 친구들은 이야기한다. 그럼에도 여전히 많은 남자들은 이 상황에서 혼란을 경험하기 쉽다고.

'진짜 연락하지 말고 기다려야 하나.'

'우연히 만나게 되어도 아는 척하지 말아야 하나.'

'집에 찾아갈 생각도 하지 말고 그냥 있어야 하나.'

무엇이 정답일까. 이 문제 역시 정답은 없겠지만 대부분은 '그 반대다'에 의견을 같이 했다. 즉, 여자친구가 하지 말라고 이야기했어도 연락해야 하고, 만나면 아는 척해야 하며, 집에도 찾아가봐야 한다는 것이다.

그 이유는 단순하다. 사랑하는 사람에게 더 이상 연락하지 말라고 할 정도면 대체 얼마나 힘든 상태인 걸까. 지금 그녀의 그런 마음 상태를 봐 달라는 것이다. 즉, 그만큼 힘든 내 마음을 헤아려달라는 의미이지 결코 연락하기 싫어서가 아님을 표현하는 것이다.

그러나 남자들은 말한다. 만약, 남자가 이렇게 이야기했다면 상황은 조금 다를 것이라고 말이다. 여자들이 던지는 메시지의 목적이 표면이 아닌 이면에 숨겨져 있다면, 남자들이 던지는 메시지의 목적은 표면 그대로이기 때문이다.

단, 여자의 간접적인 표현에 대해서는 반드시 주의해야 할 한 가지가 있다. 여자의 말에서 이면에 숨은 메시지를 읽어야 할 때에는 어디까지나 현재 두 사람이 서로 사랑하고 있다는 전제하에서다. 만약 두 사람 중 한 사람만 좋아하고 있는 상황이거나 한 사람이 상대로 인한 불편함을 느끼고 이를 호소하고 있는 상태라면 그때만큼은 여자의 표현 역시도 직접적인 표현으로 생각해야 한다.

이왕이면 솔직하게

사실 간접적인 표현 자체가 문제를 일으키는 건 아니다. 사람에 따라 직접적인 표현을 좋아하는 사람이 있는가 하면 우회적으로 표현하는 걸 더 선호하는 사람도 있기 때문이다. 때로는 상대가 자존심 상할까 봐 그 사람의 마음을 덜 다치게 하려고 간접적인 표현을 사용하기도 한다.

그러나 간접적인 표현은 말을 돌려서 표현하는 것이기에 그 과정에서 정확성이 떨어질 수 있고 오해가 발생할 수 있다. 따라서 좀 더 분명히 표현할 필요는 있어 보인다. 다만 적어도 지금 내가 사용하는 표현이 내 마음과 정반대를 표현하는 것이라면 결코 두 사람에게 도움이 되지 않는다고 말해주고 싶다.

앞의 사례에서도 기분이 나빴을 때 솔직하게 "기분이 나빴어"라고 표현했다면 남자친구는 그 상황을 그냥 넘어가지 않았을 것이다. 적어도 이런 상황에서 여자친구가 기분 나쁠 수 있구나 정도는 알고 지나갔을 것이다. 그 다음 사례도 마찬가지다. "힘들면 내가 갈까"라고 한 번 더 결정의 기회를 주었을 때 솔직하게 "그래주면 더 고맙겠어"라고

답했다면 먼 거리를 이동해 만나야 하는 두 사람의 마음이 조금 더 홀
가분하고 반갑지 않았을까.

몸으로 하는
대화

"수업시간 성(姓)에 대한 직접적인 단어들이 언급될 때마다 우리는 펜을 굴리거나 휴대전화를 보는 등 무언가 설레면서도 민망한 순간을 무마시키려 노력한다."

한 학생이 유독 조용했던 성에 대한 첫 수업 후기를 이렇게 올린 적이 있다.

매학기 다른 친구들을 대상으로 수업하지만 매번 그들이 보이는 한 가지 공통점이 있다. 유독 성에 대한 첫 수업시간만큼은 모두가 말없이 눈빛으로만 이야기한다는 것이다.

"'성' 하면 가장 먼저 떠오르는 거 어떤 게 있을까?"

야심차게 첫 질문을 던져보지만 늘 돌아오는 반응은 똑같다. 순간적으로 120개의 시선이 모두 책상 위로 쏟아진다. 궁금한 주제이긴 하지만 혹여나 자신이 대답해야 하는 민망한 상황이 올까 두려워 미리 차단하는 것이다.

나는 아무렇지 않게 '키스' 또는 '섹스'라는 단어들을 이야기하지만, 친구들의 시선은 이미 갈 곳을 잃었다. 시선만 잃은 게 아니다. 순간적으로나마 숨도 쉬지 않는 듯했다. 너무나도 고요한 그 순간이 되면, 나도 모르게 친구들에게 던지는 한마디가 있다.

"너희들 지금 숨은 쉬고 있는 거지?"

그럼 여기저기서 어색함 가득한 웃음이 터져 나오기 시작한다. 그렇게 시간이 지나고 친구들은 입 밖으로 꺼내놓기도 부끄러웠던 단어들에 조금씩 익숙해지기 시작한다. 그러는 사이 궁금했던 부분에 대해 솔직한 질문과 답변을 주고받으며 편안하게 이야기 나눌 수 있는 분위기가 만들어진다. 그러나 여전히 스킨십을 다루는 수업의 첫 한 발짝을 떼는 것은 어렵다.

사랑하는 사람과의 스킨십도 그럴 것이다. 그 첫발을 떼는 것이 쉽지 않다. 상대와 어느 정도 친밀해지면 대화가 편해지는 것처럼 스킨십 역시 편해져야 하는데 유독 그 부분은 쉽지 않다. 오히려 스킨십에 있어서만큼은 편안함을 보이는 것 자체가 오해의 대상이 되기도 하니 더 복잡하고 어려울 수밖에 없다.

스킨십은 우리에게 신체적, 감각적 쾌락을 전해주는 동시에 중요한 소통 도구로서 역할을 해준다. 말로 표현할 수 없는 마음을 때로는 스킨십을 통해 표현하기도 하고, 우리는 그런 표현에 감동을 받기도 한다. 힘들어하는 연인에게 위로의 한마디를 찾지 못해 그저 어깨를 토닥여주었을 뿐인데 그런 행동에 상대는 고마움을 느낀다. 때로는 사랑스러운 연인을 앞에 두고 그 마음을 어떻게 표현해야 할지 몰라 입맞추는 것으로 마음을 대신 표현하기도 한다.

이렇듯 스킨십은 언어로 나누는 대화만큼이나 중요한 소통 방법이다. 그러나 아쉽게도 스킨십은 미리 연습해볼 수도 없고 그 누구와도 솔직히 터놓고 이야기할 수 없다보니 여전히 어려움을 호소하는 이들이 많다.

연애 초반 스킨십, 어느 정도가 적당할까

이제 막 연애를 시작한 친구들이 가장 많이 질문하는 내용이다.
'스킨십 진도, 어느 정도가 적당할까요?'
한 친구는 이 질문을 보자마자 이런 생각이 떠오른다고 했다.
"영화를 보면 남녀가 첫눈에 반해서 불같은 밤을 보내는 장면이 종종 나오잖아요. 그런 장면들이 자연스럽게 연출되어서인지 어색하거나 보기 불편하다고 생각한 적은 없었는데요. 만약 여기서 남녀 주인공이 이런 대사를 친다면 그보다 웃긴 코미디도 없지 않을까요?"
'우리 오늘 처음 만났으니까 스킨십은 여기까지만 하는 게 적당하겠죠?'

스킨십은 그 순간의 분위기에 제법 영향을 받는다. 스킨십을 하려는 사람도 그렇고 받는 사람도 그렇다. 그런 이유로 '스킨십을 해야지'라는 의도적인 마음은 오히려 몸짓을 부자연스럽게 만들어 나는 물론, 상대의 마음까지도 어색하게 만들기 쉽다. 문제는 그런 부자연스러운 스킨십의 뒷맛은 늘 개운치 못하다는 것이다. 스킨십이 끝난 후에도 '잘한 건가'라는 생각에 무언가 계속해서 혼자 곱씹게 되는 상황이 오기 쉽다.

스킨십은 어디까지나 스킨십하고 싶다는 감정이 충만할 때 그리고 그 감정에 솔직할 때 몸짓까지도 자연스러워진다. 그럴 때만이 스킨십이 우리에게 달콤함을 전해줄 수 있는 것이다.

물론, 어디까지나 두 사람 모두 스킨십하고 싶다는 감정을 느꼈을 때라는 전제하에 말이다. 스킨십의 적당한 진도라는 건 결국 자연스러운 스킨십이 가능하다면 그 진도가 어디쯤이든 모두 포함된다고 볼 수 있을 것이다. 스킨십의 종류가 무엇이든 거부감 없이 서로가 자연스럽게 받아들인다는 건 적당하게 스킨십 진도가 잘 나아가고 있음을 의미하는 것일 테니까.

이쯤 되니 또 한 가지 궁금한 게 생긴다.

'스킨십을 자연스럽게 하는 특별한 비법이 있는 걸까?'

이에 대해 한 친구가 이런 말을 한 적이 있다.

"스킨십을 자연스럽게 하는 법은 진짜 생각 없이 해야 가능합니다. '자연스럽게 해야지'라는 생각을 갖고 있으면 이미 자연스럽지 못한 겁

그 어떤 소통보다도
서로에게 자연스럽게 스며들어갈 수 있는 것

니다."

자연스러움은 자연스럽다라는 생각을 갖지 않은 상태여야 가능하다는 것이다. 즉, 분위기에 따라 몸이 이끄는 대로 따라가는 것이 자연스럽다는 의미다.

스킨십을 자연스럽게 하기 위해서는 무엇보다 서로의 감정에 충실해야 한다. 전혀 스킨십을 하고 싶지 않은데 남들이 이쯤에서 키스를 한다니까 키스를 시도하고, 정말 스킨십을 하고 싶은데 남들이 아직은 시기상조라고 하니 꾹 참는 것만큼 부자연스러운 건 없을 것이다.

다만, 내가 스킨십을 하고 싶다고 해서 바로 그 스킨십을 무작정 시도하는 것은 실패 확률이 높다. 스킨십은 그 어떤 소통보다도 서로에게 자연스럽게 스며들어갈 수 있어야 하는데 한쪽의 일방적인 시도는 상대가 갑작스럽다는 느낌을 받을 수 있기 때문이다.

그렇다면 한쪽이 일방적이라고 느끼지 않을 만큼 스킨십을 시도하기 좋은 '그때'는 언제일까? 그때가 언제라고 확정 짓기는 어렵지만 적어도 서로의 느낌이 통했는지 알 수 있는 방법은 있다.

'나는 스킨십을 하고 싶은데 상대도 나와 같은 마음인지 어떻게 확인할 수 있을까?'

생각보다 어렵지 않다. 예를 들어 '키스하고 싶다'는 느낌이 들었다고 치자. 지금 두 사람이 나란히 앉아 있다면 상대의 옆모습을 잠시 바라보자. 그리고 그 사람의 볼에 살짝 입맞춤을 해보는 거다. 혹은 상대가 내 어깨에 머리를 기대고 있다면 그 사람의 이마에 살짝 입술을 대어

보자. 미동도 없다면 혹은 지그시 눈을 감고 있다면 그 상황이야말로 자연스럽게 키스할 수 있는 좋은 타이밍인 것이다. 상대도 어느 정도 키스하고 싶은 마음을 내비치고 있는 것이기 때문이다.

이렇듯 상대의 마음을 어느 정도 확인한 후 스킨십을 하게 되면 두 사람 모두 마음의 여유가 생겨 스킨십을 하는 내내 그 느낌을 충분히 만끽할 수 있어 좋다. 스킨십의 적당한 진도는 그 시점이 두 사람 모두에게 자연스럽게 스킨십을 할 수 있는 그때인지 여부가 중요한 것이지 순서나 횟수가 기준이 되어서는 안 된다.

'1주일까지는 손잡고, 2주일째부터는 포옹하고, 그 다음 주는 뽀뽀하고.'

이런 생각 자체가 스킨십의 자연스러운 흐름을 방해한다. 그렇다면 자연스러운 스킨십을 결정짓는 요소는 무엇일까.

"영화나 드라마 속 스킨십 장면이 아름답다고 느껴지는 이유는 그 상황이 스킨십을 나누기에 자연스럽고 또 그들이 적절한 스킨십을 하기 때문이라고 생각합니다. 그래서 자연스러운 스킨십을 결정짓는 요소는 시간이나 순서가 아닌 그 상황과 적절성입니다."

적당한 스킨십 진도란 없다

어떤 친구는 스킨십 진도에 대해 이렇게 말했다.

"스킨십에 '적당한'이라는 단어는 어울리지 않는다고 생각합니다. 연애 초반이라 해도 서로를 배려하면서 동의하는 선까지는 자유롭게 스킨십을 할 수 있어야 하고, 연애를 오래 한 커플이라도 서로가 일정 선 이상의 스킨십을 원하지 않는다면 그 선을 지켜줘야 하기 때문입니다.”

스킨십 진도의 적당함이란 서로 같은 생각을 갖고 있는 거기까지라는 것이다. 그러나 '거기'의 기준이 커플마다 다르기에 일반적으로 이야기하는 적당한 진도라는 건 있을 수 없다고 했다. 물론, 둘만의 타협점조차 찾기 어렵다는 이들도 있다.

“나는 키스까지만 할 수 있어. 그러니까 그 이상을 하고 싶어도 참아.”

“우리 한 달에 한 번만 하자. 매달 13일에만 하는 거 어때?”

불가능한 건 아니지만 역시 부자연스럽다. 그래서일까. 다수의 친구들은 애초에 적당한 스킨십 진도라는 건 존재하지 않는다고 이야기한다.

그렇다. 적당한 스킨십의 진도라는 건 어디에도 없다. 다만, 그 정도가 두 사람 모두에게 부담스럽지 않아야 하기에 두 사람이 의견을 나누는 작업은 꼭 필요하다. 몸짓으로 나누는 소통 역시도 핵심은 일방이 아닌 양방의 소통이어야 한다. 내가 생각하는 스킨십의 그때가 지금이라고 느껴져도 상대가 그렇지 않다면 그 스킨십은 아직 때가 아니라고 생각할 수 있어야 한다.

우리는 서로의 그때를 정확히 알기 위해서라도 더 적극적으로 소통해야 한다. 그럼에도 그 진도가 어느 정도일지 전혀 감이 오지 않는다면 그때를 이렇게 정의하자.

'두 사람 모두 진심으로 유쾌한 스킨십을 할 수 있는 바로 그때.'

내 여자, 내 남자의
스킨십

스킨십 경험은 약일까, 독일까? 사람에 따라 다르다. 개인의 성향에 따라 약이 되기도 독이 되기도 한다. 어떤 사람은 상대가 능숙하고도 자연스럽게 리드해주길 바라는 반면, 어떤 사람은 나를 통해 처음 알아가길 바랄 수도 있어서다. 전자의 경우엔 이전 사람과의 스킨십 경험이 약이 될 것이고 후자의 경우엔 독이 될 게 분명하다.

또한 기술적인 측면에서도 최고의 스킨십 기술을 보여주기 위해서는 스킨십 경험이 약으로 작용하지만 오히려 기술적인 부분을 놓고 상대를 비교하게 된다면 분명 독으로 작용할 것이다.

당신의 스킨십 경험은 약이었나. 독이었나. 적어도 나에게 스킨십 경험은 약이었다. 스킨십 경험이 없었던 내게 첫 스킨십은 새로운 사실들을 많이 알게 해주었고 그로 인해 이후 연애에서는 큰 문제없이 스킨십을 나눌 수 있었기 때문이다.

남자친구와 함께 삼겹살을 맛있게 먹었던 어느 날 저녁이었다. 상추에 깻잎을 얹고 잘 구워진 삼겹살과 마늘을 한 가득 집어 쌈장에 쿡 찍어 쌈을 싸 먹었다. 막걸리와 함께 신나게 저녁을 먹고 나서는 우리는 산책을 하는 여느 커플들이 그러하듯 자연스럽게 키스를 나누었다. 그런데 식사한 지 얼마 되지 않아서일까. 음식물로 꽉 찬 위가 답답했던 탓에 우리 두 사람은 그날 유난히도 숨을 크게 쉬며 키스했던 기억이 난다.

결과는 어땠을까? 비참했다. 위장에서 소화가 이루어지면서 상대의 입을 통해 내뿜어진 냄새는 더 이상 먹음직스런 삼겹살 냄새가 아니었다. 마늘과 막걸리 냄새와 섞여진 그 냄새는 뭐라 말로 표현하기 힘들 만큼 복잡한 냄새였다.

물론 헤어짐의 이유가 그것 때문이라고는 말할 수 없으나 어쨌든 우리는 얼마 지나지 않아 헤어졌다. 그날 나는 적어도 한 가지는 확실히 알게 되었다. 키스를 하기 전 양치를 할 수 없는 상황이라면 최대한 냄새가 적은 음식을 섭취해야 한다는 사실과 어쩔 수 없이 냄새 나는 음식을 먹었다면 적어도 키스하는 그 순간, 잠깐이나마 숨을 참아주는 센스가 필요하다는 사실을 말이다.

아쉽게도 그 남자친구와는 좋지 않은 키스의 기억을 남기게 되었지만, 그 경험 덕분에 더 이상 같은 실수를 하지 않았다. 분명 그때의 경험이 도움이 되었다고 나는 생각한다.

문제는 이전 스킨십의 경험이 지금 연애에 독으로 작용하는 경우다. 특히 스킨십 기술을 놓고 서로 다른 사람을 비교할 때 문제는 발생하기 쉽다. 지금 사귀고 있는 사람의 스킨십이 이전 상대보다 못하다고 느껴질 때 두 사람을 비교하게 된다면 분명 스킨십 경험은 독으로 작용될 확률이 높다. 그렇기에 이전 사람과의 스킨십이 좋았든 좋지 않았든 지금의 관계에서는 그 경험이 비교 대상이 되어서는 안 된다.

절대 가벼울 수 없는 그것

스킨십에 대한 요즘 친구들의 생각을 한마디로 표현하자면 '솔직한 진지함'이라고 말하고 싶다. 스킨십에 있어서 자신의 마음을 솔직하게 드러내지만 결코 그것을 가볍게 여기지 않는다. 스킨십에 대한 책임감 역시도 충분히 갖춘 모습을 보여준다. 이들은 대화가 잘 통하지 않으면 서로 어울리기 힘들다고 생각하는 것처럼 스킨십 또한 서로가 잘 맞는 게 중요하다고 생각한다. 그래서 연인과 스킨십에 대한 생각을 충분히 나누고 서로가 원하는 스킨십을 해나가기 위해 그 어떤 노력도 마다하지 않는다.

"성격 차이를 알려면 대화를 많이 나눠보라고 하잖아요. 그것처럼 성(姓)적 차이를 알기 위해서도 서로 많은 스킨십을 나누는 게 중요한 것 같아요."

연애의 목적이 결코 스킨십만은 아니기에 스킨십이 가장 중요하다고는 말할 수 없다. 그러나 스킨십까지 잘 맞는다면 더 행복한 관계를 만들 수 있기에 연애 상대와 스킨십도 중요하다.

요즘은 더 이상 스킨십의 조건을 결혼에 두지 않는다. 결혼을 전제로 한 연애가 아니어도 원하는 스킨십에 대한 생각이 서로 일치한다면 가능하다고 생각한다. 사랑하는 사람과 나누고 싶은 스킨십의 최고가 무엇이든 서로가 그 행위에 최선을 다하고 싶은 마음이라면 그건 그 자체로 이미 의미 있는 경험이라고 생각하는 것이다.

물론, 스킨십은 서로를 더 사랑하게도 하지만 때로는 서로를 실망시키기도 한다. 다행히도 스킨십으로 인해 실망하고 헤어짐을 선택하게 되었을 때조차 그들은 그저 그뿐이라고 했다. 서로 노력해서 맞춰갈 수 있는 부분이라면 노력하는 것이 맞지만 노력으로 변화할 수 없는 부분이라면 서로의 행복을 위해 헤어짐을 선택하는 게 가장 최선일 수도 있다고 말이다.

스킨십에 소극적인 여자

"스킨십을 할 때마다 목석이 되는 여자친구를 보며 제가 짐승 같다는 느낌을 받은 적이 있습니다. 여자친구는 미동조차 없는데 처음부터 끝까지 모든 걸 나 혼자 하고 있는 모습이 꼭 스킨십 못해 안

달한 놈처럼 느껴졌거든요."

이 친구는 스스로에 대해 '스킨십 못해 안달 난 놈'이라는 표현을 쓴 것이 민망했는지 얼굴이 발갛게 달아올랐다. 놀라운 건 이 내용을 듣고 있던 제법 많은 남학생들이 어떤 느낌인지 알 것 같다는 공감의 표시를 보였다는 것이다. 그만큼 비슷한 경험을 갖고 있어서일까. 이들은 이런 이야기를 했다.

"스킨십에 대한 열린 생각은 남녀모두 비슷하지만 여전히 그 과정에서 더 적극적인 사람은 남자여야 한다는 생각을 은연중에 갖고 있는 것 같습니다."

왜 그럴까. 사랑은 함께 나누는 것인데 왜 유독 스킨십에 있어서만큼은 남자가 더 적극적으로 리드해야 한다고 생각하는 걸까. 왜 여자는 소극적이어야 하는 걸까.

그 부분에 대한 답은 어렵지 않게 들을 수 있었다. 한 여학생이 스킨십에서 여자가 적극성을 보이기 어려운 이유를 이렇게 설명했다.

"여자는 스킨십 진도를 빨리 나가거나 적극적인 모습을 보이는 것에 대한 막연한 두려움이 있어요. 두려움의 주된 이유는 '스킨십 진도를 빨리 빼면 남자의 사랑이 식을까봐'라는 생각을 하기 때문이죠. 또한 스킨십에 적극적이면 괜한 오해를 받을까봐 두려운 거예요."

이 친구의 말이 끝나자 이번에는 많은 여학생들이 고개를 끄덕이며 공감을 표시했다. 물론, 누구보다도 크게 공감을 표시했던 건 스킨십에 대한 첫 이야기를 꺼냈던 바로 그 남학생이다.

"맞아요. 바로 그거예요. 제 여자친구가 똑같은 말을 했거든요."

목석 같았던 여자친구와 스킨십이 끝난 후 뜻밖에도 여자친구는 스킨십이 좋았다는 말을 했다고 한다. 그래서 남자는 여자친구에게 '그런데 왜 그렇게 가만히 있었던 거야'하고 물으니 '여자가 스킨십에 적극적이면 남자들이 오해한다는 이야기를 들어서'라고 대답했다는 것이다.

그렇다면 정말 남자들은 스킨십에 적극적인 여자에 대해 오해하고 있는 걸까? 결론부터 말하자면 그렇지 않았다.

"남자도 여자로부터 리드당하고 싶을 때가 있습니다. 무엇보다 지속적인 교제를 하고 있는 사이에서 여자가 계속해서 소극적인 모습을 보인다면 남자는 더 이상 그녀와의 스킨십에 있어서 즐거움이나 행복감을 찾을 수 없죠."

"스킨십은 누구나 처음일 때가 있잖아요. 남자라고 해서 태어날 때부터 스킨십 기술을 갖고 있는 건 아니니까요. 첫 경험일 때에는 남자도 많이 당황스럽죠. 그럴 때 여자친구가 먼저 스킨십을 잘 리드해주면 오히려 고맙더라고요."

이들은 연애관계에서 한쪽이 잘할 수 없는 부분을 다른 한쪽이 도와줄 수 있는 것처럼 스킨십도 그런 의미라고 했다. 누구든 더 잘해낼 수 있는 사람이 먼저 적극적으로 시도해야 한다는 생각이지 그 사람이 남자냐 여자냐는 중요하지 않았다.

그런 그들이 오해하고 있는 진짜는 따로 있다. 스킨십이 소극적인 여자에 대한 오해다. 흔히 스킨십이 소극적인 여자친구를 보면 이런 생각이 든다고 했다.

'이 여자가 나를 사랑하긴 하는 건가.'

그렇다면 스킨십의 진도가 빠른 것에 대한 남자들의 생각은 어떨까. 정말 스킨십 진도가 빠를수록 사랑의 감정도 쉽게 식어버리는 걸까?

"많은 여성들이 걱정하는 문제가 남자와 일찍 관계를 가지면 환상이 사라지고 신비감도 깨져서 그만큼 나를 쉽게 질려할지 모른다는 생각인 것 같습니다. 그러나 그 반대입니다. 물론, 개인적인 생각이지만 스킨십을 통해 오히려 서로 교감을 나누고 더 깊은 관계로 발전한다고 생각하거든요. 물론 스킨십이 아니어도 관계 발전을 가능하게 하는 다른 것들이 있지만 저는 스킨십도 매우 중요한 요인이라고 생각합니다."

"저도 연애 중에 스킨십을 나누게 되면 오히려 관계에 대한 책임감이 커지는 것 같아요. 그만큼 저를 신뢰해주는 상대에게 고마운 생각도 들고 앞으로 더 아껴주고 잘해야겠다는 생각이 많이 들더라고요."

이 부분 역시도 남자들의 생각은 여자들이 생각했던 것과 달랐다. 그렇다면 스킨십에 적극적인 남자에 대한 여자들의 생각은 어떤 걸까?

스킨십에 적극적인 남자

지금껏 연인간의 스킨십에서 남자가 여자보다 어느 정도 적극적이었던 건 사실이다. 중요한 건 적극적인 모습이 상대에게 '이 정도로 나를 사랑하는구나'가 아닌 '스킨십하려고 만나는 건가'라는 느낌을 줄 정도라면 심각하게 고민해봐야 한다는 것이다.

그렇다면 사랑의 표현으로 느껴지는 스킨십과 만나는 목적을 의심하게 되는 스킨십의 차이는 무엇일까. 그 차이는 스킨십을 할 때 상대를 얼마나 배려하는 모습을 보이느냐에 있다.

"스킨십에 대한 주도권은 남자가 쥐고 있는 것처럼 일방적으로 다가오는 남자친구가 있었어요. 매번 데이트할 때마다 그런 식의 경험을 하니까 나를 사랑해서 만나는 건지, 스킨십하려고 만나는 건지 헷갈릴 때가 있더라고요."

"사람이 많은 거리를 걷고 있었는데 갑자기 남자친구가 손으로 제 가슴부위를 만지는 거예요. 너무 당황해서 화를 냈더니 지금 스킨십이 너무 하고 싶어서 한 번 그래본 거라며 장난스럽게 반응을 보여서 정말 불쾌했죠."

이 두 남자의 행동에서는 사랑하는 사람에 대한 배려를 찾아보기 어렵다. 그저 스킨십에 대한 자신의 욕구가 더 중요했고, 그 욕구 충족을 위해서라면 상대의 마음이나 상황 따위는 관심도 없는 듯 보이기 때문이다. 이런 상황은 상대가 누구여도 연애의 목적을 의심받을 만하다. 언젠가 한 남학생이 스킨십에 대한 남자의 솔직한 심정을 이렇게 표현한 적이 있다.

"연애를 하는 남자라면 스킨십에 있어서만큼은 오늘 수강신청해서 내일 완강하고 싶은 그런 마음이 아닐까요."

물론, 마음은 그럴 수 있다. 그러나 행동은 달라야 한다. 한 남학생은 스킨십에 대한 자신의 생각을 이렇게 표현했다.

"연인과의 스킨십은 혼자 하는 게 아니잖아요. 자신의 욕구와 감정만을 앞세워서 사랑이라는 이름하에 강요하지 않아야 합니다. 어떤 일이든 생각일 때와 달리 행동으로 옮겨질 때에는 반드시 상대의 의견이 반영되어야 합니다."

지나칠 만큼 스킨십에 목숨 거는 몇몇 남자들로 인해 같은 사람으로 분류되는 것에 대한 억울함이 있었던 걸까. 한 친구는 대부분의 남자 마음을 이렇게 대변했다.

"누군가 스킨십만을 목적으로 연애한다면 그 사람은 분명 문제가 있는 겁니다. 하지만 충분히 상대를 배려하는 스킨십이라면 그 스킨십이 좀 많다 하더라도 여자친구를 그만큼 사랑해서 그런 거라는 걸 알아주셨으면 좋겠습니다. 자주 스킨십하고 싶을 만큼 여자친구가 매력적이고 또 그런 여자친구에게 푹 빠져 있는 거니까요."

물론, 이 친구는 스킨십을 하고 싶다면 적어도 상대가 '나를 쉽게 생각하는 건가'라는 생각을 갖지 않도록 행동해야 할 의무가 있다고 했다. 그러기 위해서는 그저 사귄다는 이유로 아무 때나 스킨십을 하는 건 옳지 않다고도 했다.

그 외에 이런 의견도 있었다.

"여자들은 자신이 생각했던 스킨십의 속도보다 빠르다고 느낄 때 자신을 쉽게 봐서 그렇다고 생각하는 경우도 있는데요. 그럴 땐 충분히 서로의 생각을 교환하는 게 좋을 것 같아요. 정말 사랑한다면 여자가 원하는 스킨십의 속도에 맞춰갈 수 있지 않을까요."

수업 말미에 한 여학생이 남학생들에게 이런 질문을 던졌다.

"남자는 아침에 일어나서 밤에 잠들 때까지 스킨십에 대해서만 생각한다는데 정말인가요?"

어떤 답변이 돌아왔을까. 한 남학생은 이렇게 대답했다.

"우리 남자들의 몸도 소중합니다. 남자라고 스킨십하고 싶다고 해서 아무하고나 스킨십하지 않습니다. 우리도 사랑하는 사람과 스킨십을 나누고 싶습니다. 스킨십만을 목적으로 아무하고나 연애할 만큼 자신의 몸을 소중하지 않게 여기지 않습니다."

스킨십도 결국 또 다른 소통이라는 인식이 늘어서일까. 스킨십에 대해 남녀 누구나 적극적으로 표현하고 다가갈 수 있는 것이라는 생각이 많아졌다. 물론, 아직까지는 스킨십에 적극적인 남자들이 더 많다. 그러나 더 이상 스킨십에 적극적인 사람이 남자냐 여자냐의 문제를 중요하다고 생각하지 않는다. 그 사람이 누구든 스킨십을 더 잘할 수 있는 사람이 적극적으로 리드하면 된다고 생각하기 때문이다. 그런 이유로 스킨십이 적극적인 여자여도 스킨십이 소극적인 여자여도 문제될 건 없다. 중요한 건 그 스킨십이 무엇이든 두 사람의 소통이 담겨 있어야 한다는 것, 행복한 스킨십을 나누기 위해 그 노력 역시도 함께 해야 한다는 사실뿐이다.

서로가 행복한 스킨십

대화를 나눌 때에도 한쪽의 일방적인 이야기는 재미없다. 아무리 재미있는 이야기도 상대의 이야기만 계속된다면 더 이상의 즐거움을 느낄 수 없는 것처럼 스킨십도 마찬가지다. 한쪽에서만 시도하는 스킨십은 어느 한쪽은 힘이 빠지기 쉽다. 스킨십은 내가 받는 기쁨도 중요하지만 상대가 받는 기쁨도 중요하기 때문이다. 두 사람 모두 서로의 스킨십이 상대에게 행복감을 가져다줄 때 관계에 대한 만족감이 커지기 쉽다.

그래서 우리는 서로에 대해 어떤 스킨십을 받을 때 만족감이 큰지, 원하는 스킨십은 무엇인지, 구체적인 방법은 어떤 것인지에 대해서 자세히 공유할 수 있어야 한다. 그러기 위해서는 스킨십을 하려는 이유부터 알아야 한다. 우리가 스킨십을 하는 이유는 상대의 스킨십 기술을 보기 위해서가 아니다. 스킨십을 통해 서로를 행복하게 해줄 수 있는지를 느끼고 확인하려는 것이다. 그러므로 이 부분에 대한 적극적인 의사 표시는 반드시 필요하다.

한 남학생이 스킨십 기술에 대해 이런 생각을 표현한 적이 있다.

"스킨십 기술이 능숙하다고 좋고, 서툴다고 나쁜 건 아닙니다. 능숙하면 능숙한 대로 장단점이 있고, 서툴면 서툰 대로 장단점이 있기 때문이죠. 상대를 정말 좋아한다면 스킨십 기술이 어떻든 크게 문제 되지 않는다고 생각합니다. 상대가 기술이 좋으면 그대로 맞추어가면 되고, 서툴다면 자신이 리드하면 될 테니까요."

스킨십의 기술적인 측면은 두 사람이 함께 노력하며 키워가야 하는 부분이어야 한다. 처음부터 스킨십의 기술 자체를 놓고 문제 삼을 만큼 사랑의 전부를 스킨십에 걸어서는 안 된다.

지금 당신은 그 사람과의 스킨십이 즐겁고 행복한가? 한 남학생이 했던 말이 생각난다.

"제가 성인이 되었을 때 분노한 한 가지가 있었습니다. 지금껏 섹스가 즐거운 일이라는 걸 아무도 말해주지 않았다는 사실입니다."

우리는 즐겁고 행복한 스킨십을 나눌 권리가 있다. 즐거운 대화를 나누는 것이 건강한 생활에 도움이 되듯이 스킨십도 즐겁게 할 수 있어야 한다. 그러기 위해서는 내가 어떤 스킨십을 원하는지 내 스타일부터 알아야 한다. 그리고 사랑하는 사람과 서로가 만족하는 스타일을 찾아내기 위해 노력해야 한다.

성욕은 부끄러운 게 아니다. 성욕도 인간의 기본적인 욕구다. 배고프면 밥을 먹고, 졸리면 잠을 자야 하듯이 성욕이 생기면 건강한 방법으로 해소할 수 있어야 한다. 당신은 배고플 때 배고픔의 욕구를 부끄러워해본 적이 있는가? 졸음이 밀려올 때 수면의 욕구를 창피하게 생각해본 적이 있는가? 그런데 왜 영화 속 야한 장면을 보다가 성욕이 일어나면 누구라도 눈치 챌까 부끄러워하는가?

인간의 다른 기본적인 욕구와 마찬가지로 성욕 역시 똑같다. 또한 그 성욕을 느끼는 주체가 여자라고 해도 달라지는 건 없다. 단지 남자에 비해 여자들의 성욕이 덜 표현되었을 뿐이다. 그런 이유로 여자는 성욕이 적어야 하는 것처럼 생각하고 행동해왔을 뿐이다.

한 남학생이 인터넷에서 어떤 글을 보고 이런 이야기를 한 적이 있다. "여성의 식욕이 남성의 성욕과 비례한다는데 여러분도 혹시 알고 계십니까? 여성분들이 생각하기엔 '아니 섹스에 미친놈들도 아니고 그렇게 생각을 많이 해?'라고 생각할 수 있습니다. 그러나 남자의 생각은 다릅니다. '아니 여자들이 음식 생각을 그렇게 많이 해?' 하고 놀라죠." 남성의 성욕과 여성의 식욕이 비례한다는 그 말이 진실이라면 이런 식의 생각도 필요하다.

여성 중에도 식욕이 많은 사람이 있는가 하면 식욕이 없는 사람도 있는 것처럼 남자들도 마찬가지다. 실제 성욕은 남자와 여자여서 다른 게 아니라 제각각 서로가 다른 사람이기 때문에 개인의 차이가 존재할 뿐인 것이다. 중요한 건 성욕도 우리가 살아가는 데 꼭 필요한 기본적인 욕구라는 사실이다. 그리고 그 욕구를 건강하게 충족시키기 위해 우리 모두 노력해야 한다는 것이다.

데이트 비용도
정확한 소통이 필요하다

"연애는 아름답고 행복한 거라고 생각합니다. 물론, 그 과정에 힘들거나 슬픈 일도 있겠지만, 그럼에도 우리가 연애를 통해 얻고 싶은 건 행복과 즐거움이 아닐까요. 제 개인적인 생각이지만 행복한 연애가 되기 위해 가장 먼저 해결되어야 하는 부분은 바로 데이트 비용이라고 생각합니다."

연인 간의 데이트 비용 문제에 대해 한 학생이 이런 말로 첫 마디를 떼었다.

두 사람이 데이트할 때 중요한 건 많다. 마음도 잘 맞아야 하고, 서로가 원하는 스타일로 말하고 행동하는 것도 중요하다. 그러나 그보다 먼저 필요한 건 데이트 할 때마다 발생하는 비용에 대한 지혜로운 해결책이다. 데이트 비용은 두 사람이 데이트를 하는 이상 발생할 수밖에 없는 부분이므로 잘 해결되지 않으면 그 연애는 즐거울 수 없다.

연인 간의 데이트 비용 문제는 오래전부터 발생해왔다. 단지 데이트 비용이라는 주제를 공개적으로 꺼내놓고 의견을 나누기 시작한 게 얼마 되지 않았을 뿐이다.

"남녀가 데이트할 때 비용을 남자가 부담하게 된 것은 사실 남자여서가 아니라 남자가 연상인 경우가 많아서였죠. 그리고 더 오래전으로 거슬러 올라가면 남자가 경제활동을 더 활발히 했었기 때문이죠. 그런 이유로 데이트 비용을 남자가 부담하던 문화가 지금까지 내려온 것 같은데요. 지금은 그때와 시대도 다르고 상황도 많이 달라졌습니다. 무엇보다 남녀의 능력이 비슷해졌으니 데이트 비용 문화도 바뀌어야 한다고 생각합니다."

데이트 비용 문화가 바뀌어야 한다며 한 여학생이 꺼내놓은 생각이다. 데이트 비용, 어떤 식으로 부담하는 게 서로에게 가장 좋은 걸까.

데이트 통장에 대하여

많은 커플들이 기대하고 또 추천하는 방법 가운데 데이트 통장 만들기가 있다. 사랑하는 사람과 오롯이 두 사람만 사용하는 통장을 만드는 일. 이제 막 연애를 시작하는 커플들의 희망사항일 수 있다.

데이트 통장을 만들면 한 사람은 통장을 관리하고 다른 한 사람은 카드를 관리하며 매월 혹은 매주 일정 금액을 함께 입금하고 그 안에서 데이트 비용을 지출하거나 기념일 선물 등을 마련한다. 이러한 데이트 통장의 가장 큰 장점은 무엇일까?

"누가 돈을 낼 것인지 생각할 필요도 없고 계산할 필요도 없습니다. 비용 발생이 크든 적든 함께 만든 만큼 의견 조율을 하기 쉬워서 좋습니다."

"함께 저축하고 또 지출하다보니 금전적인 일로 서로 서운하거나 상처받는 일이 적은 것 같아요."

"둘이서 하루에 각각 2천 원씩 모아서 2, 3주에 한 번은 비싼 식사를 하기도 했어요. 돈도 금방 모이게 되고, 가끔 특별식을 먹을 수도 있어 좋았죠. 크리스마스나 기념일에도 함께 모은 돈으로 서로의 선물을 챙길 수 있어서 좋았습니다."

물론, 데이트 통장을 만들었다고 해도 거기에만 의존하기보다는 가끔 금전적인 여유가 생겼을 땐 통장 돈을 사용하지 않고 자신의 돈으로 기분을 내보는 것도 좋다는 의견도 있었다.

이렇듯 데이트 통장이 장점만 있는 것은 아니었다. 데이트 통장 만든 것을 후회하는 이들도 적지 않기에 단점도 잘 알고 있어야겠다.

데이트 통장을 만들어 사용할 때에도 일종의 규칙이 있기에 그 규칙이 지켜지지 않을 때 발생하는 오해와 갈등도 무시할 수 없다는 이들의 의견이다.

"제 경험상으로 볼 때 둘 중 어느 한쪽이 입금 일을 지키지 않거나 금액을 지키지 않으면 오히려 역효과가 났던 것 같아요. 입금을 제때 하지 못한 쪽에서는 자칫 상대로부터 독촉을 받는 것 같은 느낌이 들 수도 있거든요."

부담 없는 금액을 입금한다고 해도 상황에 따라 한쪽에서는 그조차 입금하지 못하는 경우가 충분히 발생할 수 있다. 그럴 때 그 정도도 제때 내지 못한다는 자존심의 문제도 있을 것이고, 약속이 제대로 지켜지지 않는 것에 대한 상대의 불만도 분명 존재할 것이다. 물론, 이런 경우 해결책이 없는 건 아니다.

"한쪽에서 입금할 수 없는 상황이 생겼을 때에는 그 상황에 맞춰 데이트 비용을 조금이라도 적게 사용하면 됩니다. 또 이번에 입금하지 못한 사람이 다음에 조금이라도 더 입금을 하는 방법도 좋고요. 물론, 그렇다고 약속을 지키지 못하는 일이 빈번하게 발생해서는 안 되겠지만요."

물론, 데이트 통장을 만들려고 생각하는 순간부터 예상치 못한 일이 일어날 수도 있다.

"통장을 만들자고 제안한 쪽이 남자일 때 그 말을 선뜻 꺼내놓기가 힘들다는 거죠."

데이트 문화가 많이 바뀌었다고 해도 여전히 남자들에게 데이트 비용의 부담을 지게 하는 분위기이다 보니 자칫 남자답지 못하다는 느낌을 주게 될까 그들 스스로도 고민이 된다고 했다.

그러나 누가 뭐래도 데이트 통장의 결정적인 단점은 바로 두 사람이 헤어졌을 때다. 즉, 두 사람이 이제 남남이 되어야 할 때 데이트 통장 역시 반으로 쭉 찢어 나누어 가질 수 있는 게 아니다 보니 여러 문제를 발생시켰다.

"저는 헤어진 그녀와 데이트 통장을 만들어서 사용했습니다. 그녀는 통장을 갖고, 저는 카드를 가지고 있었는데요. 안타깝게도 그 계좌는 아직 해지되지 않았습니다. 얼마 전에도 카드를 찍어보니 우리 커플이 마지막으로 썼던 금액이 그대로 찍히더라고요. 그녀는 헤어진 후 저에게 잔액 있는 거 카드로 다 쓰라고 이야기했지만, 저는 결코 그 카드를 사용할 수 없었습니다."

두 사람이 헤어지는 날짜에 맞춰 정확히 잔고도 '0'이 되지 않는 이상 이 친구와 같은 고민을 갖고 있는 이들이 많을 것이다. 그때 한 여학생이 뜻밖에 제안을 했다.

"지금 갑자기 든 생각인데요. 분명 그 돈을 서로 입금할 때만 해도 두 사람은 사랑하는 사이였잖아요. 서로 사랑하는 마음으로 모아진 그 소중한 돈을 불우한 이웃을 돕는 데에 사용하는 건 어떨까요."

이 친구의 말이 채 끝나기도 전에 많은 친구들에게 환호성이 터져 나왔다.

헤어진 두 사람이기에 어느 한쪽에서 그 돈을 갖거나 쓴다 해도 그 기분은 결코 유쾌하지 못할 것이다. 그 사람과 사랑했던 시간만큼 모여진 돈. 물론 돈으로 환산할 수 없는 두 사람의 사랑이지만 그 사랑을 어려운 이웃을 위해 기부하는 건 가장 의미 있으면서도 아름다운 방법이 될 수 있음은 분명해 보인다.

사랑할 땐 함께 쓸 수 있어서 좋고 헤어지면 기부할 수 있어서 좋은 데이트 통장. 이 데이트 통장 만들기에 대한 당신의 생각은 어떤가.

더치페이에 대하여

더치페이라는 말은 남자도 할 수 있고 여자도 할 수 있다. 그럼에도 여전히 그 말을 누가 하느냐에 따라 받아들이는 데에 큰 차이가 존재하는 것 같다.

"더치페이가 좋다고 생각하는 이들이 많음에도 여전히 그 말을 누가 했느냐에 따라 주변 반응이 다른 걸 보면 웃기더라고요. 흔히 남자가 더치페이를 하자고 제안하면 '쪼잔하다'라는 반응이 나오고 여자가 먼저 제안하면 '센스 있다', '개념 있다'라는 반응을 보이죠. 제 생각엔 이런 인식 자체가 변하지 않는 한 바뀌는 건 없다고 생각합니다."

그러고 보니 몇 해 전, 딸아이가 했던 말이 생각난다. 만나던 남자친구에게 먼저 "더치페이 하자"라고 했더니 남자친구가 "너 개념 있다"라는 말을 했다며 은근히 기분 좋았다고 한다. 지금 청소년들조차 이런 생각을 갖고 있는 걸 보면 이 친구 말대로 데이트 비용 문화가 빠르게 바뀔 것 같아 보이진 않는다. 한 친구는 무엇보다 사고의 전환이 필요하다며 이런 이야기를 했다.

"20대 초중반에게 연애는 결혼이 목적인 경우는 드물다고 생각합니다. 대부분은 연애를 통해 그 시간 만큼은 기쁨과 행복을 경험하고 싶어할 텐데요. 중요한 건 기쁨이나 행복을 추구하는 건 남자와 여자 모두 똑같다는 거죠. 그럼에도 유독 비용 측면에서만 남자에게 더 많은 부담을 지우는 분위기는 옳지 못하다고 생각합니다. 지금은 여자든 남자든 같은 능력을 갖고 있습니다. 서로가 동등하게 데이트 비용을 함께 지불할 권리가 있는 것입니다."

함께 행복하기 위해서 시작한 연애인데 왜 데이트 비용 문제에 있어서만큼은 그 책임을 남자에게 떠넘기는지 이해하기 어렵다는 이야기다. 물론, 한쪽에서는 더치페이에 대한 부정적 의견도 있다.

"그냥 아는 관계도 아니고 사랑하는 사이인데 거기서까지 각자의 비용을 정확히 계산해서 지출한다는 건 너무 삭막한 일이 아닐까요."

더치페이가 정 없게 느껴진다면 이런 방법은 또 어떨까. 어떤 친구들은 100퍼센트 완전한 더치페이는 아니더라도 어느 정도 더치페이의 균형을 맞추는 건 필요하다며 서로 한 번씩 돌아가면서 비용을 지불하는 방법을 제안했다.

"예전 여자친구와 1주일에 2, 3번 정도 만나면서 데이트를 했는데요. 저희 커플이 사용했던 방법은 서로 돌아가면서 한 번씩 밥을 사는 거였어요. 월요일 데이트할 때 제가 돈을 지불했다면 수요일 데이트할 땐 여자친구가 돈을 지불하는 방식이었죠."

물론 민주적인 방법일 것 같았던 이조차도 머지않아 단점을 드러내기 시작했다.

"그런데 시간이 지나면서 가격 측면에서 지나치게 차이가 발생하면 둘 중 누구 한 사람은 마음이 언짢아질 수 있다는 걸 알게 되었죠. 고의로 그런 게 아닌데도 상황이 여유롭지 않아 몇 번 비용이 적게 드는 곳에 갔더니 여자친구가 마음 상해하는 것 같았어요."

그 이야기를 듣고 다른 친구가 그런 단점을 보완한 또 다른 방법을 알려주었다.

"남자가 밥을 사면 여자가 커피를 사고 여자가 영화표를 사면 남자가 팝콘을 사는 거죠. 그런데 이 방법도 제가 사용해보니 단점은 있더라고요. 장점은 서로 지출하는 총금액이 제법 균형을 이룬다는 거고요. 단점은 꼭 불필요한 지출이 생긴다는 거예요. 예로 두 사람이 이미 밥을 먹어서 서로 배부른 상태인데, 한 사람이 밥값을 내었으니 차라도 사야겠다는 생각에 차를 마시러 가게 되는 경우죠. 결국 한 번 만나서 적어도 각자 한 번씩은 계산을 해야 한다는 강박관념 때문에 곧잘 비효율적인 소비로 연결되었던 것 같아요."

또 다른 친구는 이런 이야기도 한다.

"시간이 지나면서 '내가 밥 살게. 네가 커피 사' 이런 말을 계속해서 듣다보면 어느 순간 돈 떼먹고 얻어먹으려는 사람 취급받는 것 같아 기분이 불쾌할 때도 있긴 합니다."

정말 어렵다. 데이트 비용문제만으로도 이렇게 머리가 복잡한데 연애는 정말 아무나 하는 게 아니구나 싶다. 그러니 결국 각자의 경제적 능력과 지출 스타일을 파악한 다음, 두 사람이 잘 조율하는 것밖에는 방법이 없어 보인다. 그냥 경제적으로 여유 있는 사람이 조금이라도 더 내고, 여유가 적은 사람이 덜 내는 방법은 안 되는 걸까. 어찌 보면 이게 가장 자연스러운 경제 논리니 말이다. 적어도 그 여유의 차이라는 게 영원한 건 아닐 테니 분명 어느 시점에서는 비용을 적게 부담하던 사람이 더 많이 부담하게 될 때도 오지 않을까.

한 친구가 이렇게 이야기했다.

"돈이 없는 날은 그냥 돈이 없다고 솔직하게 말하세요. 그런 날이 1년 365일 계속되는 게 아니라면 오히려 솔직한 그 마음을 이해해주지 않겠습니까. 적어도 당신의 능력을 보고 사랑하는 게 아니라면 말이죠."

생각해보면 어렵지 않은 일인 것 같은데 그래도 내가 사랑하는 사람에게 그런 내 모습이 어떻게 비춰질지 모른다는 생각이 들어서일까. 그들은 데이트 비용문제에서만큼은 조심하고 또 조심하는 것 같다.

어찌됐든 데이트 비용 문제를 해결하기 위해 사람들은 각자 자신의 스타일에 맞는 방식을 선택한다. 그 과정에서 남자가 더 많이 부담하는 경우도 있고, 동등하게 부담을 나누는 커플도 있다. 물론, 여자가 더 많이 부담하는 경우도 흔하다. 중요한 건 누가 얼마를 더 부담하느냐가 아니다. 얼마나 솔직한 소통으로 서로에게 유쾌한 결정을 내리느냐의 문제인 것이다.

"데이트는 혼자 하는 것이 아니라 함께 하는 것입니다. 두 사람 관계에서 발생하는 비용 역시 함께 해결하려고 노력해야 합니다."

"데이트 비용 문제를 해결하는 가장 좋은 방법은 두 사람이 대화로 풀어나가는 거라고 생각합니다. 서로의 상황에 대해 알려주고 어떤 식으로 비용을 부담하는 것이 좋을지 상의해서 결정하는 게 가장 좋습니다."

결국 데이트 비용 문제도 돈 문제인 것 같지만 들여다보면 소통의 문제다. 비용 때문에 서로 얼굴을 붉히는 것 같지만 알고 보면 그 비용을 둘러싸고 있는 서로의 마음에 대한 오해가 생겨 불쾌감을 갖게 되는 것이다. 데이트 비용에 있어서 두 사람의 솔직한 마음이 어떤 것인지, 그리고 서로가 원하는 방법이 무엇인지 꺼내놓을 수 있을 때 누가 비용 부담을 하는지와 상관없이 유쾌한 지출, 기분 좋은 데이트를 할 수 있다. 소통을 통해 서로가 합의한 방법을 사용해보고 그 방법이 맞지 않으면 또다시 의견을 조율하여 새로운 방법을 찾아내면 된다.

데이트 비용은 즐거운 데이트를 위한 필요조건일 뿐 결코 충분조건이 될 수 없다. 돈이 없어 데이트를 못한다는 생각보다 사랑하는 사람과 함께라면 비용을 들이지 않고도 얼마든지 데이트할 수 있다며 그 방법을 제시할 수 있어야 한다. 없는 돈을 갑자기 만들 수는 없지만, 비용을 들이지 않고 데이트할 수 있는 방법을 찾는 건 노력하면 가능하기 때문이다.

주머니 사정이 좋지 않을 때는 한강을 걷거나 함께 산책을 하는 등 데이트 코스를 개발해보는 것도 좋다. 함께 봉사활동을 다니는 것도 좋고, 간단히 도시락 싸들고 공원에서 여유로운 시간을 보내는 것 또한 좋다. 데이트는 함께 하는 기쁨이 큰 것이지 무엇을 했는지는 그리 중요하지 않다.

사람의 마음은 크게 다르지 않다. 사랑하는 사람에게 맛있는 것도 먹이고 싶고, 좋은 곳에도 데려가고 싶고, 즐겁게 해주고 싶은 게 사랑하는 모든 이들이 공통된 마음이다. 단지, 그런 우리들의 주머니 사정이 여유롭지 못할 뿐이다.

"경제적으로 여유가 없어 데이트 비용을 상대가 더 많이 부담해야 한다면 그래서 미안한 마음이 든다면 진심을 담아 '고맙다', '사랑한다'라고 이야기해주세요. 사랑도 고마움도 말로 표현한다고 없어지는 건 아니니까요. 그리고 언젠가 당신에게도 경제적인 여유가 생긴다면 그때 그 고마움을 물질적으로 전해줄 수 있으면 되는 겁니다."

데이트 비용 문제를 해결하기 위해 가장 필요한 것은 더 이상 사랑의 척도가 물질적인 것이어서는 안 된다는 생각이다. 사랑의 크기를 결코 비용 지출과 동일시해서는 안 된다.

제6강

아름다운
이별은
없다

사랑해서 하는
이별 앞에서

"사랑해서 보내준다는데 정말 그럴 수 있는 건가요?"
"사랑하니까 헤어져야 한대요. 어떻게 사랑하는 데 헤어질 수 있죠?"
우리는 여전히 사랑하니까 헤어진다는 다소 모순적인 말에 헷갈려 한
다. 싫어져서 헤어지자는 것도 아니고, 사랑하니까 헤어지는 거라는
데 오히려 고맙게 받아들여야 하는 걸까. 이들의 질문에 한 친구가 말
한다.
"사랑하니까 헤어진다는 건 있을 수 없는 일입니다. 사랑은 '나 없이도
그 사람이 행복할 수 있다면'이라는 전제를 중요시하지만, 본질적으로
는 나와 함께여서 더 행복한 그 사람의 모습을 기대하기 때문입니다."

'아름다운'이라는 네 음절의 단어는 뒤에 어떤 말을 붙여도 그 말 자체를 아름답게 감싸주는 묘한 기운을 갖고 있다. 그럼에도 유일하게 그 아름다움이 어색하게 느껴지는 단어가 있는데 바로 '아름다운 이별'이다. 당신은 이별을 아름답다 느낀 적이 있는가.

이별은 흔히 다음의 세 가지 이유로 발생한다.

첫째, 연인인 두 사람 모두 더 이상 사랑의 감정이 남아 있지 않을 때다. 두 사람 모두 상대에 대한 사랑이 식은 거다. 서로를 연결해주던 약간의 사랑마저도 사라져버려 더 이상 관계를 지속시킬 이유를 찾지 못하고 그들 스스로 이별을 선택하는 것이다. 서로에게 사랑이 식어 자연스럽게 이별로 접어든 것이기에 아름답다고 표현하기보다는 그냥 일반적인 이별이라고 생각하는 게 어울릴 것 같다.

둘째, 연인 중 한 사람의 감정이 먼저 정리되어 관계가 끝나는 경우다. 대부분의 이별은 이런 모습으로 찾아온다. 사랑을 시작할 때도 한 사람의 마음에서 먼저 신호가 잡히듯이 헤어질 때도 한 사람의 마음이 먼저 변해서이기 쉽다. 중요한 건 한 사람의 감정만 식었을 뿐 남은 한 사람의 마음은 여전히 그 사랑을 지켜내고 싶은 것일지 모르기에 아름다운 이별이라 표현할 수 없다. 이별 과정에서 한 사람이라도 상처를 받는 이가 존재하는 한 '아름답다'는 표현을 쓸 수 없기 때문이다.

셋째, 두 사람 모두 사랑의 감정이 남아 있지만 주변상황으로 인해 헤어지게 되는 경우다. 아마도 이런 상황을 두고 우리는 아름다운 이별이라는 이름을 붙이게 된 게 아닐까 싶다.

친구들은 이렇게 생각했다.

"상황이 여의치 않다고 하지만, 그건 말 그대로 상황일 뿐 두 사람의 마음은 아니잖아요. 정말 두 사람이 사랑한다면 그 상황이 무엇이든 극복해내려고 노력해야 합니다. 그럴 수 없었다는 건 마음이 딱 그만큼이기 때문입니다. 상황은 그저 헤어지기 위한 핑계에 불과하다고 생각합니다."

이 이야기를 듣고 있자니 오래전 내 친구의 이별이 생각났다.

사랑하니까 헤어진다는 말

그 친구는 남자친구와 3년 넘게 연애를 했다. 결혼이란 걸 생각할 나이는 아니었지만 결혼하게 된다면 상대는 이 사람이지 않을까 생각할 정도로 두 사람 모두 열렬히 사랑했다. 그러던 중 두 사람의 연애사실을 알게 된 친구의 부모님이 교제를 반대했고, 그 이후로 두 사람은 외줄 타기를 하는 것처럼 아슬아슬한 만남을 이어갔다. 얼마나 지났을까. 결국 친구는 남자에게 이별을 통보했다. 공식적인 이유는 이랬다.

'널 사랑하니까.'

헤어진 후 얼마 지나지 않아 친구는 내게 그 당시 자신의 솔직한 심정을 고백했다.

"그 사람에 대한 내 사랑을 단 한 번도 의심해 본 적이 없었어. 적어도 부모님의 반대가 있기 전까지는. 그런데 놀랍게도 그 날 이후로 그 확신에 흔들림이 생기는 거야. 그 사람은 변한 게 하나도 없는데 무슨 이유에서인지 그 사랑이 불안하게 느껴졌지. 부모님 말씀대로 내가 무언가에 단단히 홀려 있는지도 모르겠다는 생각까지 들었으니까. 그렇다고 부모님의 반대로 이미 상처받았을 그 사람에게 이런 내 마음을 솔직하게 표현하는 건 너무 잔인하다는 생각이 들었어. 그때만큼은 진짜 그 사람을 위해서 이별밖에 없다고 생각했고, 그 생각은 진심이었어."

결국 '사랑하니까 헤어지자'는 말은 상대에게 조금이라도 상처를 덜 주기 위해 포장된 말이지만 그렇게 밖에 표현할 수 없었던 건 그 사람을 위해서였다는 것이다. 그리고 그 사람을 위해서라는 그 마음만큼은 진심이었다는 것이다.

그러나 놀랍게도 그 이면을 들여다보면 또 다른 감정이 자리 잡고 있다. 사랑하지만 헤어져야 하는 상황이 생겼을 때 그 누구보다도 그 상황을 고정 불변하는 것으로 확신하고 싶어 하는 건 다름 아닌 '나 자신'이다. 그동안 무의식 속에 갇혀 있던 관계에 대한 불안감이 그 상황을 계기로 수면 위로 올라온 것뿐이다. 처음부터 그 사랑을 지켜낼 자신이 없었던 것이다. 그래서 어쩜 나도 모르는 사이 그런 상황이 존재해주길 바라고 있었는지도 모른다.

이런 측면에서 본다면 분명 그 상황이라는 건 헤어지고 싶은 마음을 아름답게 포장해서 전달할 수 있는 유일한 핑곗거리일지도 모른다.

다만 그럼에도 여전히 사랑을 유지하고 싶지만 피치 못할 사정으로 헤어짐을 선택해야 하는 경우도 존재하기에 '사랑하니까 헤어지자'라는 그들의 말을 모두 틀렸다고는 할 수 없을 것이다.

이런 이야기를 들으며 생각이 많아진 탓인지 한 친구가 오래 묵은 자신의 경험담을 꺼내놓았다.

"저는 입대를 한 달여 앞두고 만난 지 1년이 채 되지 않은 여자친구에게 이별을 통보한 적이 있습니다. 처음 만날 때부터 저의 입대를 둘 다 예상하고 있었기에 이 문제로 이별하게 될 거라고는 상상해본 적이 없었는데요. 막상 입대일이 가까워지자 불안해지기 시작했습니다. 그녀에게 한동안은 아무것도 해줄 수 없다는 게 힘들었습니다. 그러다 보니 평소와 같은 그녀의 다정한 말투도 불편했고, 저를 위로해주는 미소도 부담스러웠습니다. 그래서 결국 더 이상의 만남을 이어갈 수 없었고, 그녀에게 이별을 통보하게 되었습니다. 그녀는 받아들일 수 없다고 했지만, 결국 그녀는 저를 떠났습니다."

그때의 일을 생각하면 지금도 그녀에게 미안하고, 또 미안한 마음이라고 했다.

"지금 돌이켜 생각해보면 그 당시 군입대 문제로 힘들었던 건 사실이지만, 그렇다고 그게 헤어져야 할 정도로 큰 문제였나 하는 생각이 듭니다. 솔직히 말하면 입대 후 그녀를 위해 아무것도 할 수 없을 거라는 생각조차도 어쩌면 그녀가 변심했을 때 어떤 조치도 할 수 없는 내 상황에 대한 불안감이었던 것 같습니다."

적어도 헤어지고 싶은 마음이 진심은 아니었기에 지금 이 순간까지도 미련이 많이 남는다고 했다. 그러면서 늦었지만 그녀에게 정말 하고 싶었던 말을 지금이라도 전하고 싶다며 이야기했다.

"그때 나에게 '널 사랑하니까 헤어지려는 거야'라는 말을 들었던 너의 마음은 어땠을까. 내가 너에게 정말 하고 싶었던 말은 '헤어지자'는 말이 아니었어. '난 너를 정말 사랑해. 그런데 앞으로 너를 위해 아무것도 해줄 수 없는 게 속상할 뿐이야. 그래도 날 사랑해줄 수 있겠니?' 난 이 말이 하고 싶었어."

흔히들 사랑의 힘은 대단하다고 말한다. 그러면서 왜 자신들의 사랑에는 그 힘을 발휘해볼 기회조차 주지 않는 걸까.

진짜 그 사람을 사랑해서 헤어진다는 이름을 붙일 수 있으려면 적어도 이별이 나 혼자만의 결정이어서는 안 된다. 그 사람을 위한 헤어짐이라면 어디까지나 그 사람도 인정하고 받아들였을 때 비로소 아름다울 수 있다.

사랑을 시작할 때 우리는 아직 준비되지 않은 상대의 마음이 열릴 때까지 곧잘 기다려준다. 그때가 언제여도 상관없다며 그저 내 사랑을 받아주기만 한다면 언제까지든 기다리겠다고 한다. 그런데 왜 헤어질 때만큼은 그 기다림의 자세가 나오지 않는 걸까.

상대에게도 헤어짐을 준비할 시간이 필요하다. 혼자만의 생각으로 이별을 결정하기 전에 상대에게도 그런 마음을 솔직히 알리고 상대의 의견도 한 번쯤 들어볼 수 있어야 한다. 그럴 때만이 서로가 사랑했지만 헤어질 수밖에 없는 그 상황을 아름답게 기억할 수 있는 것이다.

'사랑하니까 헤어진다는 그들의 말은 모두 틀렸다'라고 말하던 한 친구의 목소리가 지금도 귓가에 맴돈다.

"사랑하니까 헤어진다는 말은 이중의 기만입니다. 이별할 수 있는 상황은 수없이 많습니다. 결국 그 상황에 모든 책임을 돌리는 건 자신의 선택에 대한 합리화이자 자신의 마음만큼은 상처받지 않기 위함입니다. 상대가 원하지 않는 이별에 '사랑하니까'라는 이름만 붙인 이별. 결국 문제가 되고 있는 그 상황에 맞설 자신도 없고 변화시킬 자신도 없는 것이기에 그 이별을 사랑해서 헤어진다고 포장하는 그들의 표현은 틀렸습니다."

그래서 어렵게 내린 결론이다. 이 세상 어디에도 아름다운 이별은 없다. 그저 아름다웠다고 기억되는 이별이 있을 뿐. 아무리 아름다운 사랑도 이별 앞에서는 아픔이 느껴지고 상처가 되기 쉽다. 단지 시간이 흘러 되돌아보았을 때 그 이별조차도 아름다웠다고 회상될 뿐이다. 그래서 아름다운 이별이 존재한다면 그 이별은 이별의 순간이 아닌 기억 속에서의 오래전 이별이기 쉽다.

지금도 이별하기 위해
사랑하지만

눈을 감고 한 번 떠올려보자.

'그 사람 없는 세상? 상상해본 적도 없고 상상하고 싶지도 않아.'

당신에게도 이런 생각을 했던 그 시간은 분명 존재할 것이다. 이별하고 힘겨워하는 이들을 보며 그저 다른 세상 사람인 것처럼 생각했던 그때의 나를 기억하는가. 다른 사람은 몰라도 나만큼은 이별 없이 사랑을 지켜낼 수 있다며 큰 소리쳤던 그때의 자신감 또한 느껴지는가.

'시작이 있으면 끝이 있다'는 말이 있다. 그래서 만남이 있으면 헤어짐이 있기 마련이라는 말 또한 우리는 이해한다. 그러나 그저 귀에만 익숙할 뿐 마음으로는 늘 낯설게 다가온다. 한 번 이별을 경험해봤으니 그 다음 이별은 익숙할 법도 한데 수십 번 이별을 경험한 사람조차 매번 이별 앞에서는 어쩔 줄 몰라 할 만큼의 당황스러움이 묻어난다. 그 이유가 뭘까. 이별이 달라서다. 이 세상에 존재하는 이별은 모두 다르다. 하물며 같은 사람과의 반복된 이별조차도 같지 않다. 어느 새 이별이란 게 익숙해졌나 싶을 정도로 큰 아픔 없이 지나가는 이별이 있는가 하면 꼭 그 이별이 처음인 것처럼 마음을 온통 생채기로 가득 채우는 이별도 있다.

그런 이유로 이별은 매번 낯설다.

더 이상 만날 수 없는 이별

오래전 내게도 첫 이별의 경험이 있었다. 그 사람에게 이별을 통보받은 후 가장 힘들었던 건 더 이상 그 사람의 얼굴을 볼 수 없어서가 아니었다. 바로 며칠 전까지도 나와 함께 채워가던 그 시간들을 이제 내가 아닌 다른 사람과 채워갈 그의 모습을 상상하는 게 힘들었다. '그 사람은 이제 내가 아니어도 앞으로 그 시간들을 웃으며 보낼 수 있겠지'라는 생각이 나를 더 힘들게 했다.

물론 어떤 이들은 무엇보다 그 사람의 얼굴을 더 이상 볼 수 없음에 힘들어 한다. 한 친구가 이별 직후의 고통을 이렇게 표현했다.

"그땐 제가 너무 어렸던 것 같아요. 헤어짐 자체를 죽을 때까지 못 보는 것으로는 연결시키지 못했으니까. 언제든지 마음만 먹으면 볼 수 있는 거라고 생각했어요. 그런데 하루하루 지나면서 그게 아닐 수도 있다는 생각에 조금씩 공포로 다가오기 시작했죠."

"그녀가 연락처를 바꾸면 어떻게 하지?, 이사를 가버리면 어떻게 하지? 내가 그녀에 대해 알고 있는 그 두 가지가 바뀐다면 그래서 영영 연락조차 할 수 없다면 정말 못 만날 수도 있는 거잖아요. 그때부터 가슴이 요동치기 시작했죠."

'다시 전화라도 해볼까?'

'한 번만 만나볼까?'

그런데 전화를 거는 것조차 할 수 없었다. 이미 연락처를 바꾸었을까 봐, 그래서 그 고통을 바로 경험하게 될까봐 너무나도 두려웠기 때문이다. 그러던 어느 날, 친구와 만나기로 한 약속 장소에서 그는 기절할 만큼 놀라운 경험을 했다.

"그녀가 웃으면서 제 앞으로 걸어오고 있는 거예요. 정말 깜짝 놀랐어요. 그런데 바로 앞까지 온 그녀의 얼굴을 보니 그녀는 그날 만나기로 한 친구였어요."

잠시 동안의 환상이었지만 마음속 간절함이 실제 모습이 되어 그 앞에 나타난 것이다. 이 친구는 스스로를 제정신이 아니라고 표현했지만, 나는 그의 아픔이 그 정도였음을 다시 한 번 느낄 수 있었다.

사랑을 끝낸다는 건 사랑만 끝났음을 의미하지 않는다. 그저 얼굴 한 번 보고 싶다는 소박한 생각조차도 이룰 수 없는 것이기도 하다. 죽을 때까지 단 한 번도 우연한 만남조차 허락하지 않는 것일 수 있다. 이야기 한 번 나누어보지 않은 모르는 사람들도 지금 내 옆을 수없이 오가고 있는데 그 많은 시간 사랑하는 사이였던 그 사람은 한 번도 볼 수 없다니. 사랑한 대가라고 하기엔 지나치게 가혹하다고 생각하는 이들도 있을 것이다. 그 가혹함을 느끼고 싶지 않아서일까. 어떤 이들은 묻는다.

"이별하지 않는 방법은 없을까요?"

사랑 후에 반드시 오는 이별

이별하지 않는 방법? 있다. 사랑하지 않으면 된다. 그 누구와도 연애하지 않으면 된다. 사랑했으니까 이별도 할 수 있는 것이다. 이별은 사랑하는 사람만의 특권이라는 말도 있지 않은가. 다만 사랑한 사람으로서의 특권을 제대로 누리려면 사랑하는 법만큼이나 이별하는 법 또한 배우고 알아야 한다. 누군가를 사랑하게 되면 그 사랑에 대한 책임감을 가지라고 한다. 그 사랑에 대해서만큼은 끝까지 책임져야 한다고 말이다. 그런데 그 책임은 사랑할 때만을 의미하지 않는다. 사랑이 끝날 때 즉, 이별을 마무리하는 과정까지도 포함하는 것이다. 그 사람을 진짜 사랑했다면 헤어지는 순간까지도 서로 자신의 길로 잘 되돌아갈 수 있도록 그 마음을 보살펴주어야 한다.

한 번, 두 번 이별의 경험이 쌓여가면서 우리는 스스로 알게 된다. 사랑의 끝은 이별이기 쉽고 그 이별 역시 새로운 사랑으로 곧 잊혀지게

이별하지 않는 방법은 하나다
사랑하지 않는 것뿐

될 거라는 사실을.

그런 이별을 지혜롭게 겪어내는 한 친구가 있다. 그 친구는 이별을 통보하는 상대에게 슬퍼하거나 분노하는 모습을 보이지 않는다고 했다. 오히려 그 자리에서는 헤어짐을 쿨하게 인정하고 그동안 즐거웠다며 감사의 인사를 전한다고 했다. 어떻게 그럴 수 있을까. 답은 의외로 단순했다. 어떤 이유로든 헤어지길 원하는 그 사람에게 마음의 부담을 주고 싶지 않아서였다. 매달린다고 되돌아올 사람도 아닌데 괜한 행동으로 그 친구에게 마음의 짐을 주고 싶지 않은 것이다.

헤어짐을 통보받았을 때 가장 좋은 건 헤어짐을 빠르게 인정하고 자신의 일상으로 돌아가는 것이라고 했던 그 친구. 그가 이별 후에 꼭 지키는 또 한 가지가 있다. 바로 스스로에게 온전히 슬퍼할 수 있는 시간을 내어주는 것이다. 하루 온종일이 되었든 한 달 내내가 되었든 일정 시간 슬픈 감정에 충실하고 나면 제법 혼자 설 수 있는 힘을 얻게 된다는 것이다.

좋은 사람으로 기억되고 싶다면

이별에 대해서 우리가 꼭 알아야 할 게 있다. 이별을 통보받은 후 대부분은 상대에게 매달려서라도 이별을 돌이키기를 원한다. 물론, 충분히 그런 마음이 들 수 있다. 그러나 안타깝게도 내가 매달린다고 해서 돌아올 사람이라면 그 사람은 애초에 내게 이별을 통보하지도 않았다. 헤어지자고 말하는 순간 이미 마음의 결정을 내리고 나온 상태이므로 내가 어떤 말로 어떻게 매달려도 효과를 보기 어렵다. 오히려 그런 내 모습을 보고 상대는 이별이 잘한 선택이라며 확신하기 쉽다. 그래서 난 친구들에게 정말 그 사람을 잡고 싶다면, 오히려 반대로 행동하라고 한다. 앞의 친구처럼 헤어짐을 통보하는 연인에게 쿨하게 이별을 인정하고 이렇게 말하는 것이다.

"그동안 즐거웠어. 너도 잘 지내라."

놀라운 건 이런 반응을 보이면 막상 헤어짐을 통보한 그 사람의 마음이 적어도 1퍼센트는 흔들린다는 것이다. '내가 괜히 좋은 사람 놓치는 건 아닌가' 하고 말이다.

사랑하는 사람과 헤어져야 한다면 그 사람의 기억 속에라도 좋은 사람으로 남고 싶지 않은가. 좋은 사람으로 기억되는 건 짧은 순간을 통해서다. 바로 헤어짐의 순간이다. 헤어질 때 마지막으로 어떤 모습을 보여주었느냐에 따라 결정되는 것이다.

그렇다면 마지막 순간에도 쿨하게 헤어짐을 인정할 수 있는 방법은 무엇일까. 사랑이 시작되었을 때 이렇게 생각하는 것이다.

'나는 지금도 이별하기 위해 사랑을 시작하는지 모른다.'

사랑을 시작할 때 사랑의 마음을 먼저 표현한 상대의 마음을 받아준 것처럼 이별 앞에서도 헤어짐을 먼저 이야기하는 그 사람의 마음을 받아줄 수 있어야 한다. 그게 진짜 사랑이다.

이별에 대처하는
우리의 자세

누구에게나 언젠가는 찾아오는 이별, 그렇다면 우리는 이별에 대처하기 위해 어떤 방법들을 사용하고 있을까.

"새로운 사람을 만나면 쉽게 잊을 수 있다고 해서 다른 사람을 만나보기도 했습니다."

가장 많은 사람이 시도했을 것이고, 많은 사람이 이 방법으로 효과를 봤을지도 모른다. 다만, 여기서도 한 가지 잊지 말아야 할 게 있다. 이별 후 내가 그리워하는 게 오로지 그 사람 자체라면 이 방법은 오히려 역효과를 부르기 쉽다는 사실이다. 그 사람을 잊기 위해 만난 사람이 예전의 그 사람을 더 생각나게 할 수도 있다. 오랜 시간 서로에게 적응

한 그 사람과 이제 막 만난 사람은 다를 수밖에 없다. 그럼에도 우리는 그 차이에 대해 객관적으로 인지할 만큼의 침착함을 갖고 있지 못하다. 즉, 새로운 사람은 이제 만난 지 얼마 되지 않아 나에 대해 잘 모르는 것을 그저 그 사람이 아니라서 그렇다고 생각하기 쉬운 것이다.

'그 사람은 안 그랬는데.'

'그 사람이라면 이렇게 했을 텐데.'

이런 생각을 다름 아닌 새로 만난 사람 때문에 하는 것이다. 그 사람을 잊으려고 만난 사람 때문에 다시 그 사람을 생각하게 되는 이 상황이 웃기지 않은가. 결국 그 사람이 더 그립고 그래서 더 잊지 못하게 될 확률이 높다.

물론 예외도 있다. 내가 그리운 게 그 사람 자체가 아닌 그 사람의 무엇이었다면 그 무엇은 다른 것으로도 대체될 수 있기 때문이다.

친구가 7년 동안 사귄 남자가 있었다. 물론, 결혼을 전제로 사귀었고 양가 부모님들과의 왕래도 적극적이었다. 그렇게 결혼으로 자연스럽게 연결될 것 같았던 두 사람은 어느 순간, 남자의 이별 선언으로 관계가 끝났다. 7년이나 함께 시간을 보냈으니 그 친구에게는 어떤 위로도 위로가 될 수 없었다. 그렇게 힘들어하던 친구가 어느 날 불쑥 꺼낸 한마디가 기억난다.

"이제 더 이상 서로를 안아주고 함께 스킨십을 나눌 사람이 없다는 게 힘들어."

어쩌면 이 친구는 그 사람과의 이별 자체도 힘들었지만 그 중심에는 그 사람과 스킨십을 나눌 수 없다는 게 더 힘들었는지도 모른다. 그래서 한번 생각해봐야 한다.

'내가 그리워하는 게 그 사람인지. 아니면 그 사람과 나누었던 스킨십인지.'

만약 스킨십이 그리운 거라면 극복 방법은 의외로 간단하다. 새로운 사람과 연애가 시작되면 생각보다 쉽게 회복될 수 있기 때문이다. 그러나 그게 다른 사람과 대체 불가한 오로지 그 사람 자체라면 마음의 정리를 위해 충분한 시간을 가질 필요가 있다.

시간과 함께 이별의 고통도 변해간다
친구들은 실연의 고통을 줄이기 위한 다양한 방법을 제시했다.

바쁜 게 최고라는 말을 듣고 여러 가지 스케줄을 만들어서 정말 바쁘게 하루하루를 보냈습니다.

SNS부터 차단시키라고 해서 차단한 적도 있습니다.

차단해놓고 결국 차단목록만 들어가는 저를 보고 아예 삭제를 시도한 적도 있습니다.

술을 마시면 괜찮겠지 싶어 매일같이 술을 마시며 제 자신을 내려놓는 엉망인 생활을 했습니다.

그 사람과 찍었던 사진, 받았던 선물 모두를 태워버린 적이 있습니다.

저는 그 사람과 관련된 물건들을 모두 포장해서 택배로 그 사람에게 보냈습니다.

아무도 만나지 않고 혼자서 여행을 다녔습니다.

끝이 없을 정도로 그들은 정말 다양한 방법들을 시도했다. 그러나 그들의 결과는 모두 똑같았다.

"그럼에도 불구하고 그 사람을 잊을 수 없었습니다."

그럼 대체 우리는 어떤 노력을 기울여야 그 실연이라는 고통에서 헤어 나올 수 있는 걸까. 많은 이들이 공통적으로 제시한 해결책은 바로 '시간'이다.

"저에게 유일하게 약이 되어준 건 시간이었습니다. 개인에 따라 정도의 차이는 존재하겠지만 결국 적당한 시간이 흐르고 나면 그 사람을 잊는 게 불가능한 건 아니더군요."

"제가 노력하지 않아도 시간은 흐르더라고요. 어느 순간부터인가 그 사람 얼굴조차 기억 나지 않을 정도로 정말 아무렇지 않은 그때가 왔죠. 역시 시간만 한 게 없구나 싶었습니다."

고통을 감내해야 하는 우리의 힘든 마음을 알아서일까. 시간은 우리에게 아무것도 요구하지 않는다. 내가 노력할 것도 없고 더 이상 애쓸 필요도 없다. 그저 그 시간을 버텨낼 수 있는 힘만 갖고 있으면 되는 것이다. 누군가 이런 말을 할지도 모르겠다.

"말로는 뭐든 쉽지."

그래서 어떤 이들은 이별의 고통은 직접 체험해보지 않은 이상 함부로 말할 수 없다고 한다. 그만큼 고통의 깊이가 커서다. 그럼에도 시간이 갖고 있는 힘은 대단하다. 물론, 변해가는 감정도 한몫한다. 사랑이 변하는 것처럼 이별의 감정 역시도 변해가니까. 단 시간을 통해서 변해간다. 시간이 갈수록 이별의 상처는 그 농도가 점점 옅어지기 쉽다.

이별 후 알게 되는 것

이별의 고통이 무서워 헤어지지 못하겠다는 이들에게 그럼에도 한 번쯤 이별을 경험해보라고 말해주고 싶다. 그만큼 이별을 경험한다는 건 우리에게 고통 그 이상의 깨우침을 주기 때문이다.

"헤어진 후에도 계속해서 그 사람만 생각하고 있는 제 모습을 보며 이러다 나도 이별 살인을 저지를 수도 있겠다는 생각을 한 적이 있습니다. 그 과정에서 느낀 건 이별 후 그 사람을 잊는 것보다 중요한 건 그 순간 나 자신의 상태를 제대로 볼 수 있어야 한다는 겁니다."

"실연의 아픔 중 절정이라는 군대에서 이별도 해보고, 제대한 후에도 차여 보니까 이제 정신이 들더군요. '아! 실연 그 놈 참 아프네' 하고 말이죠. 최선을 다했지만 나를 버린 그녀를 생각하니 이 세상 모든 여자가 싫어졌습니다. 그럼에도 시간이 흐른 지금 그 시간을 좋은 경험이었다고 생각하는 건 그로 인해 실연의 고통을 제대로 알게 되었기 때문입니다."

"실연의 고통은 딱 사랑한 만큼인 것 같습니다. 그래서 사랑을 하기가 두렵기도 하지만 누군가를 사랑한다는 건 좋은 감정을 경험하는 것이기에 저는 앞으로도 연애를 계속 해보려고 합니다."

이별 후 비로소 알게 되는 것이 있다. 고통이 지나간 후의 모습이 어떤 것인지, 고통을 경험해야 비로소 알 수 있는 그것이 무엇인지, 그래서 고통을 받아들이는 자세가 어떠해야 하는지에 대해서 말이다. 이제는 더 이상 이별 후의 시간을 나를 돌아볼 겨를 없이 보내서는 안 된다. 그 시간이 고통스러울수록 지금 나는 어떤 모습인지 그 누구보다도 내가 깊이 들여다봐야 한다. 그 순간 '이 고통까지도 내가 해내야 하는 사랑이다'라고 생각한다면 조금은 마음의 여유가 생길지 모른다. 그럼에도 이 세상 그 어떤 일도 '어느 날 갑자기'는 익숙하기 어렵다. 적어도 상대에게 이별을 통보할 예정이라면 그 사람도 마음을 정리할 수 있는 시간을 주자. 그리고 헤어짐을 말하는 순간에는 그 어떤 여지도 주지 말고 깔끔하게 이별을 고하자.

'헤어지고 나서 다시 연락하면 받아줄 수 있어?'

이별을 이야기하면서도 이런 말을 남기는 사람. 이런 사랑은 끝까지 나만 생각하고 나만 사랑하는 아주 이기적인 사랑이다.

헤어지길 백 번 잘한
그 놈의 연애

제법 오래전 일이지만 지금도 잊히지 않는 친구가 있다. 평소 수업에 적극적이었던 친구가 그날따라 맨 뒷좌석에 앉아 넋이 나간 것처럼 조용히 수업을 듣고 있었다. 그날 저녁 카페에서 마주한 그 친구의 눈빛은 많이 불안해 보였고, 지쳐 있는 표정이 역력했다. 마음이 차가워서였을까. 초여름 따뜻한 차를 주문한 그녀는 상상 그 이상의 이야기를 들려주었다.

그녀는 3년째 연애 중인 남자친구로부터 2년 정도 데이트 폭력을 당하고 있다고 고백했다. 솔직히 말하면 자신이 처한 이 상황이 데이트 폭력이라는 것도 얼마 전 수업을 통해서 알게 되었다고 했다. 우리가 만난 하루 전에도 폭력을 당했다는 그녀는 자신의 흰 면티셔츠를 살짝 들어 올려 옆구리에 선명히 남아 있는 탁구공만한 검붉은 멍자국을 내게 보여주었다. 때릴 때에는 미리 계산이나 한 것처럼 눈에 띄지 않는 곳만 때린다는 그 남자. 친구들이나 다른 사람들 앞에서는 한없이 매너 좋은 모습을 보이기에 아직껏 친한 친구들은 물론, 가족조차도 이런 사실을 전혀 모르고 있다고 했다.

"왜 데이트 폭력이라는 생각을 못한 거니?"

"서로 사랑하는 사이니까요. 그런 관계에서 폭력은 일어날 수 없다고 생각했어요. 나를 때리는 건 그저 그 사람만의 방식이라고 생각했죠. 잘해줄 때는 정말 자상한 사람이기 때문에 그저 화가 났을 때 그 사람이 사용하는 표현 방식이 그런 거구나 생각한 것 같아요."

무엇보다 놀라웠던 건 그렇게 2년이나 폭력을 당하면서도 헤어질 생각을 한 번도 해보지 않았다는 점이다. 왜 그녀는 헤어질 생각을 하지 않았던 것일까? 그 대답은 더 놀라웠다.

"저를 때릴 때를 제외하면 그 사람은 누구보다도 저에게 자상한 사람이에요. 그래서 그 순간만 꾹 참으면 된다고 생각했어요. 저는 아직까지도 때리지 않을 때의 그 사람을 많이 사랑해요. 또 처음부터 그랬던 건 아니기에 어느 정도 시간이 지나고 저도 그 사람에게 더 잘한다면 폭력성이 없어질지도 모른다고 생각했어요."

그러다 수업을 통해 데이트 폭력이 그렇게 쉽게 해결되는 게 아니라는 사실을 배우고는 이제야 문제의 심각성을 깨닫게 된 것이다. 지금이라도 깨달은 것이 다행이지만 그럼에도 여전히 아쉬운 그 친구의 한마디가 귓가에 맴돈다.

'저를 때릴 때를 제외하면 그 사람은 누구보다 자상한 사람이에요.'

이 세상 모든 사람들 가운데 자신의 가장 치명적인 단점을 제외하면 문제 있는 사람은 단 한 명도 없다. 그 치명적인 단점 때문에 문제가 되는 것이고 때로는 그 단점 때문에 위험한 것이다. 폭력을 사용하니까 헤어져야 한다고 이야기하는데 폭력을 사용하는 것만 빼면 다른 건 모두 좋은 사람이어서 헤어지지 못한다고 대답하는 이들. 정작 중요한 게 무엇인지 놓치고 있다. 자신에게 고통을 주는 가장 큰 문제를 빼놓은 채로 그 외의 것들로 마음의 고통을 치유하려 한다면 문제가 무엇인지 아직 제대로 알지 못하는 것이다.

자신이 조금만 참고 견디면 자신에 대한 사랑을 폭력이 아닌 진짜 사랑으로 보여줄 날이 올 거라며 기다렸다는 그녀. 물론, 지금 그 남자는 진짜 사랑이 아닌 진짜 폭력이 무엇인지를 하루가 다르게 보여주는 것 같다고 했다.

우리는 폭력이 분명한 상황에서조차 그 대상이 단지 사랑하는 사람이라는 이유로 그것을 폭력으로 받아들이지 않는 경향이 있다. 폭력을 휘두른 가해자조차도 '사랑하는 사람에게 어떻게 폭력을 휘두릅니까'라고 반문한다. 그러면서 자신의 폭력에 대해 사랑하는 마음이 크다 보니 어쩔 수 없이 나오게 되는 행동이라며 폭력을 사랑으로 덮어버리려 한다. 그러나 그건 사랑도 아니고 사랑하는 마음이 커서도 아니다. 그 이유가 무엇이든 폭력은 그저 폭력일 뿐이다.

폭력을 폭력이라 부르지 못하는 이유

상대에게 데이트 폭력을 당하고도 그 사실을 폭력으로 받아들이지 않는 이유는 그들의 폭력에 몇 가지 패턴이 있기 때문이다.

첫째, 술에 취하면 폭력을 휘두르지만 술이 깨고 나면 매번 용서를 구한다.

"며칠 전 남자친구가 술을 마시던 중 갑자기 욕을 하면서 제 뺨을 아주 세게 몇 차례 때렸어요. 정말 황당했죠. 이유는 자기 말을 제가 제대로 받아주지 않아 화가 나서 그랬다는 거예요. 그래서 그 순간 '헤어져야 하나' 고민이 되었는데 바로 다음 날, 남자친구가 제 앞에서 무릎을 꿇고 막 비는 거예요. 잘못했다고. 용서해달라고. 자기가 아무래도 술에 너무 취해서 미쳤던 것 같다고. 그래서 용서해줬어요. 무릎까지 꿇고 빌었으니까 다시는 안 그러겠죠."

상대가 술에 취해 폭력을 사용한 건 분명한 사실이지만 술이 깬 후 자신의 잘못을 뉘우치고 용서를 구했으므로 가해자로 단정 짓기에는 좀 이른 감이 있다는 것이다. 폭력을 그저 술 마실 때 실수로 저지르는 행위 중 하나쯤으로 생각하는 듯했다.

그러나 폭력을 행사하는 사람들의 주된 특징이 바로 폭력 뒤에 이어지는 '용서 구하기'다. 흔히 폭력을 처음 경험할 땐 용서를 구하는 모습이 마치 진심인 것처럼 생각되지만, 폭력이 반복되다 보면, 그 용서 역시도 폭력 뒤에 따라붙는 그저 자동적인 행위라는 걸 곧 깨닫게 된다.

둘째, 화가 났을 때 스스로 분노를 조절하지 못해 폭력을 휘두른 것뿐. 분노가 가라앉으면 이 세상 그 누구보다도 자상하다. 이 세상에 단 한 번도 분노를 느끼지 않고 살아가는 사람이 있을까. 누구나 한 번쯤은 분노를 경험하기 마련이다. 그렇다고 모든 사람이 분노를 폭력으로 표현하지는 않는다. 또한 폭력성을 동반하지 않은 자상한 사람도 많다. 그 사람은 폭력성만 빼면 자상한 사람이 아니다. 자상함도 있지만 그만큼 폭력성도 지니고 있는 사람이다. 늘 그 사람의 분노 수준부터 체크해야 하는 사랑. 그게 사랑일까.

셋째, 다른 사람한테는 잘하는데 나한테만 폭력을 쓰는 걸 보니 분명 내 잘못이 크다고 생각한다. 지인들과 있을 때는 한없이 좋은 사람이며, 그 사람이 폭력을 사용하는 건 어디까지나 나와 둘만 있는 공간에서라고 한다. 생각해보니 폭력을 쓰는 날엔 무언가 내가 잘못했던 것 같다고까지 말한다. 그 사람은 좋은 사람인데 내가 잘못해서 괜히 나쁜 사람을 만드는 거라며 내가 바뀌면 그 사람의 폭력성도 고칠 수 있다고 생각한다. 그러나 그때가 되면 오히려 바뀌었다고 또다시 폭력을 행사하지 않을까.

그들은 당신이 잘못해서 때리는 것이 아니다. 때려야 하기 때문에 그 행동이 무엇이든 잘못으로 몰고 가려는 것이다.

처음부터 폭력적이지는 않다

데이트 폭력에 대한 수업을 하면서 가장 놀라웠던 점은 데이트 폭력의 심각성은 물론, 데이트 폭력 자체를 아는 친구들이 많지 않았다는 점이다.

"처음엔 데이트 폭력이라는 게 뭔지 전혀 몰랐어요. 자료를 찾아보면서 이제야 지금껏 내 주변에서도 데이트 폭력이 많이 일어났다는 사실을 깨닫게 되었죠."

데이트 폭력이 무엇인지 안다는 건, 그것이 의미하는 정의를 기억하는 것이 아니다. 연인 관계에서 두 사람 중 적어도 한 사람이 지속적인 불편함을 느낀다면 그 상황이 위협적이지 않더라도 데이트 폭력이 될 수 있다는 생각을 갖는 것이다.

데이트 폭력의 시작이 사랑이었다고 해도 그 끝은 죽음일 수도 있기에 지금 나의 상황이 데이트 폭력이라고 판단된다면 가해자도 피해자도 그 상황에서 벗어나기 위해 적극적으로 노력해야 한다.

오전
"지금 어디야?"
"회사"
"누구랑 있어?"
"동료"
"동료 누구?"

"너도 아는 직원이야. ○○○"
"바꿔봐. ○○○ 맞는지 확인해보게"

오후
"지금 어디야?"
"회사."
"회사 어디? 소리가 좀 울리는 것 같다."
"화장실 왔어."
"변기 물 내려봐."

저녁
"지금 어디야?"
"집."
"근데 왜 이렇게 조용해?"
"방에 있으니까 그렇지."
"영상통화로 걸 테니까 다시 받어."

장난처럼 들릴지 모르지만 실제 상황이다. 당신은 이들의 대화를 보
고 어떤 생각이 드는가. 그저 의심이 조금 지나치다고만 생각되는가.
이렇듯 상대의 말을 믿지 못하고 의심하는 행동도 폭력이다. 눈으로
확인하지 않은 이상 그 사람의 말을 있는 그대로 믿지 못하고, 자신이

상상하고 싶은 대로 그 상황을 계속해서 발전시켜가는 것. 눈으로 확인된 상황에서조차 그 상황은 조작된 거라며 또다시 추궁하는 행위 역시 무서운 폭력이다. 이처럼 데이트 폭력은 처음부터 폭력적이지 않다.

많은 전문가들은 상대가 데이트 폭력의 잠재성을 지닌 것 같다고 판단된다면 최대한 빠른 시간 내 관계를 단절시키라고 조언하지만 이런 이유로 우리는 데이트 폭력 초기에 상대와 헤어질 기회를 놓쳐버리기 쉽다. 데이트 폭력은 처음부터 폭력적이지 않기에 대부분 폭력을 인지한 이후는 이미 시기적으로 늦은 경우가 많다.

"사귀던 여자친구는 제가 다른 여자와 있는 걸 정말 싫어했습니다. 제 카톡에 여자가 한 명이라도 있으면 '이건 누구냐, 저건 누구냐' 하고 계속 물었고 제가 대답을 안 하거나 휴대전화를 달라고 하면 자기 말고 누구 있는 거 아니냐면서 의심을 멈추지 않았습니다."

"제 남자친구는 집착이 정말 심했어요. 전화통화를 하다가도 옆에서 남자 목소리만 들리면 화를 냈거든요. 처음에는 왜 그러냐고 따지고 같이 화를 내며 싸워보기도 했지만, 결국 큰 싸움으로 번져 늘 제가 미안하다고 말하는 것으로 싸움이 마무리되곤 했습니다."

대부분 데이트 폭력은 조금 지나치다 싶을 정도의 관심으로부터 시작된다. 관심은 좋은 반응이지만 적정선을 넘은 지나친 관심은 상대에게 정서적 고통을 주기 쉽다. 물론, 이런 지나친 관심이 대화를 통해 충분히 조절되고 바뀐다면 문제될 건 없다. 때로는 연애경험이 부족해 상대를 불편하게 할 수도 있기 때문이다. 그러나 대화를 나눈 이후에도 자신의 일상을 스스로의 계획대로 보낼 수 없는 상태라면 이미 데이트 폭력의 범위 안에 들어온 것이다.

데이트 폭력에서 '폭력'은 신체적인 폭력만을 의미하지 않는다. 신체적인 폭력은 물론, 언어적, 정서적, 성적 폭력까지 모두 데이트 폭력에 포함된다.

'내 친구들한테 너 배떼기를 쑤셔버리고 싶다고 말한 적이 있어.'

여자친구와 크게 다툰 후 그녀로부터 이런 말을 듣고 상당히 불쾌했다는 한 남자. 이것도 분명 데이트 폭력이다. 불쾌한 말 한마디도 폭력이 될 수 있다. 뿐만 아니다. 헤어지면 자살하겠다고 상대를 협박하는 행위도 데이트 폭력이다.

"남자친구에게 헤어지자는 말을 했는데 저랑 헤어지면 자기는 죽어버리겠다는 거예요. 그냥 하는 말이겠지 하고 연락을 끊었는데 며칠 후 자살시도를 했는데 미수에 그쳤다는 문자가 왔어요. 그 순간 너무 무서웠어요. 남자친구를 사랑해서가 아니라 그런 행동을 한 남자친구가 너무 무서워서 계속 만나자고 이야기해버렸죠. 물론 얼마 지나지 않아 완전히 이별을 하게 되었지만, 그때 그 경험은 제게 평생 잊지 못할 고통의 시간이었습니다."

헤어지자고 말할 때 자살을 시도하거나 만취해 집 앞에서 행패를 부리는 행위도 상대에게 직접적인 가해를 입힌 건 아니지만 정서적 불안감을 조성하는 것이기에 그것 또한 데이트 폭력이다.

데이트 폭력은 분명 처음부터 폭력적이진 않지만 시간이 지날수록 폭력적이고 잔인해지기 쉽다. 지금 나 자신부터 돌아보자. 전화를 받지 못하는 상대에게 걱정이 아닌 분노를 느끼고 있진 않은지. 부재중 60통을 찍으면서 '끝까지 가보자'라고 생각하는건 아닌지. 전화통화를 하면서도 상대의 말보다 사진이나 영상통화를 더 믿고 싶어 하진 않는지. 만약 그렇다면 당신도 데이트 폭력의 잠재성을 갖고 있을 수 있다.

그건 사랑도 그 무엇도 아니다

데이트 폭력 문제는 가해자를 만나지 않는 것만이 최선일 수는 없다. 그건 우리의 노력만으로는 한계가 있기 때문이다. 그렇기에 폭력의 세대 간 전이가 일어나지 않도록 가정에서부터 폭력 없는 환경을 만들어가는 게 중요하다. 그래서 그 어떤 갈등 속에서도 결코 폭력은 해결책이 될 수 없다는 생각을 키워줄 수 있어야 한다.

이 세상에 그 누구도 타인이 기피하는 대상이 되기를 원하는 사람은 없다. 사랑하는 사람에게조차 두려운 대상이 되고 싶은 사람은 더더욱 없을 것이다. 그럼에도 누구든 데이트 폭력의 가해자가 될 수 있는 것이 현실이다. 지금 이 순간, 누군가를 사랑하게 되었다면 당신이 기억해야 할 몇 가지가 있다.

누군가를 사랑한다는 이유로 내 모든 걸 걸지 말아라.

그 사람의 모든 걸 가지려고 하지 말아라.

살아가면서 나와 인연을 맺게 되는 사람은 셀 수 없이 많다. 그만큼 내게 소중한 사람도 많다는 사실을 기억해라.

내가 지금 사랑하는 사람 또한 그들 중 하나일 뿐이라고 생각해라.

조각 하나가 없어지면 또 다른 조각으로 빈 공간을 채워갈 수 있는 것처럼 나를 떠난 사람으로 인해 생긴 공백은 언제든 또 다른 사람으로 채워질 수 있다는 생각을 해야 한다. 반드시 그 사람이어야 한다는 생각은 나만의 생각이고 오기일 뿐, 그건 더 이상 사랑도 그 무엇도 아니다.

마지막 사랑은
잘 헤어져주는 것

지금의 사랑이 처음 시작되었던 그때를 기억하는가. 사랑을 앞두고 어떤 마음으로 사랑을 시작해야 할지, 그 사랑을 위해 무엇을 할 것인지에 대해 열심히 준비하던 당신의 모습 말이다. 그렇다면 헤어짐을 앞두고 있는 지금 당신은 어떤 모습인가. 당신은 헤어짐을 위해 어떤 준비를 하고 있는가.

사랑이란 감정은 우리를 최고의 관계로 이끌기도 하지만 때때로 알 수 없는 이유로 이별을 향해 치닫게 하기도 한다. 그럼에도 우리는 헤어진다면 어떻게 헤어져야 할지, 어떤 모습으로 마지막을 장식해야 할지에 대해 사랑을 시작할 때만큼의 준비를 하지 않는다. '이제 헤어

상대에게 내가 해줄 수 있는
마지막 사랑은 잘 헤어져주는 것이다

지면 그만이니까'라는 생각 때문일까. 어쩜 그래서 이별하는 순간만큼은 지금껏 볼 수 없었던 망가진 모습을 쉽게 보이는지도 모르겠다.

앞에서도 이야기한 것처럼 사랑은 두 사람이 헤어지는 순간까지를 포함한다. 그렇기에 아무리 아름다운 사랑을 나누었다고 해도 헤어짐의 순간이 아름답지 못하면 그 사랑의 아름다움은 퇴색되기 쉽다. 그런 이유로 헤어짐의 모습조차 아름답게 장식하고 싶다는 욕심이 필요하다.

헤어진 그 사람을 떠올리면 자신도 모르게 미소 짓게 된다는 한 친구가 있었다. 2년 넘게 만남을 가졌던 남자친구와 헤어지게 된 건 다름 아닌 그의 집착 때문이었다. 만남 초기에는 남자의 집착이 관심으로 느껴져 오히려 좋았다는 그녀. 그러나 시간이 지날수록 집착의 정도가 심해 주변 친구들로부터 '빨리 헤어져라', '그러다가 큰일 날 수도 있다'라는 이야기를 듣게 될 때쯤에서야 결국 쫓기듯 이별을 통보했다는 그녀는 이별을 말하는 그 자리에서 그의 새로운 모습을 보게 되었다고 했다.

"사실 그동안 나도 내 감정을 주체할 수 없어서 힘들었어. 마음은 그렇지 않았는데 무언지 모를 압박감에 너를 힘들게 했던 것 같아."

이렇게 이야기를 시작한 그는 오히려 헤어지자는 말로 자신을 정신 차리게 해주어 고맙다는 말을 남겼다. 자기도 그런 자신을 더 이상 보고 싶지 않았다고. 사실은 그런 자신의 모습을 보며 누구보다도 스스로가 두려웠다고 말이다. 앞으로는 절대 집착하는 사람 만나지 말라

는 말까지 해주었다는 그에 대해 그녀는 고마운 마음을 전했다. 헤어
진다고 해서 함께 사랑했던 시간이 없어지는 것도 아닌데 어차피 그
대로 남겨두어야 할 그 시간들을 좋게 기억할 수 있게 해준 그의 마지
막 배려가 감사하다고 했다.

최근 당신이 경험한 헤어짐의 순간은 어떤 모습이었는가?

사람의 마음은 참 이상하다. 헤어짐을 말하는 자리에서조차 그 결정
을 인정해주고 존중해주는 사람 앞에서는 조금이라도 더 머물다 가고
싶다는 생각이 든다. 그런 이유로 상대를 내 곁에 머물게 하고 싶다면
적어도 그 방법이 강요와 협박이어서는 안 된다. 그래도 한때 사랑했
던 사람으로서 한 번쯤 나를 좋은 사람으로 기억해주길 바란다면 방
법은 단 한 가지다. '헤어지길 원하는 상대에게 내가 해줄 수 있는 마
지막 사랑은 잘 헤어져주는 것이다'라고 생각하고 실행하는 것이다.

제7강

새로운

사랑을

준비하며

지나간 사랑에 대한
예의를 갖추다

이별 후 얼마쯤 지나서였을까. 지난 사랑을 홀홀 털어버리고 새롭게 출발하고 싶은 마음에 스스로 변화하고자 노력했던 기억이 있다. 멋진 외모를 위해 운동은 물론, 지금껏 해보지 않은 과감한 스타일도 시도해보고 능력 있는 모습을 갖추기 위해 외국어 공부에도 열을 올렸다. 물론, 나 자신을 위한 노력이었지만 언제 어디서 마주칠지 모를 그 사람에게 변화된 나를 보여주고 싶은 마음의 표현이기도 했다. 그 사람의 눈과 귀에 이런 나의 모습이 포착되어 나와 헤어진 것을 후회하도록 만들고 싶었는지도 모른다. 솔직히 표현하자면 그 사람보다 멋진 상대를 만나 잘 지내는 모습을 보여주기 위해서였다.

다시 만나 달라며 내게 애원하는 그 사람의 기대를 뿌리치는 나의 모습을 상상하면서 말이다. 혹시 당신도 이런 생각을 하고 있는 건 아닌지.

우리는 흔히 이별을 계기로 스스로의 변화를 꾀한다. 더 좋은 몸을 만들기 위해 열심히 운동하고, 새로운 마음을 갖고자 지금과는 다른 라이프스타일에 도전하기도 한다. 물론, 그동안 연애하느라 미루어왔던 공부도 시작하고, 생각을 정리하기 위해 혼자 또는 친구들과 여행을 떠나기도 한다.

이렇듯 지나간 사랑을 보내고 새로운 사랑을 맞이하기까지 우리는 무언가 많은 노력을 기울이지만 막상 새로운 사랑이 시작되고 나면 달라진 게 없다는 느낌을 종종 받는다. 분명 이전과 다른 내 모습임에도 여전히 같은 지점에서 갈등하고 헤어짐을 반복하는 되돌이표를 찍고 있어서다.

왜 그럴까. 내가 시도하는 변화가 새로운 출발을 위해서이기도 하지만 때로는 지나간 사랑에 대한 복수의 마음에서 출발하기 때문이다. 또한 변화의 초점이 나 자신이 아닌 상대에게 그리고 나의 외적인 변화에만 맞추어져 있어서다. 이렇듯 좋지 않은 의도로 변화를 시도하거나 상대에게 보일 목적으로 시도되는 변화는 진정한 변화를 이룰 수 없다.

무엇보다 내가 변해야 한다. 나의 내면이 변화해야 하는 것이다. 나 자신에 대한 변화 없이 상대에게 보일 내 모습의 변화만을 추구한 잘못이 크고, 내 생각은 그대로인 채 그 외의 것들만 변화시키려고 노력한 잘못이 크다.

적어도 지난 사랑과 다른 사랑을 해보고 싶다면 그때 그 마음 그대로여서는 곤란하다. 지금껏 해온 사랑이 매번 힘들었던 이유는 상대를 잘못 만나서도, 내 상황이 여의치 않아서도 아니다. 그저 관계의 중심에 서 있는 내가 변하지 않아서다. 내 생각이 바뀌지 않았기 때문이다. 그런 이유로 누구를 만나든 결국 같은 헤어짐을 반복하는 것이다. 사랑은 내가 변할 때 내가 갖고 있는 생각을 변화시킬 때에 비로소 함께 변화할 수 있는 것이다.

지난 사랑에서 배우다

상대의 문제는 상대를 바꾸는 것으로 해결할 수 있다. 그러나 나의 문제는 내가 변하지 않는 한 그 누구도 해결해줄 수 없다. 나 자신의 생각 변화가 무엇보다 절실한 이유다. 그렇다면 어떤 방향으로 나 자신을 변화시켜야 할까. 나의 어떤 생각들이 문제인 걸까.

그 방향과 문제점을 알려주는 지표는 다름 아닌 '지나간 사랑'이다. 사랑을 하면서는 몰랐던 나 자신의 모습을 우리는 그 사랑이 끝나고 나서야 비로소 들여다보게 된다. 그제야 사랑하는 사람과의 관계 속에서 나 자신이 어떤 모습이었는지 제3자가 되어 객관적으로 바라볼 수 있는 것이다. 나의 문제가 무엇이고 앞으로 어떤 방향으로 생각하고 행동을 변화시켜야 할지 지나간 사랑을 통해 생각해봐야 한다.

이미 끝난 사랑을 통해 내 모습을 들여다보는 일은 지나간 사랑에 대한 예의이기도 하다. 사랑이 끝나기까지 나 자신에게도 책임이 있었음을 스스로 깨닫게 해주기 때문이다. 또한 그런 깨달음은 다음 사랑에서 적어도 같은 실수를 반복하지 않도록 도와주기 때문이다.

물론, 지나간 사랑에 대한 예의는 그것뿐만이 아니다. 우리는 지나간 사랑을 통해 앞으로 다가올 사랑을 예측하기도 한다. 문제는 그 한 번의 사랑으로 모든 사랑을 예측해버린다는 것이다. 상대가 새로운 사람임에도 지난 사랑과 크게 다르지 않을 거라고 서둘러 단정 지어 버린다. 흔히 이별의 아픔이 클수록 그런 오류를 범하기 쉽다. 이렇듯 이전 사랑으로 인한 마음의 앙금이 새로운 사랑을 오염시키지 못하도록 하는 것 역시 지나간 사랑에 대한 예의다. 이미 끝난 사랑은 지나간 사랑으로서 끝맺음을 분명히 해놓을 필요가 있다.

우리는 지나온 과거를 통해 앞으로 다가올 미래를 예측하지만, 그 예측이 온전히 과거와 100퍼센트 일치할 거라고 기대하지 않는 것처럼 사랑도 마찬가지다. 같은 실수를 반복하지 않기 위한 지침으로 지난 사랑에 대한 돌아봄이 필요한 것이지 다가올 사랑도 똑같을 테니 기대하지 말자는 확신을 갖기 위해 지난 사랑을 되돌아보는 것이 아니다. 지나간 사랑으로 사랑을 배우는 것. 그것이야말로 지나간 사랑에 대한 예의다.

나에 대한 예의

우리는 이별을 맞이하는 이들에게 어렵지 않게 이런 한마디를 건네곤 한다.

'시간이 지나면 괜찮아질 거야. 힘내.'

짧은 이 한마디에 누군가는 위로를 받고 또다시 일어설 힘을 내기도 한다. 물론, 우리도 누군가로부터 위로의 한마디를 듣고 지금껏 잘 버텨왔는지도 모른다.

그러나 정작 내가 나 자신을 위로하기 위해 단 한 번이라도 따뜻한 한마디를 건넨 적 있는가? 사랑하는 동안에는 상대를 먼저 생각하느라 나 자신을 챙기지 못하고, 이별하는 과정에서는 상대를 미워하는 데 온 힘을 쏟느라 나 자신을 돌볼 마음의 여유가 없다. 다른 사람에게는 괜찮아질 거라며 희망을 이야기하지만 나 자신에게는 이제 다 끝났다며 절망을 안겨준다.

이렇듯 우리는 정작 스스로에게는 위로의 한마디조차 하지 못한다. 그간 사랑하면서 나 자신이 얼마나 애썼는지에 대해 그 누구보다도 잘 알면서 말이다. 다른 사람들에게는 한없이 너그러웠던 모습도 그 대상이 나 자신이 되면 언제 그랬냐는 듯 유독 관대하지 못한 모습이다. "헤어진 게 네 잘못은 아니잖아"라며 친구에게 위로를 건네던 내가 같은 자리에 서 있는 나 자신에게는 '나 때문이야. 모두 내가 잘못해서 그런 거야'라는 질책만 하고 있다. 적어도 나 자신만큼은 나에게 너그러워질 필요가 있다. 그래야 새로운 사랑을 할 수 있는 에너지를 가질 수 있기 때문이다. 사랑의 끝이 무엇이든 그간 사랑을 해내느라 애쓴 나 자신에게도 위로하고 격려할 수 있어야 한다. '수고했어. 더 힘내자'라고.

나에 대한 예의를 갖추어야 하는 또 한 가지가 있다. 헤어진 후의 공허감을 참지 못해 또 다른 사람으로 계속해서 그 빈자리를 채우려는 자세 또한 나에 대한 예의가 아니다. 그만큼 나 자신을 믿지 못한다는 증거이기 때문이다. 이별 후 혼자가 된 그 시간을 온전히 내 힘으로 버텨낼 수 있을 거라는 믿음이 부족한 것이다. 한순간도 내게 혼자만의 시간을 허락하지 않는 건 내게 성장할 수 있는 시간을 주지 않는 것과 똑같다. 그렇기에 헤어진 후 나 자신을 돌아볼 수 있을 만큼의 시간을 갖는 건 나 자신을 위해서도 그 다음 사랑을 위해서도 반드시 필요하다.

사랑의 결말이
꼭 결혼이어야 할까

한 번쯤 결혼을 앞둔 친구에게 이런 질문을 던져본 적이 있을 것이다.

"결혼을 선택한 이유 딱 한 가지만 말해봐."

이때 대부분은 이렇게 답하지 않을까.

"사랑하니까."

그렇다면 사랑하면 결혼해야 하는 걸까. 사랑의 결말은 꼭 결혼이어야 할까. 연애하는 이들에게 "사랑하니까 결혼해야 한다고 생각하는가?"라고 물으면 대답은 엇갈린다.

"사랑하니까 결혼해야죠"라고 말하는 이들도 있지만, "사랑하지만 결혼은 또 다른 문제니까 알 수 없죠"라고 이야기하는 이들도 있다.

결혼을 선택하는 주된 동기는 분명 '사랑'이지만 사랑의 주된 목표가 꼭 '결혼'은 아니다. 사랑은 결혼을 선택하게 하는 첫 번째 이유가 될 수 있지만, 결혼은 사랑하는 이들의 첫 번째 목표는 아닐 수도 있는 것이다. 결국, 사랑의 결말은 결혼일 수도 결혼이 아닐 수도 있다.

사랑의 결말이 결혼이냐 아니냐의 문제는 더 이상 중요하지 않다. 정말 중요한 건 '사랑의 결말이 무엇이어도 좋다'라는 열린 생각이다. 사랑의 결말이 무엇이어도 좋다는 생각은 매 순간 사랑의 감정에 최선을 다하게 만든다. 그만큼 마음에 여유가 생겨서다. 사랑의 끝이 이별인 그 순간조차도 그저 사랑해서 경험하게 되는 다양한 결말 중 하나를 겪어내고 있다고 생각할 수 있는 것이다.

반면, 사랑의 결말이 결혼이어야 한다는 생각은 사랑의 감정을 방해하기 쉽다. 자신의 의도와 상관없이 결혼 후 배우자로서 아쉬울 것 같은 모습들을 보게 되어서다. 그럴 때마다 어차피 결혼까지 못 갈 사람이라면 더 이상의 만남은 시간 낭비라는 생각에 마음은 방황하기 쉽다. 지금 배우자가 된 것도 아닌데 미리 배우자로서 바라보고 그 사랑을 서둘러 끝내려고 하는 것이다.

지금의 상대가 훌륭한 배우자감이라는 확신이 들어도 그 사람과 결혼까지 이어질지는 아무도 모를 일이다. 물론, 그 상대가 결혼 후엔 막상 배우자로서 전혀 아닌 사람이 될 수도 있다. 또한 배우자로서 가능성 제로(0)라고 생각했던 그 사람과 결혼까지 하게 될지도 모른다. 결국 연애할 때 '결혼'이라는 전제를 깔아놓고 생각하는 건 연애에도 결혼에도 크게 도움이 되지 않는다.

가장 좋은 건 지금 이 순간, 확실한 것에 최선을 다하는 것이다. 지금 상대를 사랑하는 것이 분명하다면 그 사랑에 집중해야 한다. 그 관계에 최선을 다하다 보면 어느 순간 결혼으로 이어질 수도 있고, 결혼이 아닌 또 다른 무언가에 도달해 있을 수도 있다. 아직 오지도 않은 문제를 가지고 미리부터 선을 긋는 행동은 그 무엇에도 도움 되지 않는다. 사랑의 결말보다 중요한 건 사랑하는 그 순간에 집중하는 것이다.

사랑의 결말이 그 무엇이라도

결혼을 선택하는 이들이 줄었다고 하지만 여전히 많은 사람들은 결혼을 한다. 그리고 대부분 사랑해서 결혼을 한다. 이렇듯 아직까지는 사랑의 결말이 결혼인 이들의 모습이 흔해서일까. 우리는 자신도 모르는 사이 사랑의 결말이 결혼이기를 바란다. 그리고 이런 생각을 고백하기도 한다.

"이 사람을 사랑하긴 하는데 배우자감은 아니라는 생각이 들어요."

사랑하는데 배우자감은 아니다. 이런 고민을 하는 이들은 의외로 많다. 어쩜 연애와 결혼의 차이를 바라보는 가장 솔직한 표현일지도 모르겠다. 그만큼 연애와 결혼은 다르다는 것을 스스로 인정하고 있는 것이기 때문이다. 결국 결혼 앞에서 계산적으로 변하는 이들을 보며

상대와 평생을 함께하는 사랑도 아름답지만
상대의 기억 속에 한 번쯤
떠올려질 그 사랑 역시 아름답다

나만큼은 결코 그러지 않을 것이라 생각했던 우리 역시 크게 다르지 않은 것이다.

사랑의 결말에 결혼이라는 전제를 깔아놓기 불편한 이유다. 사랑하지만 배우자감은 아니라는 생각에 그 이상의 최선을 다하기 어렵다. 상대는 변한 게 하나도 없는데 내가 그 사랑을 결혼으로 연결 지어 바라보는 순간부터는 지금까지 봐온 상대와 분명 다르다고 느끼게 된다. 그래서 내가 상대를 사랑하고 있음에도 무언지 모를 찜찜함이 그 사랑에의 몰입을 방해하는 것이다.

이 세상에는 결혼으로 연결되는 사랑보다 결혼으로 연결되지 않는 사랑이 훨씬 많다. 그렇기에 결혼으로 연결되지 않는 사랑을 실패한 사랑이라고 할 수 없으며, 결혼으로 마무리된 사랑을 늘 완전하다고 이야기할 수 없다. 결혼했지만 그 사랑을 지켜내지 못하는 이들도 많고 결혼하지 않았지만 그 사랑을 아름답게 기억하는 이들 역시 많기 때문이다. 결혼 이후 더 이상 사랑의 감정을 유지해 나가기 힘들 때 이런 생각을 한 번쯤 해볼지도 모른다.

'이 사람도 그냥 사랑했던 사람으로 남아 있었다면 어땠을까.'

언젠가 이런 글귀를 읽은 적이 있다.

'아름다운 사랑이란, 노년의 부부가 비 내리는 창밖을 바라보며 나란히 손잡고 앉아 각자 자신의 지난 사랑을 떠올리는 것이다.'

상대와 평생을 함께 하는 사랑도 아름답지만, 상대의 기억 속에 한 번쯤 떠올려질 그 사랑 역시 아름답다. 그렇기에 지금 내가 하고 있는 사랑이 결혼으로 이어져도 노력이 필요하고, 상대의 기억 속에 남을 만한 사랑이 되기 위해서도 노력이 필요하다. 결국 사랑의 결말이 무엇이든 지금 이 순간의 사랑에 최선을 다해야 하는 것이다.

사랑의 해피엔딩은 결혼이어야 한다고 생각했던 예전과 달리 지금은 사랑의 끝을 결혼이나 그 외의 무엇으로도 정의 내리고 싶지 않다. 그 끝은 무엇이든 될 수 있다는 생각이 오히려 사랑으로부터 나 자신을 자유롭게 놓아주기 때문이다. 그러나 나에게 사랑의 결말은 결혼이었다. 나에게 결혼은 매순간 살아 있음을 느끼고 늘 웃음 짓게 해주는 원천이지만, 때때로 이런 생각으로 미련을 남길 때도 있다.

'결혼하지 않았다면 지금 나의 모습은 어땠을까.'

물론, 어디선가 결혼을 선택하지 않은 그들 역시도 다르지만 같은 생각을 할지 모른다.

'내가 만약 결혼했더라면 지금의 나는 어떤 모습이었을까.'

이렇듯 누구든 내가 선택하지 않은 삶에 대한 미련을 갖기 쉽다. 이런 우리에게 우리가 보여줄 수 있는 최선은 각자 자신이 선택한 삶에 최선을 다하는 태도가 아닐까. 그래서 앞으로는 더 이상 '결혼해서 또는 결혼하지 않아서 행복하다'가 아닌 그저 '내가 선택한 삶이어서 행복하다'는 희망적인 메시지를 들려줄 수 있어야 하지 않을까.

이제 그들의 이야기를 듣고 싶다.

'사랑의 결말이 결혼이어도 결혼이 아니어도 좋다'는 그들의 이야기를.

운명도 우연도
결국은 노력의 결과다

우연한 만남도 결국 내가 만드는 것이다.

"너랑 잘 어울릴 것 같은 친구가 있는데 소개시켜줄까?"

친구의 이런 제안에 대부분은 반갑다는 반응을 보이지만, 관심 없다며 거부하는 이들도 있다. 이들이 미팅이나 소개팅을 거부하는 이유 중 하나는 우연한 만남에 대한 기대가 있어서다. 인연이 될 사람이라면 어떻게든 만나게 될 거라며 그 인연을 일부러 만드는 일에 적극적이고 싶지 않다는 의미일 것이다. 그러나 친구의 제안으로 미팅이나 소개팅을 하게 되는 것도 결국 인연이 있어서다. 인연은 영화 속에서 보이는 것처럼 우연히 길을 가다 운명처럼 맞닥뜨리게 되는 그런 만남만을 의미하지 않는다. 그 만남이 계획된 것이든 정말 우연히 이루어진 것이든 두 사람이 만나게 되었다는 것만으로도 이미 그만큼의 인연이 있음을 의미하기 때문이다.

우연한 만남은 운명적인 것 같지만 알고 보면 내가 만든 것이다. 그 사람을 만난 그 장소에 나도 모를 어떤 힘에 의해 이끌려간 것이라면 모를까 어떤 이유에서든 내가 직접 찾아간 것이라면 결국은 내가 노력한 결과라고 볼 수 있다.

어느 날, 우연히 길을 가다가 마주친 사람도 결국은 내가 그 길을 걷고 있었기에 만나게 된 것이지 나만의 공간에 가만히 앉아서 상상만 했다면 불가능한 일이었을 것이다. 그 어떤 우연도 내가 무슨 행동이든 시도한 끝에 따라오는 것이지 그저 저절로 이루어지는 건 하나도 없다.

영화 〈엽기적인 그녀〉의 엔딩장면에 이런 문구가 나온다.

'우연이란 노력하는 사람에게 운명이 놓아주는 다리다.'

결국, 우연도 운명도 내가 노력한 만큼의 결과인 것이다.

운명적인 만남? 그런 건 없다

그저 그 사람과의 만남을 내가 운명이라고 생각하는 것뿐. 우리의 만남이 정말 운명적인 것인지는 아무도 모른다. 다만 분명한 건 활동 범위가 넓을수록 그래서 만나는 사람이 많을수록 우연이라도 마주칠 수 있는 기회 역시 많아진다는 것이다. 그리고 그런 우연이 반복되어 운명이라고 생각할 기회 또한 많아진다는 사실이다.

우리는 매 순간 조금씩 변한다. 때로 그 변화는 스스로도 느끼지 못할 만큼 아주 미세하다. 그런 작은 변화들이 모여 예전에는 생각지 못했던 내 모습이 되어가기도 하고, 그런 자신의 모습을 보며 이건 운명이라고 생각하기도 한다.

이렇듯 내 모습이 조금씩 변해가는 것처럼 사랑에 대한 생각, 연애와 결혼에 대한 생각 역시도 조금씩 변해간다.

"진지한 건 싫어. 그래서 나는 애인보다 친구가 더 필요해"라고 이야기하던 그녀가 어느 순간 애인과 함께 나타날지도 모른다. "결혼은 부담스러워. 그래서 연애만 할 생각이야"라고 했던 그가 어느 날 결혼한다며 내게 청첩장을 보내올지도 모를 일이다. 결국 내 생각의 작은 변화들이 모여 이루어낸 결과임에도 우리는 '애인이 생길 운명이었나봐', '결혼할 운명이었던 거야'라고 생각하는 것이다.

오래전 그때와 지금의 우리는 다르다. 그만큼 지금의 우리와 앞으로의 우리 또한 다를 것이다. 결국 우리가 변해가는 만큼 우리의 운명도 달라진다. 변하지 않는 건 하나다. 그 운명이 무엇이든 결국엔 내가 노력하는 만큼의 결과로서 따라온다는 사실이다.

사랑은 누구나 할 수 있다. 사랑의 기회도 언제든지 온다. 단, 그 기회는 준비된 사람에게만 올 것이고 준비된 상태일 때 비로소 그 기회가 기회로 보일 것이다. 그리고 그 기회를 잡을 때 비로소 우연도 운명도 일어나는 것이다. 지금 누군가와 연애하게 될 자신의 운명을 기대한다면 노력해야 한다. 우연도 운명도 결국은 노력의 결과일 뿐이니까.

새로운 사랑을
준비하는 그대에게

"어차피 내려올 거잖아. 그런데 뭐 하러 힘들게 올라가."

어디선가 많이 들어본 것 같지 않은가. 흔히 등산을 좋아하는 사람과 좋아하지 않는 사람이 장난 삼아 주고받는 이야기다. 아쉽지만 사랑과 연애에 있어서도 같은 생각을 하는 이들이 있다.

"지금 네 나이에 결혼할 거야? 어차피 헤어질 거잖아. 그런데 뭐 하러 연애를 하냐."

우습지만 모든 일을 그렇게 생각하면 삶이란 게 참 의미 없다. 생각해 보자. 지금 이 순간도 맛있다며 우걱우걱 입 속으로 들여보내는 음식도 결국 잠시 후면 배설을 통해 몸 밖으로 모두 나올 텐데 그러면 이들에게도 이렇게 이야기할 것인가.

"어차피 다 배설할 거 뭐 하러 먹냐."

때로는 결과가 뻔히 보이는 도전도 있다. 중요한 건 그럼에도 우리가 도전을 멈추지 않아야 하는 분명한 이유가 있다는 것이다. 첫째는 도전 그 자체만으로도 의미가 있고, 둘째는 도전을 통해 자신의 욕구를 충족시킬 수 있어서다.

빠르면 몇 분, 늦어도 며칠 이내에는 내 몸 속에서 빠져나올 음식을 먹는 이유는 그 음식을 먹는다는 것 자체의 즐거움이 있어서다. 다양한 맛을 보고 또 그 맛을 음미하면서 그 순간을 즐기는 것 자체가 의미 있는 일이기 때문이다.

사랑도 연애도 그렇다. 결국엔 헤어질 확률이 더 높다는 걸 알면서도 우리가 사랑하고 연애하는 이유는 그 사람과의 연애 자체에 의미를 두기 때문이다.

사랑은 매 순간 첫 도전이다

흔히 우리는 한 번의 연애 경험을 가지고 마치 연애에 대한 모든 걸 아는 것처럼 이야기할 때가 있다. 사실은 그 사람과의 연애만 알고 있으면서 말이다.

'사랑? 다 똑같은 거야. 연애도 다 거기서 거기야.'

우리는 매번 같은 사랑, 같은 연애를 하는 것 같지만 매번 그 경험은

제각각의 이유로
우리에게 사랑하는 매 순간은
늘 첫 도전이다

다르다는 사실을 알아야 한다. 적어도 사랑에서 만큼은 새로운 사람을 만날 때마다 첫 도전이라고 생각해야 한다.

사랑은 어렵다. 그 사랑이 처음이라면 처음이어서 어렵고, 두 번째 사랑이라면 같은 아픔이 반복될까 두려워서 어렵다. 그래서일까. 요즘은 연애에 대한 두려움 때문에 연애를 못하겠다는 이들도 많다.

연애가 처음이어서 어렵다는 그들. 그들에게는 어떤 사람을 만날지 모른다는 두려움과 나 스스로도 잘해낼 수 있을지에 대한 의문이 뒤섞여 있다. 무슨 일이든 처음 도전한다는 건 어려운 일이다. 그 일이 정말 어려워서라기보다 그 일을 한 번도 경험해보지 않아서다. 처음 산을 오를 때도 우리는 비슷한 두려움을 경험한다. 비교적 쉬운 코스도 첫 산행은 두렵다. 한 번도 가보지 않은 길이어서다. 다른 사람들이 아무리 쉬운 산이라고 이야기해도 내가 직접 경험해보지 않았기에 그 두려움은 쉽사리 없어지지 않는다. 그러나 한두 번 오르고 나면 그 코스가 익숙해져 편한 마음으로 산행을 할 수 있는 것처럼 사랑도 연애도 마찬가지다.

같은 아픔이 반복될까 두려워 연애가 어렵다는 이들. 물론, 같은 아픔이 또다시 반복될지도 모른다. 그러나 새로운 기쁨을 경험하게 될 수도 있는 것이다. 도전의 결과가 무엇이든 새로운 자극이 주어졌을 때 그 상처가 치유될 수 있는 것이지 한 번 받은 상처를 또다시 마주하고 싶지 않다고 아무것도 하지 않는 건 오히려 스스로를 상처 깊숙이 더 파고들게 하기 쉽다.

이렇듯 어떤 경험을 갖고 있든 우리에게 사랑은 매 순간 첫 도전이나 다름없다. 다만 한 가지 분명한 건 무엇이든 도전할 때 비로소 우리가 할 수 있는 일들이 하나씩 늘어간다는 사실이다. 그리고 내가 할 수 있는 일들이 많아질수록 자신감 또한 생겨난다는 것이다. 결국 그 무엇도 도전하지 않는 한 내가 할 수 있는 건 아무것도 없다. 내가 노력하지 않는 한 내가 가진 두려움을 없애줄 수 있는 것 또한 아무것도 없다. 두려워도 계속해서 사랑하고 연애해야 하는 이유는 그것이 두려움을 줄일 수 있는 유일한 방법이기 때문이다.

태어날 때부터 사랑과 연애에 익숙한 사람은 없다. 오랜 기간 다양한 사람들과 수많은 경험을 통해 비로소 연애를 잘하는 사람이 된 것이다. 지금까지 사랑을 그저 막연하게 꿈꾸어 왔다면 이제부터의 사랑은 좀 더 준비된 모습으로 꿈꿀 수 있어야 한다. 스스로 준비되었을 때 매 순간 첫 도전인 그 사랑을 제대로 해낼 수 있는 것이다.

평생의 과제,
사랑 그리고 연애

'뭐야. 별 것도 없잖아'

'내가 알고 있는 내용이 전부인 거야?'

이 책을 다 읽은 지금, 당신이 이런 생각을 한다면? 당신의 생각은 틀리지 않았다. 사랑은 별 게 없다. 당신이 알고 있는 그만큼이 사랑의 전부일지도 모른다. 사랑은 결코 특별하지 않기 때문이다.

사랑도 연애도 그저 평범한 우리들의 일상 중 하나일 뿐이다. 지금껏 경험해왔고, 지금도 경험하고 있는 그게 전부일 가능성이 높다. 그럼에도 당신이 사랑에 특별함을 부여하는 이유는 어쩜 사랑이 특별해서가 아니라 이 세상에 존재하는 사랑 중에 내가 경험해보지 않은 사랑이 훨씬 많기에 그저 어딘가 특별한 사랑이 있을 거라는 환상을 갖고 있어서인지도 모르겠다.

사랑이 특별하지 않다는 생각은 중요하다. 어디엔가 특별한 사랑이 있을 거라는 생각을 놓지 않는 이상 지금의 사랑에 만족하지 않고 계속해서 다른 사랑을 좇을 수 있어서다. 또한 그 특별함에 기대어 스스로 아무런 노력조차 기울이지 않을 수도 있어서다.

누군가 사랑이 특별하다고 말해도 내 사랑은 누군가의 사랑과 똑같을 수 없기에 그저 내가 하는 사랑에 충실해야 한다. 지금 하는 사랑이 내가 할 수 있는 사랑의 전부라고 생각하면서 말이다. 또한 다른 사람들의 사랑과 비교해서도 안 된다. 누군가가 정해 놓은 틀에 맞추어 내 사랑을 규정짓거나 정의 내려서도 안 된다. 내 경험 그대로를 가지고 사랑을 이야기할 수 있어야 한다.

사랑은 계속해서 변하지만 결코 변하지 않아야 하는 한 가지가 있다. 사랑은 사람답게 해야 한다는 생각이다. 사람답게 사랑한다는 건 나 자신과 상대에게 그리고 두 사람의 관계에 최소한의 배려를 내어주는 것이다. 이 세상에는 나를 비롯해 나의 가족, 나의 연인, 나의 친구, 나의 이웃 그리고 나의 무엇으로 더 이상 설명되지 않는 수없이 많은 사람들이 있다. 그러나 생각해보면 결국 '나와 내가 아닌 사람들' 뿐이다. 가족이지만 내가 아니고, 연인이지만 내가 아니다. 친구지만 내가 아니고, 이웃이지만 그들 역시도 나일 수 없다. 한 번도 만나본 적 없는 이 세상 곳곳의 사람들 또한 내가 아닌 그저 다른 사람들일 뿐이다.

내 가족이나 친구를 남처럼 생각하라는 것이 아니다. 어디서 누구와 마주하든 그 사람들 역시도 나의 무엇이기에 적어도 최소한의 배려와 예의를 갖춘 행동을 해야 한다는 것이다.

우리에게 앞으로 남은 사랑은 몇 번이나 될까. 그 사랑의 대상은 어떤 사람들일까. 사랑의 종류는 무엇일까. 그 모든 것이 얼마나 다양할지 지금 이 순간 예측하기 어렵다. 다만 예측 가능한 건 그 사랑이 무엇이든 제각각의 사랑이 담고 있는 의미만큼은 소중하다는 사실이다. 이제 사랑의 출발선에 서 있는 당신에게 끝으로 이 말을 전하고 싶다. 그럼에도 사랑은 아름다운 것이다. 다만 사랑의 아름다움을 느끼기 위해 사람답게 사랑하는 일은 그 어떤 학문을 배우는 것보다 중요하고 또 어려운 것이다.

지금 사랑을 시작하는 그대에게

1판 1쇄 발행 2016년 5월 30일
1판 2쇄 발행 2016년 6월 27일

지은이 장재숙

발행인 양원석
편집장 김건희
책임편집 박민희
디자인 RHK 디자인연구소 남미현, 김미선
일러스트 안다연
해외저작권 황지현
제작 문태일
영업마케팅 이영인, 양근모, 박민범, 이주형, 김민수, 장현기, 김수연, 신미진

펴낸 곳 ㈜알에이치코리아
주소 서울시 금천구 가산디지털2로 53, 20층 (가산동, 한라시그마밸리)
편집문의 02-6443-8859   **구입문의** 02-6443-8838
홈페이지 http://rhk.co.kr
등록 2004년 1월 15일 제2-3726호

ISBN 978-89-255-5924-7 (03810)